JN040352

その丘が黄金ならば

How Much of These Hills is Gold
C Pam Zhang

C・パム・ジャン
藤井 光＝訳

早川書房

その丘が黄金ならば

日本語版翻訳権独占
早　川　書　房

© 2022 Hayakawa Publishing, Inc.

HOW MUCH OF THESE HILLS IS GOLD
by
C Pam Zhang
Copyright © 2020 by
C Pam Zhang
First published by RIVERHEAD BOOKS,
an imprint of Penguin Random House LLC
Translated by
Hikaru Fujii
First published 2022 in Japan by
Hayakawa Publishing, Inc.
This book is published in Japan by
arrangement with
The Clegg Agency, Inc., USA
through The English Agency (Japan) Ltd.

装画／榎本マリコ
装幀／早川書房デザイン室

父
张洪俭に
愛されたが、わずかにしか知られなかった。

この土地は、お前らの土地ではない。

目次

第一部

××62年

金

爸《ちち》が夜に死んでしまい、二人は一ドル銀貨二枚を探すことになる。

サムは朝になると怒った調子で地面をコツコツ叩いているが、ルーシーは二人で出発する前に話をせねばと思う。沈黙はルーシーのほうに重くのしかかってきて、やがて彼女は屈してしまう。

「ごめん」ルーシーはベッドにいる爸に言う。薄暗く埃っぽい小屋のなかで、父の体を包み込む布だけは細くきれいに伸びている。ほかはどこを見ても石炭で黒ずんでいる。生きているときの爸はその乱雑さには目もくれず、死んだとなると、ひねくれた細い目はそれを越えたところに向けられている。ルーシーをも越えて。まっすぐサムを見ている。せっかちさが束になって丸まったようなサム、大きすぎるブーツをはいて戸口をぐるぐると回る、爸のお気に入りだったサム。爸が生きているあいだは、サムはその言葉のすべてにすがりついていたが、いまは目を合わせようとはしない。そのときルーシーは悟る。爸はほんとうに死んだのだ。

ルーシーは裸足の爪先を土の床にめり込ませながら、サムが聴いてくれるような言葉を探す。

何年もの傷の上に祝禱《しゅくとう》を広げるような言葉を。ひとつだけの窓から射し込む光のなか、埃が亡霊のように浮かんでいる。それを動かす風はない。

なにかが、ルーシーの背筋を突く。

「バン」サムは言う。十一歳、ルーシーは十二歳。媽《はは》はよく、ルーシーが水ならサムは木だと喩えたが、サムは姉よりゆうに三十センチは背が低い。見た目は幼く、騙されそうなくらい優しげだ。「もう遅い。死んだよ」サムはふっくらした拳から伸びる指を上に向け、想像上の銃口にふっと息を吹きかける。爸がしていたように。物事にはきちんとしたやり方がある、と爸は言っていて、〝でもリー先生が新しい銃は詰まらないから吹かなくていいって言ってるよ〟とルーシーが言うと、爸はきちんとしたやり方として娘を平手打ちすることにした。ルーシーの目の奥で星がいくつも破裂し、鋭い痛みの火花が鼻を走った。

ルーシーの鼻はまっすぐには戻らずじまいだった。いま、その鼻を親指でさすりつつ考える。ひとりでに治るのを待つのがきちんとしたやり方だ、と爸は言った。花開いたあざが引いた後、ルーシーの顔を見た爸はさっと頷いた。最初からそうなると思っていたとでもいうように。**生意気な口をきくやつには記憶が蘇ってくるものがあるほうがきちんとする。**

確かに、サムの茶色い顔には泥がついている。顔に火薬を塗りつけ、本人からすればインディアンが戦に出るときのように見せている。だが、その下にあるサムの顔には傷はない。

今回だけは、爸の拳は布の下でなにもできないままだから——それに、もしかしたら彼女はいい子で、頭が良く、爸を怒らせれば起き上がって拳を振り上げてくると心の片隅で考えているから——ルーシーは普段なら絶対にしないことをする。自分の両手を構えて、指を前に向ける。サムの顎、塗った火薬と幼い肉付きの境目に当てる。別の人であれば華奢《きゃしゃ》な顎だと言うかもしれない。サムがいつも突き出していなければ。

「あんたこそ、バン」ルーシーは言う。無法者のように、サムを扉のほうに押しやる。

太陽が、二人をからからにする。乾季のさなか、もう遠い思い出でしかない雨。二人のいる谷は剝き出しの土で、のたくる小川がそれを二つに分けている。こちら側には炭坑夫たちの貧弱な掘立て小屋、あちら側にはきちんとした壁やガラス窓のついた豪華な建物が並んでいる。そして、それをぐるりと取り囲むのは、金色に焦げた果てしない丘陵。背が高く干からびた草のなかに、金鉱夫やインディアンたちの雑多な宿営地、牛飼い《バケーロ》や旅人や無法者たちの小さな集団があり、そして炭坑、さらに炭坑があり、さらにその向こう、向こうと続いていく。

サムは小さな肩を張り、小川を渡り始める。荒涼としたなかで叫び声となる赤いシャツ。

初めて来たとき、この谷はまだ長く黄色い草に覆われ、尾根にはオークの低木林があり、雨の後にはポピーの花が咲いた。三年半前の洪水で、オークの木々は根こそぎ流され、人々の半分は溺れ死ぬか追い出された。それでも一家は留まり、谷の奥の端でぽつんと暮らした。爸はまるで稲妻で裂けた木——中心は死んでいるが、根はまだしがみついている。

そしていま、爸がいなくなったら？

ルーシーは裸足をサムの足跡に合わせ、無言で、唾を無駄にしないようにする。水はずっと前になくなってしまい、洪水の後の世界はどういうわけか渇きがひどくなっている。

そして、ずっと前にいなくなってしまった、嫣。

小川の向こうには幅の広い中心街が伸び、埃っぽくちらちら光っている様子はヘビの皮のようだ。見かけだけは立派な店構えがぼんやりと数軒見えている。酒場や鍛冶屋、交易所や銀行や宿屋。人々はトカゲのように陰でだらだらしている。

ジムは雑貨店のなかで座り、台帳にキッキッと書き込みをしている。台帳は店主の体と同じくらいの幅で、体半分ほどの重さがある。この地域のすべての男への貸しを記録しているというもっぱらの噂だ。

「ちょっとすみませんが」ルーシーは口ごもりつつ、子供たちがキャンディーの近くでたむろして、退屈しのぎに飢えた目をしているところを抜けていく。「ごめんなさい、ちょっと失礼」ルーシーは体を縮こませる。子供たちはのっそりと分かれ、腕が何本もルーシーの肩に当たってくる。少なくとも今日は、誰も手を伸ばしてきてつねってはこない。

ジムはまだ台帳にかじりついている。

声を大きくする。「すみません、いいですか?」

十ほどの目がルーシーを刺してくるが、ジムはまだ無視している。この時点で、やめておけばよかったと思いつつ、ルーシーはカウンターの縁に片手を載せ、ジムの目を引こうとする。

ジムの目がさっと上がる。剝き出しの肉で縁取られた赤い目。「手を離せ」鋼鉄の針金のように鋭い声。両手は書くのをやめない。「そのカウンターは今朝きれいにしたばかりだ」

後ろからは、棘々《とげとげ》しい笑い声。ルーシーは気にしない。この手の町を何年も転々としてきたのだから、傷つきやすいところはもう残っていない。媽が死んだときのように、ルーシーの腹をえぐって虚ろにするのは、サムの目つきだ。サムは爸のようにひねくれた細目になっている。

ハハ！ ルーシーが笑うのは、サムは笑わないだろうからだ。**ハハハ！** ルーシーの笑い声が二人にとっての盾となり、二人を仲間にしてくれる。

「今日あるのは丸鶏だけだ」ジムは言う。「お前らにやる鶏の足はない。明日出直してこい」

「食べ物はいりません」ルーシーは嘘をつく。もう、口のなかでは鶏の皮が舌でとろける味がしている。精いっぱい背伸びをして、体の両脇で握り拳を作る。そして、欲しいものを言う。

とっておきの魔法の言葉を俺が教えてやる。嵐でできた湖に、媽が持っていた本を投げ入れながら、爸は言った。爸はルーシーを泣き止ませるために平手打ちしたが、手の動きはゆっくりだった。優しげなほどに。爸はしゃがみ、顔から鼻汁を拭うルーシーを見つめた。**聴我《ティンウォ》、ルーシーよ。「つけ払いで」だ。**

爸の言葉は確かに、なにかの魔法のように効く。ジムがペンを止める。

「いま、なんて言った？」

「一ドル銀貨を二枚。つけ払いで」ルーシーの背中で、耳のなかで轟《とどろ》く爸の声。爸のウイスキーの息の匂いがする。振り向く勇気はない。もしもシャベルのような両手が肩をがっちり摑んできたら、自分が叫び声を上げるのか、笑い出すのか、逃げ出すのか、どんなに罵《ののし》られようと離れないくらい全力で爸の首にしがみつくのかはわからない。ルーシーの喉から、暗闇をよじ登って出てくる亡霊のように爸の言葉が転がり出る。「月曜が給料日なんで。少しだけ猶予をもらえたら。嘘じゃなくて」

ルーシーは片手に唾を吐きかけ、その手を差し出す。

間違いなく、ジムはその台詞を何度も聞いたことがある。坑夫たちからも、坑夫たちのさばばした妻たちからも、虚ろな子供たちからも。ルーシーのように貧しい。ルーシーのように不潔だ。ジムはぶつくさ言いつつも必要な品をよこし、給料日には二倍の利息を請求することで知られている。炭坑で事故があったとき、ジムはつけ払いで包帯を渡したはずだ。ルーシーのように切羽詰まった人々に。

だが、ルーシーとよく似た人はどこにもいない。ジムの視線が彼女を見定める。素足。爸のシャツの布地の切れ端を縫い合わせて作り、似合わない紺色で、汗がしみになったワンピース。ひょろ長い腕、鶏舎の金網のようなごわごわの髪。そして、その顔。

「穀物ならお前らの父さんにつけ払いでくれてやる」とジムは言う。「それから、お前らが食えると思う動物の部位ならどれでもな」唇が上にめくれ、濡れた歯茎がちらりと見える。ほかの人の顔であれば微笑みと言えるかもしれない。「金が欲しけりゃ、銀行に行ってもらってくるんだな」

ルーシーの手のひらの唾は、触れられないまま乾いて固くなる。「あの――」

尻すぼみなルーシーの声よりも大きく、サムのブーツの踵《かかと》が床を踏み鳴らす。サムは肩を怒らせて店から出ていく。

小さな、サム。だが、牛革のブーツをはいて、大人の男のように大股で歩くことができる。サムの影が、後ろにいるルーシーの爪先を舐める。サムの心のなかでは、その影こそが真の身長であり、体はつかのまの窮屈さでしかない。**おれがカウボーイになったら、**とサムは言う。**冒険家になったら。**一番新しい台詞は――**有名な無法者になったら。大人になったら。**望むだけで世界が思いどおりになると思っている、その幼さ。

「私たちみたいなのを、銀行は助けてくれない」ルーシーは言う。

なにも言わないほうがよかったかもしれない。埃で鼻をくすぐられ、ルーシーは立ち止まって咳をする。喉が波打つ。昨日の夕食を通りに吐く。

すぐに何匹かの野良犬がやってきて、彼女の吐いたものを舐め始める。せっかちなサムのブーツがコツコツ響くが、一瞬ルーシーは躊躇《ためら》う。サムというたったひとつのつながりを捨てて犬たちと一緒にしゃがみ込み、一滴たりとも渡すまいと闘う自分の姿を想像する。犬たちの生活は、腹と脚だけ、走って食べるだけの生活だ。単純な生活。

ルーシーはまっすぐ立つと、二本の脚で歩く。

「相棒、行けるか?」サムは言う。それは本物の問いかけであり、唾を飛ばして叱りつける言葉ではない。その日初めて、サムの黒い目は細まってはいない。ルーシーの影に守られ、目は大きく見開かれ、そのなにかが溶けかけている。斜めにゆがんだ赤いバンダナがかかる短い黒髪に触れようと、ルーシーは動く。赤ん坊だったころのサムの頭皮の匂いを思い出す――発酵したような、油と太陽の偽りのない匂い。

だが、動いたことでサムに日差しが当たってしまう。目が強く閉じられる。サムは離れる。そのポケットの膨らみ具合から、両手をまた銃のように構えているのだとルーシーにはわかる。

「行ける」ルーシーは言う。

銀行の床板はかすかに光っている。窓口係の女性の髪のような金色。つるつるに磨かれ、ルーシーの足に棘が刺さることはない。サムのブーツのトントンという音は銃声のような剝き出しの鋭さになる。戦化粧の下の首は赤くなっている。

トントン、と二人は銀行のなかを歩いていく。窓口係は睨《にら》んでくる。

トントン。窓口係は後ろにもたれる。その背後から、男がひとり現れる。男のチョッキから下がった一本の鎖が揺れる。

トントン、トントン、トントン。サムはカウンターの前で体を伸ばして爪先立ちになり、ブーツの革に皺《しわ》が入る。それまでのサムは、いつも気をつけた足取りだった。

「一ドル銀貨を二枚」サムは言う。

窓口係の口がひきつる。「まずは確認として――」

「こいつらは口座を持っていない」後ろの男は言いつつ、ドブネズミを見るような目をサムに向けている。

黙ってしまうサム。

「つけ払いで」ルーシーは言う。「お願いします」

「お前らを見かけたことがある。物乞いしてこいと父親に言われたのか？」

ある意味ではそうだった。

「月曜が給料日なんで。ほんの少し猶予をくれたら」**嘘じゃなくて、**とは言わずにおく。この男が聞いてくれるとは思えない。

「ここは慈善事業じゃない。とっとと家に帰れ、お前らみたいな——」その声が止まった後も少しのあいだ、男の唇は動き続ける。ルーシーが一度見かけた女が、自分以外の力に唇を操られて理解できない言葉を口走っていたときのように。「——物乞いは。保安官を呼ぶ前に失《う》せろ」

恐怖が何本もの冷たい指となって、ルーシーの背筋をゆっくりと下りていく。この銀行員が怖いのではない。サムが怖い。サムの目つきに見覚えがある。寝床で固くなり、細目を開けていた爸のことを考える。その朝、先に目を覚ましたのはルーシーだった。亡骸《なきがら》を見つけ、サムが起きるまで数時間、寝ずに番をしていた。どうにかその目を閉じようとした。爸は死ぬとき怒っていたのだろう、とそのときは思った。いまは、そうではないとわかる。あれは狩人が獲物を見定めるときの目の細め方だった。すでに、それが取り憑いている印が見える。サムの目に宿った、爸の細目。サムの体に宿った爸の怒り。それ以外にも、爸はサムをがっちりと摑んでいる——ブーツ、爸が片手を置いていた肩の場所。この先どうなるのかルーシーにはわかる。爸はあの寝床で日に日に腐っていき、その魂は体からこぼれ出してサムに入っていく。じきに、ルーシーが目を覚ませば、サムの目の奥から爸が眺めてきているのが見えるようになるだろう。永遠に失われるサム。

二人で爸をきっぱりと埋葬し、銀の重みで目を封じなければ。それを銀行員にわかってもらわなければ。ルーシーは懇願する心づもりをする。

サムが口を開く。

「バン」

ふざけるのはやめて、とルーシーはサムに言おうとする。ふっくらした茶色い指を摑もうとするが、その指は妙にぴかぴかしている。黒い。サムは爸の拳銃を構えている。

窓口係は気を失って倒れる。

「一ドル銀貨を二枚」サムが言う声は低い。爸の声の影。

「ほんとうにごめんなさい」ルーシーは言う。唇が上がる。ハハハ！「ほら、子供ってこんな調子で遊ぶので。お願いですからうちの――」

「リンチされる前に失せろ」男は言う。サムをまっすぐ見つめている。「失せろ。この、汚い、ちびの、中国人《チンク》め」

サムは引き金を引く。

怒号。銃声。激動。巨大ななにかがルーシーの耳を通り抜けていく感覚。ざらついた手のひらで彼女を撫でていく。目を開けると、あたりは煙で灰色になり、サムは後ずさっていて、拳銃が反動で跳ね返ったせいで頰《ほお》にできたあざに片手を当てている。男は床に倒れている。今度ばかりは、ルーシーはサムの頬を伝う涙に抗《あらが》い、サムを二の次にする。這ってサムから離れていく。両耳が鳴っている。指が男の足首に触れる。太ももに。胸に。傷がなく、上下する、完全な胸。こめかみにできたみみず腫れは、後ろに飛びのいて棚に頭を打ちつけたときのものだ。それ以外では男に怪我はない。弾は当たらなかった。

煙と火薬の雲から、爸が笑っている声がルーシーには聞こえる。

「サム」自分も泣きたい気持ちをこらえる。いまは、いつもより強くいなければ。「サムのバカ、寶貝《バオベイ》、クソガキ」甘い言葉と苦い言葉、優しさと悪態を織り交ぜる。爸のように。「もう行こう」

女の子が笑ってしまいそうになることがある。それは、爸がこの丘陵の土地に金鉱を探してやってきたということだ。何千人という人々と同じく、この地の黄色い草の、日光を浴びた硬貨のようなきらめきが、さらに輝かしい報酬を約束してくれていると思ったのだ。だが、金を掘ろうと西に来た誰ひとりとして、この地のからからの渇きも、この地が自分たちの汗も体力も飲み干してしまうことも予期してはいなかった。誰ひとりとして、この土地がけちだとは予期していなかった。ほとんどの人は来るのが遅すぎた。富はすでに掘り出され、枯渇していた。水流のどこにも金はない。土から作物は育たない。見つかるものといえば、丘陵のなかに秘められた、はるかに冴えない褒美だった——石炭。石炭では男は富を築くことも、目と想像力を満足させることもできない。とはいえ、家族を養い、ゾウムシに食われた碾き割麦や肉のかけらを口にすることはできるが、それも男の妻が夢を見ることに疲れ果て、息子の出産で命を落とすまでのことだ。それからは、妻を食べさせるためのお金は男の酒代に回される。何ヵ月も望みをかけ、節約してきた結果は――ウイスキー瓶が一本、見つけられないところに掘った墓が二つ。ハハハ！　女の子が笑ってしまいそうになるのは、爸は一財産を築こうと家族をここに連れてきたのに、それがいま、二人は一ドル銀貨二枚のためなら人殺しもしかねないということだ。

　だから二人は盗む。町から逃げ出すために必要なものを奪う。サムは最初は嫌がり、いつものように強情だ。

「誰も傷つけてないだろ」サムは言い張る。

でも傷つけるつもりだったでしょ？　とルーシーは思う。「私たちみたいなのが相手だったら、あいつらはなんだって犯罪扱いにする。それを法にしたりする。覚えてないの？」

　サムの顎が上がるが、ルーシーには躊躇いが見える。雲ひとつないこの日に、鞭打つ雨を二人とも感じる。嵐が家のなかで吠え、爸ですらなすすべがなかったときを思い出す。

「ぶらぶら待ってるわけにはいかない」ルーシーは言う。「埋葬する余裕もない」

　ついに、サムは頷く。

　二人は地面に腹這いになり、学校の建物に進んでいく。あっさりと、みんなから言われているとおりのものになる。動物になる。みじめな泥棒になる。ルーシーはこっそり建物を回り、黒板に遮られて見えないはずの場所に向かう。内部からは声がいくつも聞こえてくる。彼らの暗唱には神聖さに近いリズムがある。リー先生が轟くような声で呼びかけ、生徒たちが声を揃えて答える。あやうく、もう少しで、ルーシーも声を上げて加わりそうになる。

だが、入れてもらえていたのは何年も前のことだ。ルーシーが使っていた机は、いまでは新入生二人のものになっている。ルーシーは血の味がするまで頬を噛み、リー先生の芦毛の牝馬ネリーの綱をほどく。最後に、馬用の燕麦《えんばく》で重くなったネリーの鞍嚢《あんのう》も取る。

家に戻ると、必要なものを詰めてくるよう、ルーシーはサムに指示する。自分は外に留まり、物置と菜園をくまなく調べる。家からは――ドスドスという音、ガンガンという音、悲しみと憤りの音。ルーシーは入らない。サムも手伝ってほしいとは言ってこない。あの銀行で、ルーシーが這っていってサムを素通りし、銀行員にそっと触れたとき、目には見えない壁が二人のあいだにできたのだ。

ルーシーはリー先生に宛てた短い手紙を扉に貼る。何年も前に先生から教わった大げさな言葉遣いにしようと苦心する。それが、自分の犯した盗みの証拠よりも強力な証拠になるとでもいうように。うまくは書けない。彼女の殴り書きは端から端まで〝**ごめんなさい**〟だらけだ。

サムが姿を現す。巻いた布団、なけなしの食糧、底の深いフライパン、そして媽の古いトランク。そのトランクが地面を引きずられてくる。大人の男の背丈ほども長く、革の留め具はぴんと張り詰めている。どんな形見の品をサムが詰め込んだのかは見当がつかない。それに、馬に負担をかけるわけにはいかない——だが、二人のあいだにある壁のせいで、ルーシーの髪はひりひりする。なにも言わずにおく。しなびた人参を一本サムに渡すだけにする。しばらくは、それが二人のあいだの唯一の愛情だ。和平の印。サムはその半分をネリーの口に、半分を自分のポケットに入れる。その優しさにルーシーは温かい気持ちになる。優しさを向けた相手が馬であっても。

「さよならは言った？」ネリーの背中に縄をかけ、引き解け結びを作っているサムに、ルーシーは尋ねる。サムはぶつぶつ言うだけで、トランクの下に片方の肩を入れて担ぎ上げようとする。その踏ん張りで茶色い顔は赤く染まり、それから紫色になる。ルーシーも肩を貸す。輪の形にした縄のなかにトランクが収まると、ゴト、という音がなかから聞こえるような気がする。

そばにあるサムの顔が、さっとあたりを見回す。黒ずんだ顔、そのなかで剥き出しになった白い歯。恐怖の震えがルーシーを貫く。後ずさる。縄をきつく結ぶのはサムひとりに任せる。

ルーシーは小屋に入って亡骸に別れを告げることはしない。今朝、そのそばで数時間を過ごしたのだから。それに正直なところ、媽が死んだときに爸も死んだのだ。三年半前から、その体はかつての男の抜け殻になっていた。ようやく、二人は爸の幽霊から逃げ切れるくらい遠くへ行くことになる。


ルーシーよ、と爸は言い、足を引きずりつつ彼女の夢に入ってくる。**笨蛋《ベンダン》。この間抜け。**珍しく機嫌がいい。一番お気に入りの悪態、ルーシーを育てた悪口を使っている。ルーシーは振り返って爸を見ようとするが、首が動こうとしてくれない。

俺になにを教わった？

ルーシーは九九を口にしようとする。口も動こうとしない。**思い出せないのか？　いつもひどいもんだな。亂七八糟《ルワンチーバーザオ》だ。**爸が不愉快そうに唾をぺっと吐く音がする。痛めている脚、そして大丈夫な脚を交互に動かす、不揃いな足音。**なにひとつまともにできやしない。**ルーシーが大きくなるにつれて、爸はしぼんでいった。食事はたまにしかしない。食べたものも、忠実な老犬のようにつきまとう癇癪《かんしゃく》に使われるだけに思えた。**對《ドウイ》。そーだ。**さらにぺっという音が次々に、彼女から離れていく。酒でろれつが怪しくなり始める。**このちびのうらりりもの。**算数に見切りをつけ、爸は小屋を言葉で満たした。媽ならいい顔をしないであろう、豊富な語彙。**このぐうたらなろくでなし――狗屎《ゴウシー》め。**

ルーシーが目を覚ますと、あたりはすべて黄金だ。乾いた丘陵の黄色い草は、町から数キロ離れるとノウサギほどの高さで揺れる。風が添える微光は、柔らかい金属にきらめく日光のようだ。ひと晩地面で寝ていたせいで首がずきずきする。

水。爸から教わったのはそれだった。水を煮沸しておくのを忘れていた。

携帯用の瓶を傾けてみる。空っぽだ。水をいっぱい入れたと思ったのは夢だったのかもしれない。でも、違う――夜になって、喉が渇いたとサムが訴えてきたので、ルーシーは川まで行ったのだ。

やわでばかだ、と爸がささやいてくる。**あんなに自慢していた脳みそはどこに行ったんだ？**日光は容赦がない。爸は捨て台詞とともに消えていく。**あのな、怯えているときは、脳みそなんてきれいさっぱり溶けてしまうんだ。**

最初に見つけた、地面に飛び散っている嘔吐物は、暗い蜃気楼のようにちらちら光っている。蠅の塊がけだるげに動いている。さらに点々とした嘔吐物をたどっていくと川に出るが、日の光で見る水は泥っぽい。茶色い。炭坑のある土地の例に漏れず、流出物で汚れている。水を煮沸しておくのを忘れていた。さらに歩いていくと、サムが倒れている。目は閉じ、拳は緩んでいる。低い音を立てる汚れた塊になった服。

今度は、頭がふらふらするほど猛烈な火をおこし、ルーシーは水を煮沸する。水がそれなりに冷めたところで、熱を出したサムの体を洗う。

サムの目がよろよろ開く。「いやだ」

「しーっ。具合が悪いんだから。任せておいて」

「いやだ」サムはそれまで何年も独りで体を洗ってきたが、今回は話が違う。

サムの脚が蹴ってくるが、力はない。ルーシーは乾いて固くなった服を剝がし、息を止めて悪臭に耐える。サムの目は熱で燃えるようで、憎んでいるようにも見える。縄でくくってある爸のお下がりのズボンはあっさり脱げる。両脚の付け根、ズボン下の布が重なるところで、ルーシーの手がなにかに当たる。固く、突き出たこぶに。

ルーシーは妹の股のくぼみから半分になった人参を引っ張り出す。爸がサムに持っていてほしかった体の部位の、哀れな代用品を。

最後までやり終える。手が震えるせいで、洗い用の布が思ったよりも強く体をこすってしまう。サムは泣き言は言わない。見もしない。地平線のほうに向けられた目。現実が避けられないときはいつも、自分は体とは関係ないふりをする。息子を欲しがっていた父親から大事にされた、まだ両性具有的な子供の体。

なにか言ったほうがいいことはルーシーもわかっている。だが、自分には理解できなかった、サムと爸のあいだの同盟をどう説明すればいいのだろう。ルーシーの喉のなかで山がせり上がっていて、それを越えていくことができない。だめになった人参を投げ捨てると、サムの目はそれを追う。

一日中、サムは汚れた水を吐き、さらに三日間熱を出して寝込む。ルーシーが粥になるまで煮た燕麦や、火にくべる小枝を持ってきたりすると、目は閉じている。そうしてゆっくり流れる時間に、ルーシーは忘れかけていた妹の姿をじっくり見つめる。つぼみのような唇、黒いシダのようなまつ毛。丸かった顔が病気のせいで鋭くなり、ルーシーの顔に近くなる——前よりも面長で、やつれ気味で、肌の血色が悪く、茶色というよりも黄色に近い。弱さをさらけ出した顔。

ルーシーはサムの髪を扇のように広げる。三年半前にばっさり刈り込んでから、いまでは耳たぶの下まで伸びている。絹のようになめらかで、太陽のように熱い。

サムが自分を隠していたやり方は素朴なものだった。子供じみていた。髪、泥、戦化粧。爸のお下がりの服と、爸から借りた威張った歩き方。だが、サムが媽の育て方を嫌がり、働くのも町から出るのも爸と一緒にすると言い張っていたときも、それは小さいころからの着飾り遊びなのだろうとルーシーは思っていた。ここまでではないはずだ、と。人参のように、奥深くにあるものを無理に変えようとする努力ではないはずだ。

うまく作ってある。ズボン下の緩くなった布のところを縫って、隠しポケットを作ってある。女の子のお手伝いを拒んだ女の子にしては上出来だ。

サムの下痢は治まり、自分で体を洗えるくらい体力も戻っているが、鼻をつく病の臭いは野営地にまとわりついている。雲のような蝿の群れがいくつもつきまとい、ネリーの尻尾は鞭打つ動きをやめない。サムの誇りは十分に傷ついているので、ルーシーはその臭いについてはなにも言わないでおく。

ある夜、ルーシーは一匹のリスをぶら下げて戻ってくる。サムの好物だ。片足が折れたまま、大慌てで木を駆け上がろうとしていたのだ。サムの姿はどこにも見当たらない。ネリーもいない。ルーシーはくるりと見回す。両手は血まみれで、心臓がカチカチと鳴っている。そのリズムに合わせようと、二頭のトラがかくれんぼをしている歌を口ずさむ。この地域の水流はもう何年も、ジャッカルの一頭も養えないほど浅いままだった。その歌はもっと緑豊かな時代に生まれたものだ。もしサムが怖くなって隠れているのだとしても、その歌なら聞き間違えることはない。二度、ルーシーは茂みのなかに縞模様が見えたと思う。**トラちゃん、トラちゃん、**と彼女は歌う。後ろで足音がする。**来**《ライ》**。**

影がひとつ、ルーシーの両足を飲み込む。両肩のあいだを押してくる力がある。

今回は、サムは**バン**と言いはしない。

沈黙のなか、ルーシーの思考はゆっくり下に旋回していく。ハゲタカたちが急ぐことなく風に乗っているように平穏ですらある——もうやってしまったのだから、焦る必要はない。銀行から逃げ出した後、サムはどこに銃をしまっていたのだろう。あと何発の弾が弾倉に入っているだろう。

サムの名前を呼ぶ。

「うるせえ」**いやだ**と言ってから初めて耳にするサムの言葉だ。「ここいらじゃ裏切り者は撃たれるんだ」

ルーシーは自分たちの間柄を思い出してもらう。**相棒。**

押す力は下に移動し、ルーシーの腰のくぼみに落ち着く。疲れてきたかのように、サムの腕の本来の高さに。

「動くなよ」押す力が消える。「狙いはまだつけてるからな」ルーシーは振り向いたほうがいい。そうすべきだ。だが。**お前がどんな人間かわかるか？** 爸はルーシーを怒鳴りつけた。サムの左目が李《スモモ》になり、ルーシーの服は見下げたほどきれいなままで学校から帰った日に。**腰抜け。肝っ玉のない女の子だ。**正直に言えば、その日、馬鹿にしてくる子たちに立ち向かうサムを見ていたルーシーには、サムが勇気から怒鳴っているのかどうかがわからなかった。騒々しく動くことか、ルーシーがしたように無言で立ち、うつむいた顔を唾が流れていくままにすることか、どちらがより勇敢なのだろう。そのときのルーシーにはわからなかったし、いまでもわからない。手綱がぴしゃりという音、ネリーがいななく声がする。ひづめが地面を叩き、その一歩一歩が彼女の素足を震わせる。

「妹を探しているんですけど」

真昼。その集落は二本の通りと十字路があるだけだ。誰もが暑さから逃れて昼寝をしているが、二人の兄弟だけは缶を蹴り、ついには安物の金属が破れる。ここしばらく、兄弟は、一匹の犬、野良犬を見つめ、食料を入れたリュックサックでおびき寄せようとしている。犬は腹を空かせているが、かつて人から受けた殴打を覚えているので用心深い。

すると、二人は顔を上げて彼女を見る。退屈しのぎになる不思議な存在が、風に吹かれてやってきたのだ。

「見かけた？」

最初はぞっとした兄弟は、ルーシーをもっとよく見てみる。面長で背の高い少女、曲がった鼻、高く張った頬の上にある妙な目。その顔をさらに妙に見せる、まったく不恰好な体。つぎはぎのワンピース、肌の下に影を走らせる古いあざ。兄弟の目には、自分たちよりも愛されていない子供が映っている。

見てない、と小太りなほうの少年が言いかける。痩せた少年がそれを肘でつつく。「見たかもしれないし、見なかったかもしれないな。どんな見た目？　お前みたいな髪の毛か？」手が飛び出てきて、編んだ黒い髪を摑む。もう片方の手が歪んだ鼻をねじる。「お前みたいな不細工な鼻か？」いま、二対の手が手首と足首を摑み、彼女の細い目を引っ張ってさらに細くして、頰骨の上でぴんと張った肌をきつくつねってくる。「お前みたいに妙ちきりんな目なのか？」

少し離れたところから、犬はほっとして見つめている。

ルーシーの静かさに二人は戸惑う。太ったほうが、言葉を絞り出そうとするかのように彼女の喉を摑む。そのたぐいの子をルーシーは見たことがある。やるべきことに駆け寄るいじめっ子たちではなく、そのほかの、動きや目つきが鈍かったり、言葉がつかえ気味だったり、のろのろして躊躇いがちだったりする子供たち。憎しみのなかに感謝が混じっている子たち――彼女が変だということで、その子たちは集団に仲間入りできるのだから。

いま、太ったほうの少年がルーシーを見据え、もしかしたら自分で望むよりも長く彼女の喉を摑みながら、どうしようかと悩んでいる。ルーシーは息が苦しくなってくる。いつまで摑まれるのかわからないが、そのとき、丸く茶色い体がその少年の背中にぶつかってくる。太った少年は倒れ、体当たりされて息ができなくなっている。

「手出しするな」登場した子は言う。怒りに燃えた目は細められている。

「やんのかよ、おい？」と痩せたほうの少年はせせら笑う。

震える息をようやくヒューッと吸い込みつつ、ルーシーが目を上げると、サムがいる。サムは口笛を吹き、オークの木の後ろからネリーを呼び寄せる。馬の背に置いた包みに手を伸ばす。サムがなにを摑もうとしているのか、二人にはわからないだろう。きらりと光る、固く、不純物のない石炭のように黒いものが見える気がする。だがまず、白く丸々としたなにかがトランクからぽとりと出てきて、土埃のなかに落ちる。

頭がくらくらしつつ、ルーシーは考える。**米だ。**

米のように白い粒ではあるが、どれものたくり、這って動き、迷子になって道を探すかのように外に向かって離れていく。サムは無表情だ。そよ風がそのなかに入り込み、攪拌《かくはん》するような腐臭を運ぶ。

兄弟の痩せたほうが跳ね、金切り声を上げる。蛆《うじ》虫だ！

気立てがよく、きちんとしつけられたネリーだが、それでも体を震わせ、荒々しい目つきになり、自制もほとんどままならない。もう丸五日も恐怖を背負ってきた末に、その声を合図に逃げ出そうとする。

サムに手綱を摑まれているので、ネリーはさしたることはできない。馬ががくがく動くと、積み込んだ鍋類がガランガランと警報を鳴らす。結び目が緩み、トランクがずれ、蓋がぱかっと開く。腕が一本こぼれ出る。かつては顔だったものの一部も。

爸は半分干し肉、半分沼地のようだ。痩せていた手足は乾いて茶色い縄になっている。股や腹や目といった柔らかい部分は、緑がかった白色の蛆虫だまりで泳いでいる。兄弟はそれを実際には見ない。二人とも、顔だと察した瞬間に逃げ出す。ルーシーとサムだけがまともに見る。なんといっても二人の家族なのだから。そしてルーシーは思う——まあ、ほかに十通りくらいある歪んだ表情のなかで、酒や怒りの化け物じみた顔つきに比べればましなほうかな。背中にサムの視線を重く感じつつ、そこに歩み寄る。そっとした手つきで、支えになっている縄からトランクを下ろす。なかに亡骸を押し戻す。

だが、忘れはしないだろう。

酒よりも、怒りよりも、思い出すのはあのときの爸の顔だ。爸が泣いているのを見て、近寄れなかった。爸の表情は悲しみで溶けていて、善意で触れたらその肉まで溶けてしまうのではないかとルーシーは怖くなった。下にある頭蓋骨を剝き出しにしてしまうのではないかと。いま、その骨がのぞいているが、さして恐ろしくはない。トランクの蓋を閉め、留め具を締め直す。後ろに向き直る。

「サム」声をかけたそのとき、爸の面影でいっぱいの目になったサムの顔も同じように溶けているのがわかる。

「なんだよ」サムは言う。

そのとき、ルーシーは優しい気持ちを思い出す。媽とともに死んだと思っていた気持ちを。

「あんたの言うとおりだった。ちゃんと話を聞けばよかった。埋葬しなきゃ」

自分が直視できると思っていた以上のものを、ルーシーは直視した。あの兄弟たちが怖気づいても、ルーシーは耐えた。あの二人は逃げ、自分たちが想像するものに一生つきまとわれるだろう。目を逸らさなかった彼女は幽霊を消していくことができる。サムへの感謝がせり上がってくるのを感じる。

「あれはわざと外した」サムは言う。「銀行のあの男。ビビらせようと思っただけだ」

汗で光るサムの顔をルーシーは見下ろす。いつも見下ろしてきた。泥のように茶色く、泥のように自在にこねることができるその顔に、妬ましいほどあっさりと感情が形を見せるのをルーシーは目にしてきた。どれだけの感情があっても、恐怖だけはなかった。いま、恐怖が見える。初めて、自分自身が妹に映し出されている。そしてルーシーは悟る。いまが大事だ。校庭でからかわれたときや、銃の冷たい鼻先が当たっていたときよりも、いまこそ勇気を出すときだ。目を閉じる。地面に座り、両腕のなかに顔を埋める。静かにするのがきちんとしたやり方だろうと考える。

ひとつの影が、暑さを和らげてくれる。それを見るというよりも感じる。サムがかがみ込み、迷い、そしてそばに座る。

「銀貨が二枚ないと」サムは言う。

ネリーはもつれた草の塊を嚙んでいる。背中から重荷が下りたとなると、もう落ち着いている。その重みはじきに背中に戻ってくることになるが、いまは違う。いまは。ルーシーはサムの手を握ろうと手を伸ばす。土にあるごわごわしたものを、その手がかすめる。あの兄弟たちが捨てていったリュックサックだ。ゆっくりと、ルーシーはそれを振る。チャリン、という音が耳を打ったことを思い出す。手を差し入れる。

「サム」

豚の塩漬け肉の塊、垂れているチーズかラード。飴玉。そして、ずうっと下のほうに、なにかが布でくるまれている。もしルーシーの指が探すところを知らなかったなら、もし自分が金鉱夫の娘ではなく、〝**ルーシーよ、埋まっているところはわかるものなんだ。なんとなくわかるんだよ**〟と爸から言われていなかったなら、隠されたままだった。指が硬貨に触れる。一セント銅貨。獣が彫り込まれた五セントのニッケル硬貨。そして、白が泳ぐ二つの目にかぶせ、きちんとしたやり方でその目を閉じさせ、最後の安らかな眠りに魂を送り出すための二枚の一ドル銀貨。

李《スモモ》

死者を埋葬する掟を作ったのは媽だった。

ルーシーにとっての最初の死んだものは、一匹のヘビだった。五歳で、なんでも壊そうとしていたとき、水溜まりを踏んで世界を水浸しにしてしまおうとした。跳んで、地面を踏みつけた。波が地面を叩かなくなると、ルーシーは水がなくなった溝に立っていた。底に丸くなっていたのが、溺れ死んだ黒いヘビだった。

つんとする湿り気が、地面から立ち昇る。木々のつぼみが割れかけていて、さらに白い中身を見せている。ルーシーは両手で鱗を摑んで家に駆け戻った。世界が隠されていた姿を見せたのだ。媽はルーシーを見かけて微笑んだ。ルーシーが両手を広げたときも、微笑みを崩さなかった。後になって、もう手遅れとはいえ、ルーシーは考えることになる。別の母親だったなら、金切り声を上げ、叱り、嘘をついたかもしれない。そこにいたのが爸だったなら、そのヘビは眠っているのだと言い、話をひとつ紡ぎ出して死の静けさを窓から追い出してしまったかもしれない。

媽は豚肉の入った平鍋を持ち上げ、エプロンをきつく締め直しただけだった。**ルーシー、埋葬の知識《ジーシー》はまた違う調理法だから。**

ルーシーは肉のそばでヘビの準備をした。

第一の掟は、銀。霊に重しをするためにね、と媽は豚肉から腹膜の脂肪を剝がしつつ言った。ルーシーはトランクのところに行かされた。重い蓋と独特の匂いの下《もと》、何重にもなった布と乾いた香草のあいだに、ちょうどヘビの頭に載せられるくらいの大きさの銀の指抜きを見つけた。

第二は、流れる水。霊魂を清めるためだよ、と媽は手桶で肉を洗いながら言った。長い指が蛆虫を何匹かつまみ出した。そのそばで、ルーシーはヘビの亡骸を水に沈めた。

第三が、家《ホーム》。一番大事な掟だよ、と媽は包丁で軟骨を叩き切りながら言った。銀と水でしばらくは霊を封じておけるし、汚れから守ることもできる。だが、霊魂を安らかに落ち着かせてくれるのは、家だ。霊がふらふらと彷徨《さまよ》い、渡り鳥のように繰り返し戻ってしまわないようにするのは家なのだ。**ルーシー、**と尋ねる媽の包丁は止まっている。**どこかわかる？**

ルーシーの顔は上気した。まるで、勉強していなかった算数の問題を出されたかのように。**家《ホーム》、**と媽はもう一度言い、ルーシーは唇を噛みつつそれを復唱した。ついには、媽はルーシーの顔を片手で包んだ。温かく、すべすべして、肉の香りがした。

放心《ファンシン》、と媽は言った。安心するようにと。**そんなに難しいことじゃない。ヘビのいるべき場所は自分の巣穴。わかる？**　埋めるのは任せなさいと媽は言った。もう走って遊びに行っておいで、と。

嫣に言われたように、二人は走っている。だが今回は、遊びだとは思えない。

それだけの歳月が過ぎても、ルーシーは家《ホーム》というものがわからずにいる。あれだけ賢いと嫣から褒められていても、肝心のところでは鈍い。答えは出ないままで、綴りを書けるだけだ。H、黄色い草がさらさら揺れる。O、ルーシーは茎を踏みしだいていく。M、爪先を切ってしまい、見つめていると、なじるようなひと筋の血が浮かんでくる。E、次の丘を急いで上がっていき、その斜面を下って消えていくサムとネリーに追いつこうとする。

爸のせいでこれほど落ち着きのない生活をしているというのに、家になんの意味があるのだろう。爸は人生でずっと一攫千金を狙い、嵐の風のように家族の背中を押し続けた。つねに、より新しいところに向けて。より野生の土地に向けて。突然の富と輝きという約束に向けて。爸が何年も追い求めたのは黄金であり、人に所有されていない土地や手つかずの金脈についての噂だった。いつも、一家が到着してみれば、あるのは掘り尽くされた馴染みの丘陵であり、砕石《さいせき》で詰まった馴染みの水流だった。金鉱探し、それは爸がときおり通っていた賭場《とば》と同じく運任せだ――そして、爸は一度も運に恵まれなかった。嫣が断固として踏ん張り、石炭で実直な暮らしをしていこうと言い張っても、ほとんど変わらなかった。炭坑から炭坑へ、丘陵を越えていく一家の幌馬車は、樽に残った最後の砂糖の味をこそぎ取る一本の指のようだった。どの新しい炭坑にも、高賃金の約束に男たちが集まったが、男たちがさらに集まってくるとその賃金は下がった。そして一家は次の炭坑、その次の炭坑を追っていった。季節に応じて蓄えが膨らんではしぼむ動きは、乾季と雨季、暑さと寒さくらい確実だった。一家でしじゅう、他人の汗の匂いのする掘立て小屋やテントに入居していたというのに、家になんの意味があるだろう。男を埋葬する家をどうやって見つければいいのか、それはルーシーには解けない謎だった。

先頭を歩くのは、もっとも年下だがもっとも愛されていたサムだ。内陸に向かってサムは歩いていく。丘陵が広がる土地を、東へ。最初に歩き始めたのは、一家四人を町まで導いた幌馬車の街道だ。街道の土は、一家よりも前に来ていた炭坑夫や金鉱夫やインディアンたちの足によって平たく踏み固められている——そして爸の話によると、その前は死に絶えて久しいバッファローたちが通っていた。だが、じきにサムは道から外れ、はいているカウボーイブーツの先は、踏みしだかれていない草やコヨーテブッシュの低木、アザミやちくちくする背の高い草を抜けていく。

新しく、よりかすかな小道が、足の下で形を見せ始める。細く、起伏が多く、追っ手から隠されている。爸はそうした小道について、町の外で取引するインディアンから教えてもらったと言っていた。ただの空威張りだろうとルーシーは思っていた。痛めたほうの脚の、トラにやられたんだと言い張る傷痕を見せるようには、爸は小道を見せてはくれなかった。

少なくとも、ルーシーには小道を見せなかった。

二人は干上がった小川の近くに歩いていく。ルーシーはうつむいたまま、自分たちの水筒が空になる前にそれを見たかったと思う。そうしていると、あやうく最初のバッファローの骨を見逃しそうになる。

その骨格は、大きな白い島のように大地から突き出ている。まわりでは静けさが深まる――押さえつけられた草が音を立てなくなったせいかもしれない。サムの息遣いは不規則に、すすり泣くような音になる。

バッファローの骨を街道沿いで見かけたことはあったが、全身の骨格は初めてだ。何年もかけて旅人たちが木槌《きづち》やナイフを振るい、退屈さや窮乏を振り回し、手頃なものを取り、料理用の火にくべたりテントの杭を立てたり暇つぶしに彫ったりしていた。この骨格は手つかずだ。眼窩《がんか》がちらちらと光る――影のいたずらだ。サムはよける必要すらなく、きれいな肋骨のあいだを歩いていくことができる。

その骨が毛皮と肉に包まれ、バッファローが立っている姿をルーシーは思い浮かべる。爸は言っていた。その巨大な獣たちが、かつては丘を、山々を、そしてさらに向こうの平原をびっしりと覆って駆けていたのだと。**バッファローの川がずっと流れてたんだ、**と爸は言った。ルーシーはその太古の光景が溢れるに任せる。

骨は見慣れたが、トランクに付き添う蝿の群れを除けば、生き物はほとんど見かけない。一度、遠くのほうで、インディアンの女らしき姿が片腕を振って招いているのが見える。サムは体を細かく震わせて背筋を伸ばす。女の片手が上がる――すると子供が二人駆け寄る。その小さな部族はあるべき姿になり、離れていく。小川は干上がったままだ。ルーシーとサムは水筒からちびちび飲み、丘を進むごとに、日陰があって風下の傾斜でほんの少し休む。いつも、次の丘、その次の丘がある。いつも、太陽が。盗んだ食糧が尽きる。朝食と夕食にしていた馬用の燕麦もなくなる。二人は湿り気を求めて小石をしゃぶり、乾いた茎が柔らかくなるまで噛む。

そして、ルーシーは答えを求める思いのほとんどを無視する。

爸は広々とした場所が好きだった、とサムはぽつりと言う。野生の、広々とした場所が。だが、どれくらい野生の？　どれくらい遠くの？　ルーシーには尋ねる勇気はない。サムの腰から銃がずしりと下がり、威張った感じの歩き方は爸と似ていなくもない。媽が死んでからというもの、サムは婦人帽も長い髪もやめ、ワンピースもやめた。なにも頭にかぶらず、サムは日光を浴びていき、ついにはニスを塗った木の板のようになった――ほんのわずかな火花で発火する恐れがあるほどの。ここを旅していると、サムの炎を鎮められるものはなにもない。

それを変えられたのは爸だけだった。**俺の娘はどこだ？**　と爸は仕事から戻ってから言うと、掘立て小屋のなかを見回した。サムがこっそり隠れていると爸は探し、二人だけの遊びをしていた。ついに、**俺の息子はどこだ？**　と爸が吠えると、サムは飛び上がった。**ここだよ。**爸はサムの目に涙が浮かぶくらいくすぐる。それを除けば、サムが泣くことはなかった。


五日間進むと、小川はちょろちょろと流れている。水だ。銀。ルーシーはあたりを見回す――丘がひしめいているだけだ。これくらい野生なら、きっと爸を埋めてもいいだろう。

「ここにする？」ルーシーは尋ねる。

「なんか違う」サムは言う。

「ここは?」数キロ進んだところでルーシーはまた尋ねる。
「ここは?」
「ここは?」
「ここは?」
シーッと草が言ってくる。丘はうねうねと続いている。東の地平線のほうでは、内陸の山々は青い染みになっている。H、二人で歩きながらルーシーは思う。O。M。E。暑さと飢えで頭が痛く、教わったことはいつまでもはっきりしない。気をつけるのよと媽が言っていた精霊のように、さまようこと一週間、ついに指が落ちる。

それは草むらに現れる。大きくなりすぎた茶色いイナゴのようだ。サムは小便をしにどこかへ行った――蠅と悪臭から離れていられるなら、どんな言い訳でもかまわない。その虫を見ようとルーシーはかがみ込む。それは動かない。

乾いて、曲がっている。節が二つ。爸の中指だ。

サムを呼ぼうと声を張り上げる。すると、横っ面を張り飛ばされたように、ふとひらめく――その指がなくなったのなら、手はもう平手打ちはしてこない。息を吸い込み、思い切ってトランクを開ける。

爸の片腕が飛び出て、非難してくる。ネリーは不安げに足を踏む。ルーシーは息が詰まり、体を支える。その手からは指が一本ではなく二本なくなっていて、剝き出しになった二つの指関節の骨が、視力を失った目のようにじっと睨んでくる。

ルーシーが草のなかを探しつつ遠くに歩いていくと、やがてネリーが見えないところまで来る。そこで彼女は上を向く。

爸がコツを教えてくれたのは、ルーシーが三歳か四歳のときだった。遊んでいるうちに、馬車を見失ってしまったのだ。空は巨大な蓋となって彼女を釘付けにした。動きを止めることのない、草の大波。生まれつき度胸があって、いつも出歩いているサムとは、ルーシーは違った。ルーシーは泣いた。数時間後、爸はルーシーを見つけて体を揺さぶった。そして、上を見ろと言った。

このあたりでだだっ広い空の下にずっと立っていれば、不思議なことが起きる。まず、雲はあてどなくさまよう。それから回り始めて、お前を中心にして渦を巻く。ずっと立っていれば、丘が小さく縮むんじゃなくて、お前が大きくなるんだ。やってみようと思えば丘をまたいでいって、遠くに青く見える山々にだって行けるみたいに。お前が巨人で、ここがすべて自分の土地みたいになる。

爸は言った。**また迷子になったら、みんなと同じようにお前もこの土地の人間なんだって思い出せ。怖がるんじゃない。聴我《ティンウォ》?**

ルーシーは探すのをやめる。その指は何キロも前に落ちてしまったのかもしれないし、もうノウサギやトラやジャッカルの骨と見分けがつかなくなっているだろう。そう考えると大胆な気分になる。トランクのそばに戻ると、爸の手を摑む。

生きていたとき、爸の手は巨大でへそ曲がりだった。それに触れようとするのは、ガラガラへビに手を出すようなものだった。死んだいま、その手はしなび、湿っている。ほとんど抵抗しない。ねとつき、柔らかいその手を、ルーシーはトランクのなかに押し戻す。乾いた小枝が燃えるような、パチパチという音。ルーシーが離れると、爸の手も、なくなった指も見えなくなる。

小川で手を洗い、まだ自分のポケットに入れていた指をじっと見る。こうして見てみると、また虫に似ている。猛禽類《もうきんるい》の爪か。小枝か。ふと思いついて、泥のなかに落としてみる。丸くなった犬の糞だ。

草が揺れ、サムが戻ってきたと告げる。ルーシーは片方の素足をさっとその上に置く。サムは鼻歌交じりに小川を渡ってくる。腰を紐で縛るズボンを片手で押さえている。その一番上からは、ちょっとした灰色の石がのぞいている。石の残りの部分は、布の下に長い形が見えるだけだ。

サムは足を止める。

「ちょっと……」とルーシーは言う。「ちょっと喉が渇いたから。ネリーはあっちにいる。私はちょっとだけ……」

ルーシーはサムのズボンを、サムはルーシーが突き出した片足をまじまじと見る。どちらもいかにもちゃちな、秘密の隠し方。一瞬、どちらかが問いかけそうに思える。その質問の後ろでは、十ほどの答えが転がっているかもしれない。

すると、サムはさっと通り過ぎる。なにかをちぎる大きな音があたりに響く——焚き火の場所を作るため、サムが草を引き抜いている。ルーシーは手伝おうと振り返る。足の下で指が沈む。豊かさに飢えた、乾いた大地。ルーシーはさらに体重をかけ、土を蹴ってかぶせる。その盛り土を一度、足でしっかりと叩く。祟りがあることを媽は警告していたが、指一本になにができるだろう。手も、それを放つ腕もなく、それを振り回す肩もなく、その殴打に力を込める体もない。**きちんとしたやり方だ。**部屋の反対側からルーシーが見守っていると、爸はそう言いつつ、体を揺すって歩く方法をサムに教えていた。

その夜、ルーシーは片手で燕麦をかき混ぜ、爸を触った手は体のそばから動かさない。べとべとした感覚は消えない。そして、切れ切れに聞いた曲がまた別の曲を呼び起こすように、媽の指のことを思い出す。媽が死んだ夜、その指に摑まれたことを。

サムが話をしている。

夜には、夜だけは、サムの口から言葉が出てくる。長くなっていく影が草を青く浸し、すっかり黒くすると、サムは物語を語る。今夜は、地平線で見かけたバッファローの背中に乗った男の話だ。サムが追っ手のことを初めて口にした夜、ルーシーは一睡もできなかった。だが、トラも、綱をつけたジャッカルも、保安官が率いる暴徒も飛びかかってはこなかった。そうした話はサムにとって、別の子供にとってのお気に入りの毛布のような安らぎでしかない。たいていの夜、ルーシーはサムの声を聞けることを嬉しく思う。たとえ爸の威張った声音《こわね》を真似ていたとしても。

でも今夜は、声が似ていても心は休まらない。

「そんなのばかげてる」ルーシーは口を挟む。「歴史的証拠もないし」**教師の口ぶりだな**、と爸はせせら笑っていた。ルーシーは長い単語のおかげで自分の汚れた手から気を逸らしておける。

「このへんじゃバッファローは絶滅したって、どの本にも書いてある」

「本とは違う真実を男は知ってるんだって、爸は言ってた」

たいていの夜、ルーシーは引き下がる。今夜は違う。「だって、あんたは男じゃないし」

シルエットになったサムは、片手の指関節をポキポキ鳴らす。ルーシーは唇を嚙む。

「まだ大人になってないってこと。私たち、まだ子供でしょ？　家と食べ物がないと。それに、まずは埋葬しなきゃ。もう二週間も前に爸は——」

サムは飛び上がり、火から弾けた火花を踏みにじる。草むらに火がついてしまった。二人は防火帯をもっと広くしておくべきだった。もっと手間をかけておくべきだった。あれも、これも、しておくべきだった。このところ、どんなささやかな行為も大惨事の一歩手前にまでぐらついてしまう——またたく星は捜索隊のランタンのようだし、ネリーがひづめを踏み鳴らす音は銃を構えるときのようだ——そして、ルーシーは気をつけていられる体力を失いつつある。えぐられて中身は空っぽで、風にさらわれてしまってもおかしくない。**丘が燃えてしまってもいいじゃない**。そう思うルーシーをよそに、サムはもう火花が消えたはずなのにいつまでもドスドス踏んでいる。ルーシーがあの言葉を言いかけるたびに、サムは目を逸らしておけるものを見つける。

死んだ、とルーシーは心のなかで言う。**死んでいる、死んだ、死亡**。媽のトランクを土に横たえる想像をしつつ、それらの言葉を横たえる。留め具や木に土が降りかかる。手にすくった土、それからシャベルですくった土、しっかり踏み固められる。銀は手に入れた。水も手に入れた。どうしてサムは探し続けるのだろう。

「なにがあれば、家は家になる？」数日ぶりにルーシーが尋ねると、サムはルーシーの顔をまっすぐ見つめる。あの三本脚の犬のせいだ。

ルーシーが最初に見かけたとき、その犬は嵐で膨れ上がった小川から生まれた湖の対岸にいた。媽が死んだ次の日、鋼《はがね》のような灰色の水の向こうにいる犬はさっと白く光っていた。亡霊だとルーシーは思い込んだが、犬が走ると、そうではないとわかった――亡霊はああやって足を引きずったりはしない。その犬の後ろ脚の片方は、途中で切れて突き出ていて、嚙みちぎられたように赤くなっていた。爸と同じような歩き方だった。ルーシーはその犬を追いはしなかった。爸がどこに媽を埋めたのか、手がかりを探していた。

次の日も、犬はそこにいた。ルーシーはその日も墓を見つけられなかった。その次の日も犬はいて、欠けた体は宙に完璧な弧を描いていた。爸が教えようとはしない墓をルーシーが虚しく探すあいだ、犬はそこにいて、そこにいて、そこにいた。犬が歩き、走り、木の葉を追いかけられるようになっていくのとは逆に、家では爸は不器用になっていった。爪先をぶつけ、踏み違え、ルーシーが座るベンチに倒れ込んだ。少女と、ベンチと、男が絡まって、ガラガラと音を立てた。媽が死んでから初めて、ルーシーは爸のウイスキー臭い息がわかるくらい近くにいた。二人は立ち上がろうともがいた。ルーシーは手荒く引っ張られて立たされ、立った後も引っ張られ続けた。

壁に押しつけられ、爸の拳を腹に浴びた。

一日また一日と経つごとに、ルーシーは犬をずっと眺めるようになった。壊れたものに囲まれた、その犬の優雅さ。ルーシーが探すのをやめた日、湖が干上がって谷が剝き出しになっても墓の気配がなかった日、犬は近づいてきた。近くから見ると、悲しみをたたえた茶色い目だった。近くから見ると雌だった。

家の裏でこっそり餌を与えた。爸が食べなかった残り物を。爸はもっぱら酒を飲んでいた。ルーシーは見つかることを恐れてはいなかった。爸の世界は酒瓶の内側に、サムの世界は爸のまわりの空間にまで狭まっていた。

そして、酒が尽きる日がやってきた。爸は朝に仕事に出かけ、意外にも、帰ってきたときには片腕に小麦粉と豚肉、もう片腕にウイスキーを抱えていた。その後ろにサムがついている。爸と同じように炭塵《たんじん》で黒くなった両手。ルーシーのきれいな指が摑むのは、夕食のかけらと犬の鼻面だけだった。

きちんとした褒美だ、と爸は瓶を持ち上げて言った。**きつい仕事を一日やったからな。**犬の目のあいだに拳を振るった。

犬がよろめいても、ルーシーは身動きしなかった。痛いふりと本物の痛みは見分けられるようになっていた。するとやはり、爸が目を離したすきに犬は跳び上がり、口には豚肉のかけらをひとつくわえていた。

ルーシーは思わず笑顔になったが、サムはやめておけと首を振っていた。爸に見られたのだ。

その日、媽の菜園の残骸になにかが植えつけられた——傷み、酸っぱい作物。

それが、新しい均衡の始まりだった。何日も続けて、爸は炭坑で働けるくらいの素面《しらふ》ぶりだった。朝食のときに二、三杯ぐいっとあおると、つるはしを握る両手が安定するのだ。給料日には自分への褒美を持ち帰り、騒々しいリズムで両拳を振り回した。ルーシーは自分の動き方を学んだ——静かに、すばしっこく、ひらりと逃れる。素早く動けたなら、爸の拳を食らうことはまずない。サムのほうは、爸とルーシーの踊りが荒っぽくなりすぎると割って入る動き方を学んだ。

かつて、空振りして倒れ込んだ爸に、自分も炭坑で手伝ったほうがいいのかとルーシーは尋ねた。爸は笑い飛ばした。その歯並びにできている隙間に、どんな殴打よりもルーシーは唖然とした。いつ、その歯は抜けたのだろう。いつのまに、自分の知る男に穴が開いたのだろう。**炭坑は男の仕事だ、**と爸は吐き捨てた。サムが手を貸して立ち上がらせた。男の子の服を着て、男の子のように働き、男の子のように給料をもらっているサム。両手がたこと浅い傷だらけになり、爸の体を支えられるくらい強くなったサム。

一家もまた、三本の脚で動けるようになった。すると、あの犬が戻ってきた。

ある夜、爸は二人を家の裏に呼んだ。行ってみると、ラードを入れた樽から突き出た犬の下半身を撫でていた。怪我のない脚、途中で切れた脚、そのあいだで旗のようになった尻尾。爸はその尻尾を撫で、まっすぐ立つと、怪我のないほうの脚をブーツで蹴りつけた。

「なにがあれば、犬は犬になる?」と爸は尋ねた。今度は、犬が逃げようとすると、怪我をしていない二本の脚のうしろで、傷を負った脚が二本引きずられていった。犬は這うことしかできなかった。爸はしゃがみ、ルーシーの膝に指を一本当てた。「これは試験だ。お前みたいなお利口さんは試験が好きなんだろ」

爸はルーシーの肌をつねった。サムはそこに近づき、爸が腕を思い切り後ろに引けないようにした。吠え声、とルーシーは答えた。噛みつくこと、忠誠心。つねる指は、答える彼女のふくらはぎを下がっていった。

「教えてやる」爸はようやく言った。「犬ってのは臆病な生き物だ。ルーシーが震えたからではなく、痛めている自分の片脚が震えたからだ。犬が犬になるのは、逃げられるからだ。あれは犬じゃない。聴我《ティンウォ》」

「私は犬じゃない。爸、ほんとうだから。私は逃げたりしない」

「どうしてお前の媽が死んだかわかるか?」

ルーシーはびくっとした。サムですら声を上げた。だが、爸はその答えは墓まで持っていくつもりだった。首を横に振った。顔を見るのも気分が悪いといわんばかりに、ルーシーの肩の向こうに話をした。

「家族が第一だ。ルーシーよ、ここに泥棒を入れるというのは、俺たちを裏切ることだ。お前も泥棒と同じだ」

不思議なことに、爸の教えのおかげで、家族の一部はより親しくなった。**なにがあれば、犬は犬になる?** サムとルーシーはその台詞を言い合った。冗談として、なぞなぞとして。まじないにすることで、その出どころである寒い夜や痛めつけられた犬を取り去った。爸が千鳥足で帰ってきて水桶のなかで寝たり、自分が窓から放り投げたブーツの片方を探しているとき、二人はささやいた。**なにがあれば、ベッドはベッドになる？　なにがあれば、ブーツはブーツになる？**

そうした言葉が二人のあいだに伸びていく一方で、ほかの隔たりは大きくなった。二人の背丈のあいだの隔たりで。ルーシーが座って本を読む小屋と、サムが爸と一緒に探検する開けた丘陵と狩猟地のあいだの隔たりで。

今夜、サムは焚き火を挟んでルーシーを見つめる。ようやく踏み鳴らすことをやめた両足は静かになっている。

一瞬、ルーシーは望みを抱く。

だが、あの言葉の古い魔法は解けてしまう。サムは独りで草むらに歩いていく。

愚かにも、爸が死ねばサムは自分のところに戻ってくるとルーシーは思っていた。サムが爸と分かち合った冗談や、遊びや内緒話が、自分の内側の虚ろさを埋めてくれるのだと。二人で媽の話もできるかもしれないと思っていた。

その夜、サムは戻ってこないが、ルーシーは寝ずに何時間も待つ。ついに火を消すときには、必要以上に土を高くかぶせる。終わるときには、両手が土だらけで汚くなっている。知っておくべきだった。犬は二本の脚では立てないのだし、それは家族も同じなのだと。

少しずつ、一歩ごとに、二人は自分たちのかけらに別れを告げていく。飢えが二人の形を変える。二週間が過ぎると、サムの頬骨は露出した岩のように姿を見せる。三週間すると、サムは背が高く、細くなる。四週間すると、二人で野営地を作ったあとにサムは独りで丘を歩き回り、仕留めたウサギかリスを持って戻ってくる。拳銃は大きくなった腰のところで揺れている。

サムがいないあいだ、ルーシーも自分なりの狩りをする。どちらかといえば砂金探しのようなものだ。トランクを揺さぶり、片方の爪先や、頭皮のかけらや一本の歯、別の指を拾い上げ、それぞれ盛り土をぴしゃりと叩いて埋める。そうやって叩けば、爸には家にいるように感じられるはずだ。もし、そうではなかったら？　なにがあれば、幽霊は幽霊になるのか？　霊魂になった爪先が後ろで漂い、蠅の雲を引き連れているところを、ルーシーは思い浮かべる。それぞれの小さな埋葬が、ルーシーの虚ろさにひと握りの土を落としていき、少しのあいだ満たしてくれる。

そして、なにも落ちてこなくなる日々が続く。黙りこくった、ろくに口もきかない日々。ルーシーはガタガタと音が鳴るくらいトランクを揺する。汗をかきだしたころに、かけらがひとつ外れて落ちてくる。指ほどの長さだが、もっと太い。もっと柔らかく、皺の入った皮膚がついている。見たところでは骨はない。ルーシーの爪先の下で、干したスモモのようにぐにゃりとなる。

ルーシーは悟る。

土が点々とついて、しなびている。爸が媽を埋めた夜にルーシーが偶然目にしたものとは似ても似つかない。爸は水を滴らせて湖から上がってきて、濡れた服を脱ぎ捨てていた。じきに、下着姿で立っていた。爸が酒瓶に手を伸ばすと、その薄い布越しに揺れる肉がルーシーの目に入った。黒ずんだ紫色の、奇妙で重い果実。

なにがあれば、男は男になるのか。そのときですら、爸とサムが後生大事にしていた部位は大したものには見えなかった。今回、ルーシーは埋葬の盛り土を二度叩く。

塩

そしてある夜、ネリーがあやうく脱走しそうになる。

はっきりとはわからずじまいだろうが、たいていの脱走と同じように始まったのだろうとルーシーは考える――つまり、真夜中に。いまでも「オオカミの時刻」と呼ばれているころに。何十年も前、バッファローが皆殺しにされ、それを餌にしていたトラも死に絶えてしまう前の丘陵の土地に一頭だけいる馬だったなら、よだれを垂らしてやってくる肉食動物への恐怖で震え上がっただろう。もうトラはいないが、ネリーは先祖たちのように体を震わせる。この馬はたいていの人間よりも賢い、と持ち主は自慢していた。生きている脅威よりも恐ろしいものがあることを、ネリーは知っている。たとえば、背中に縛り付けられ、振り払うことのできない死んだ重み。星々が空の覗き穴から見つめてきて、眠る二人が静かに横たわるまで、ネリーは待つ。それから掘り始める。

ネリーは掘り続ける。オオカミの時刻、ヘビの時刻、フクロウの時刻、コウモリの時刻、モグラの時刻、ツバメの時刻。ミミズが穴のなかで身動きする時刻になると、ルーシーとサムはひづめが杭を叩く音で目を覚ます。

サムのほうが素早い。大股で四歩動くと、サムは片手で手綱を摑んでいる。もう片方の手でネリーを平手打ちする。きつく。

ネリーは鼻を鳴らすだけだが、その音は、ルーシーのなかで、別の手による、別のところへの別の平手打ちの音とこだまする。ルーシーは少女と馬のあいだに飛び込む。サムの手は宙で止まる。そのとき、首がほぐれてきてようやく、サムに手を止めるつもりがあるのかわからないまま行動したことをルーシーは認める。

「逃げようとした」サムはまだ腕を振り上げたまま言う。

「怖がってる」

「こいつは裏切り者だ。爸を持ってどこかへ行くつもりだった」

「この馬にも心はある。たいていの――」

「人間より賢いんだろ」サムは声を低くしてリー先生の真似をしてみせる。なかなか堂に入っている。新しく、細くなったサムの顔にしっくりくる。二人とも黙り込む。ふたたびサムが口を開くと、まだ借り物の声がする。完全に大人の男の声になったというわけではないが、完全にサムの声というわけでもない。「ネリーがそんなに賢いなら、忠誠心がわかるはずだ。そんなに賢いなら、罰を受け止められるはずだ」

「重いせいで疲れきってる。私だって疲れてる。あんたもそうでしょ？」

「疲れてるくらいで爸は止まらないだろ」

それが爸の問題だったのかもしれない。寝床で汚いまま、きれいなシャツの一枚もなく死ぬ前に、自分たちにあるものでよしとするべきだったのかもしれない。ルーシーは熱くなった自分の頭皮に手を当てる。頭のなかで低い音がする。奇妙な思考がいくつも、彼女の虚ろな空間に居座るようになっている。夜になると、風そのものがあれこれささやいてくると思えるときもある。

「少し休ませてあげよう」ルーシーは言う。「どっちみち、もう遠くまで行くことはできないし」丘陵を見回す。ひと月前に、あの十字路にいた二人の少年のところを離れてから、話しかける相手はひとりもいない。自分のためでなくても、ネリーのために尋ねなければならない。「でしょ？」

サムは肩をすくめる。

「サム？」

また肩をすくめる。今回は、その動きが少し柔らかくなる様子に自信のなさが見える。

「進んでいけば、もっといい場所があるかもしれない」サムは言う。

次はもっといい場所かもしれない。一家が次の炭坑に向けて荷造りするたびに、爸は言っていた。もっといい場所だったことは一度もなかった。

「自分がどこへ行こうとしてるかもわかってないのに」ルーシーは言う。そして、誰に言われるでもなく、笑っている。爸が死んでから、笑い声を上げたことはなかった。いつもの無理をした**ハハハ**ではなく、生の、痛々しい音が出てくる。もし爸が夢見た野生の地をサムが追い求めるつもりなら、二人の彷徨《ほうこう》は終わることはない。そして、それをサムは求めているのかもしれない。いつまでも爸を背負っていることを。

「ばかなこと言わないで」息をつくとルーシーは言う。「私たちが持たない」

「お前がもっと強ければできる」それは、爸の台詞だ。せせら笑いも爸のもので、サムの手はもう一度ネリーを狙って振り下ろされる。

ルーシーはサムの手を摑む。触れると衝撃がある――どれほど生意気でも、サムの手首は華奢だ。サムがぐいと手を引くと、ルーシーはよろめく。片腕をさっと伸ばすと、爪がサムの頰をかすめる。

サムはたじろぐ。それまでは、けっしてひるむことはなかった。子どもたちにも、投げられる石にも、ひどく酔っ払った爸にも。だが、ひるむ必要などあっただろうか。いましがたのルーシーとは違って、爸にはサムを殴るつもりはなかった。いま、朝の光がくっきりとする。サムの咎める目は双子の太陽とでもいうほど見開かれている。

臆病さゆえに、ルーシーは逃げる。後ろでは平手打ちが再開する。

坂を上っていく。見るかぎりで一番大きな丘を上がる。乾いた植物が手を伸ばしてくる先にあるワンピースの裾はもう短すぎるうえに、旅のせいで色褪《あ》せている。肌を切って血が出るくらい草は乾ききっていて、彼女の脚に繊細な模様をつける。頂上で、ルーシーは体育座りをする。膝のあいだに頭を入れて、耳をぎゅっとふさぐ。**聴了《ティンラ》？**媽はルーシーの両耳に手を当てて尋ねた。その最初の瞬間は、静寂。それから、ルーシー自身の血が流れる、ドクドク、ザーザーという音。

あんたのなかにあるんだよ。あんたの生まれたところが。海の音が。

塩水、飲む者にとっては毒。リー先生の歴史の本では、西のこの地域に隣接する海が陸の終わりになる。それを越えると——青い空白、波間に描かれた海の怪物たち。**野蛮な未知の場所**、と先生が言っていたので、嫣の焦がれるような口ぶりにルーシーの心は乱れた。

よく知っている生活から遠く離れて旅をしたいという思いを、ルーシーは初めて理解する。町から逃げたときは、サムの苛烈さを置いていくつもりだった。だが、苛烈さはルーシーのなかでも生きている。

「ごめん」ルーシーは言う。今回は、嫣に対して。嫣から言いつけられていたようには、サムの面倒を見てこなかった。面倒を見られるのかどうかもわからない。そして、その場にサムはいないので弱いところを見られる心配もなく、ルーシーはようやく泣くことを自分に許す。涙を舐めながら泣く。塩は値段が高く、一家の食卓から消えたまま数年になる。ルーシーは舌がしなびるまで泣く。それから草の葉を一本噛んで、その味を消す。

その草も、海の味がする。

二本目の草も、同じくらい塩っぽい。ルーシーは立ち上がり、丘の向こうを見る。すると——ちらりと光る白色。

歩いていくとやがて、大きく白い円盤の端を踏む。足の下がバリバリと割れると、かすり傷がひりひり痛む。乾季のさなか、丘陵の土地のどこでも、浅い水たまりや水流は消えかけている。ここでは湖が丸ごとなくなり、塩の低地を残していった。

ずっと立っていると、雲が集まり、世界が彼女のまわりで渦を巻く。嫣が塩漬けにしていたスモモが最初よりも力強い形になっていたことを考える。仕留めた動物の肉に爸が塩を振っていたことを考える。鉄を磨くための塩のこと。傷口に塗る塩、清めの焼けるような感覚。清めるための、救うための塩。毎週日曜日に裕福な男の食卓にあり、その風味で一週間を刻む塩。果実と肉のどちらもしなびさせ、それを変え、時間を稼ぐための塩。

弧を描く太陽が低くなると、ルーシーは下っていく。サムの顔はまだらになっているが、それは影のせいではない。サムは怒り狂っている――だが、その裏には恐怖がある。なにもないこの場所で、なにに怯えるというのだろう。

「置いていくなんて」次々に悪態を浴びせるあいまにサムは吐き捨てる。その言葉で、ルーシーにもわかる。二人の生活にあった暗黙の契約をルーシーは破ったのだ。いつも、サムが遠くまで歩き回るあいだ、ルーシーは座って待つ役回りだった。サムが置いていかれたことは一度もなかった。

ルーシーは優しく話しかける。幽霊に怯える馬に話しかけるように。塩と豚肉のこと、鹿肉やリスのことを。だが、サムは聞く耳を持たない。さらに声を張り上げる。

「つまり、探し続けてもいい」ルーシーは言う。「ネリーはあんたほど強くない」そして言い淀《よど》む。「私もあんたほど強くない」

それでサムは落ち着く。だが、サムを納得させるのは、二人のあいだに入り込み、蝿と、爸の臭いを運んでくる風だ。二人とも青ざめる。そこで、インディアンにはそうやって戦士を讃える部族があるとルーシーが言うと、サムはようやく折れる。

嘘で話をまとめたからといって、それがどうだというのか。

ネリーの背中の縄を初めて二人でほどく。自由になった馬は草地で転げ回り、潰れた蝿の黒い塊を残していく。

なにがあれば、男は男になるのか。二人はトランクを傾ける。世間に見せる顔があればいいのか。男の形を作る手や足があればいいのか。歩く二本の脚か。脈打つ心臓か。歌うための舌と歯か。そのどれも、爸にはほとんど残っていない。男の形すらない。シチューが鍋の形になるように、トランクの形になっている。端が緑に変色していたり、何日も凍っていたりする肉なら、ルーシーは塩漬けにしたことがある。そのどれとも、これは似ていない。


サムは塩の低地に駆け寄る。夕暮れ時に見ると、まるで大きく白い月が地面に沈み、空に残された小ぶりな月が頼りなげに昇ってきているかのようだ。サムは高く跳び上がり、ブーツを叩きつける。サムの背丈の倍ほどもある長いひびが表面に入る。近くの雷鳴のような轟音《ごうおん》。もう暗くなった空をルーシーは見上げる。やはり、雲は回転している。

ルーシーはシャベルを担ぐ。サムが跳ぶところについていき、大きな白の塊を穿《ほじく》り出す。暑さをものともせず、鳥肌が体の上をざわざわ泳ぐ。いまあるのは馴染みのリズムだ。掘る動き。暑さ。大柄な男の笑い声のような大きな音さえも。ルーシーが顔を上げると、サムが振り返っている。

「黄金並みに見事だな」サムは頷く。そして言う。「爸に見せてやりたかった」

爸の体に振りかけてみると、塩は灰のようだ。その猛攻撃から蠅は逃げるが、蛆虫は逃れられない。苦しみつつ死んでいく姿はどう見ても、小さな白い舌が丸まって叫び声を上げているようだ。

灼熱のなか四日かかって、爸は別のなにかに変わる。そのあいだネリーを休ませて、腹いっぱい草を食べさせる。サムは部位をひっくり返し、シャベルを使って塩で均等に覆われるようにする。ときおり、関節や肉の節を叩き切る。遠くから見たサムは、とてつもなく大きなスプーンを持っているようだ。

埋葬はまた違う調理法だから、と媽は言っていた。

乾燥しきった爸は、ルーシーよりも、サムよりも小さくなる。二人で、空になったリュックサックに爸を注ぎ入れる。肋骨は目を見張るような茶色い花になり、骨盤は蝶になり、頭蓋骨にはにやにや笑いがこびりついている。そして、二人にはどの部位かわからない筋やこぶは、固まった謎であり、ルーシーが尋ねられずじまいだった問いへの答えがそこにあるのかもしれない。どうして爸は酒を飲んだのか。どうして、ときどき泣いているように見えたのか。どこに媽を埋めたのか。

染みのついたトランクは置いていく。かつて、媽はそれを持って海を渡ってきた。いまは蝿への贈り物だ。思いもかけず蝿たちに哀れみを覚え、ルーシーの胸は疼《うず》く。数週間にわたって忠実についてきて、低い羽音を立て、交尾し、子孫を産んできたのだ。数えきれない命が、爸の亡骸という褒美によって支えられていた。生きていたときの爸が一度も見せることのなかった気前のよさ。蝿たちは何百匹とまとまって死ぬほかない。夜が明けるたびに、草の上で冷たくなった黒い死骸がさらに増えるだろう。もしルーシーにひと握りの銀があったなら、そこに撒《ま》いてやれるのに。

骨

ネリーはこの百マイルで一番足が速い馬だと、リー先生は言っていた。この西の地域よりも由緒ある血統の生まれなのだと。競走に出すことは一度もなかった。カウボーイのポニー相手ではまともな勝負にならない、と言っていた。

いま、その言葉がほんとうなのかどうか二人は試す。まずサムがまたがり、その後ろにルーシーが乗る。姉妹と、爸を入れたリュックサックを合わせても、あのトランク一個よりも軽い。ネリーは地面をひづめでかき、貧弱な草しか食べていないのに走りたくて気がはやっている。それに応えてサムもせっかちになるだろう、とルーシーは思う。

ところが、サムは身を乗り出してささやきかける。ネリーの灰色の耳はぴくりと後ろを向く。話しているような、ささやかな動き。

そして、サムは大声でけしかける。

ネリーは長く、長く体を伸ばす——草の上を脚がひらひらと動き、二人は飛んでいる。風が金切り声を上げる。サムの喉から出るざらざらした興奮の音は、爸の自慢、媽のしわがれた声、そして同時にサムだけの音でもあり、獣のように荒々しい——そしてルーシーは気づく。その音はひとつの喉から出ていない。それはルーシーの声でもある。

もし、それが取り憑かれるということなら、なかなかいいものだ。


旅人が幌馬車で進んでいくなら、この地域を横断するにはひと月かかる。二人が後にした主要な街道は西にある海で始まり、東の内陸にある山脈にぶつかる。そこで街道は北に折れ、山脈を抱え込むように進んでいくと、やがて平らな土地に出る。街道は東に向かって巻いていき、隣の地域の穏やかな平原に入る。多くが旅をしてきた、はっきりとわかる道。望めばすぐに見つけられる。だがその夜、土に図を描くサムには別の計画がある。

「たいていの人はこうする」サムは言うと、街道の始めの部分を棒でなぞる。媽と同じようにして、三つの頂をひとつにまとめて山を描く。

「それから」ルーシーは言い、自分でも棒を拾う。「たいていの人はそのまま進む」彼女はその道の続きを描き、隣の地域に入っていく。

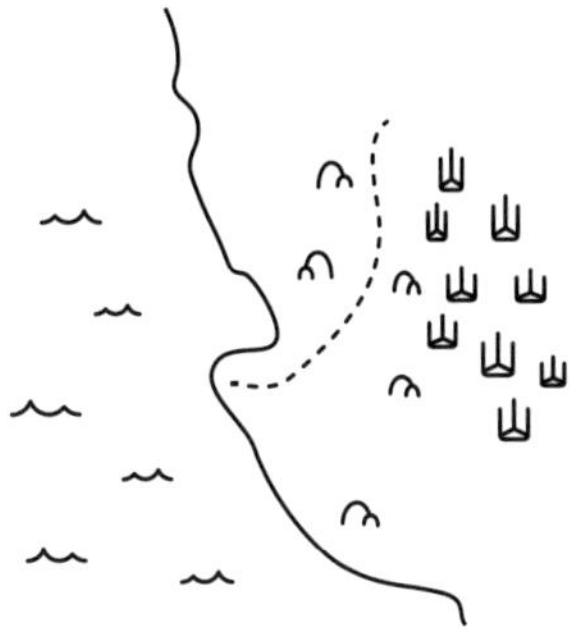

サムは眉を寄せる。ルーシーの棒を軽く叩いて押しのける。「でも、誰もここには行かない」細い棒を拾い、サムは新しい線を描く。その線は街道から分かれる。「ここも」その線は山脈の真ん中を突っ切っていく。「ここも」今度は強く押されたように横に飛ぶ。「ここも」サムが描き終えると、地図には体をよじるヘビのような街道があり、くねって輪を描き、山々を抜け、南に曲がり、北に飛び、遠くの西海岸にもたれかかる。

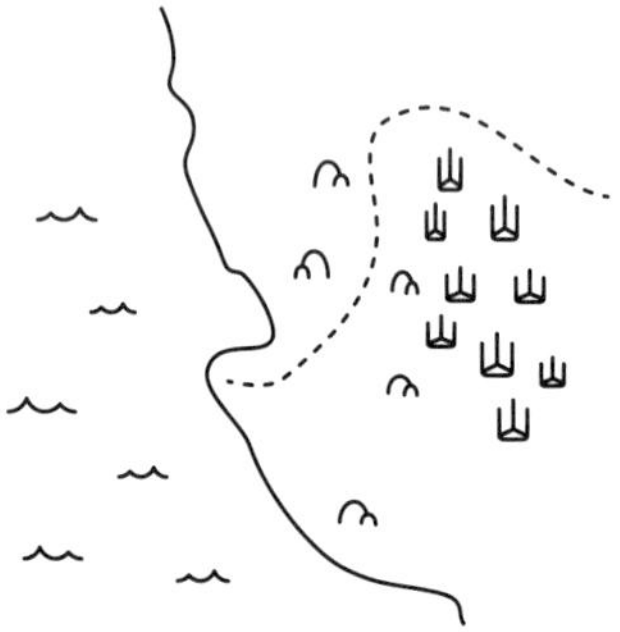

ルーシーは目を細める。サムの新しい線は次から次に曲がりくねり、結局は最初のところに戻ってくるように見える。「誰もそんな道は行かない。意味がないから」

「だろ。**誰も行かない**。ここにあるのは野生の土地ばかりだ」サムはルーシーをじっと見る。

「そこならバッファローがいるって爸が言ってた」

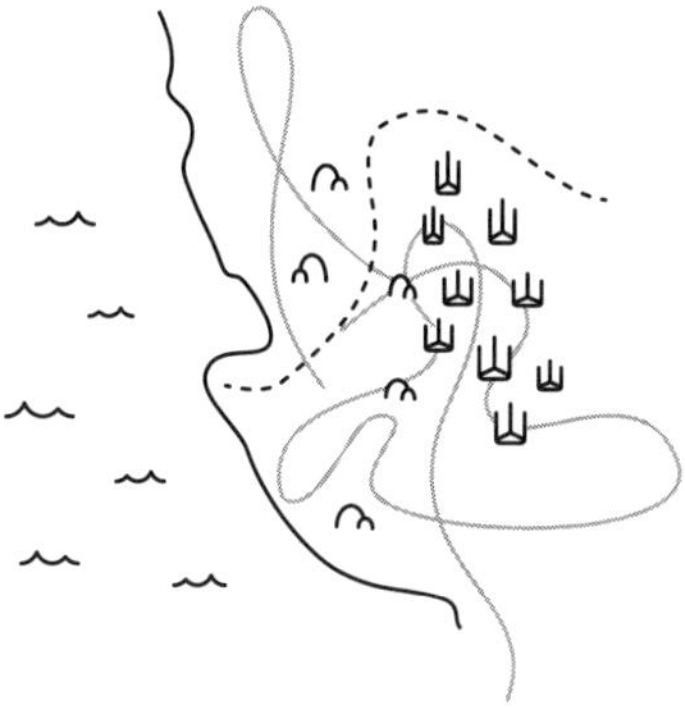

「サム、それは作り話だよ。バッファローはもう死んだ」

「本で読んだだけだろ。実際には知らないくせに」

「このへんでバッファローを見たなんて話はもう何年も聞かない」

「探し続けてもいいって言ったじゃないか」

「永遠にってことじゃない」サムの線は、もっとも険しく、踏破されていない土地を何カ月も旅することになる。何年もかかるかもしれない。

「約束したくせに」サムはそっぽを向く。背中を覆う赤い服は色褪せ、二人が出発したときよりもぴんと張っている。シャツの端の下にはお腹の肌が少しのぞいている――サムは大きくなったのだ。不思議なことに、サムの棒は動いていないのに、土に描いた地図の隅に黒い斑点が一つできる。その点は広がり、サムの肩は震える。黒い点は濡れている。サム――泣いているのだろうか。

「約束しただろ」サムはもう一度、さっきよりも静かに言う。その前と後の言葉は、水がうねる音しか聞こえないが、今回はルーシーにも聞き取れる。**死んだりしないって約束しただろ。**

爸が死につつあることを、ルーシーは何年も前から知っていた。いつ死ぬのか知らなかっただけだ。四十年も生きていないのに、媽が死んだせいで老け込んでしまった。爸は食事をせず、ウイスキーを水のように飲んでいた。革のような顔に唇は沈み込み、歯は緩くまばらになり、目は赤く、それから黄色に、そして二色が混ざって脂の多い牛肉のようになった。爸の亡骸を見つけても、ルーシーは心底から驚きはしなかった。爸に破られた約束を嘆いたのはもう何年も前のことだった。

でも、サムはそうではない。サムは爸の心に残ったなけなしの優しさをすべてもらっていた。

「しーっ」サムは無言だが、ルーシーは言う。「好的《ハオダ》、好的《ハオダ》。行くから。一緒に探そう」

なにひとつ見つけられはしない。ルーシーにはわかっている。バッファローはいない。そうした野生の土地についての真実は本に書いてある。だが、サムが信じる情報源は二つしかない。爸と、自分の目だ。ひとつはなくなってしまった。もうひとつはそのうち、なにもない山々を見ることになる。あと数週間かかるかもしれないが、じきに、サムは爸を横たえるだろう。

ネリーの背中から見ていると、丘陵は液体になるような速さで過ぎていく。黄色い草で作り直された、媽の話に出てきた海原。遠くの山々が近くなり、ある日、ルーシーにはわかる。なんだ、青くないんだ。緑色の藪と灰色の岩、尾根に深くかかる紫色の影。

土地も色を取り戻す。小川の幅は広くなる。ガマ、マイナーズレタス、群生する野生のニンニクや人参。丘は岩がちになり、谷は深くなる。折に触れて、草は木立の陰で濃い緑をほとばしらせる。

はたして、これが爸の追い求めた野生の地なのだろうか。自分たちが土地のなかに消えてしまうかもしれないという感覚——透明になるように、あるいは許しのように体を奪おうとしてくるこの感覚を、爸は求めていたのだろうか。ルーシーのなかの虚ろさが縮むにつれて、彼女自身も縮んでいく。山々に対して、曲がることのないオークの木々を抜けて緑色になる金色の光に対しては、彼女はちっぽけな存在でしかない。サムですら、塵《ちり》と同じくらい命の味がする風のなかでおとなしくなっている。

ある日、ルーシーは鳥の歌声で目を覚ます。彼女を包んでいるのは過去の夢ではない。未来の姿が、露のようにしがみついている。

炭坑夫の妻たちのなかには、内陸のほうを向いて、**文明社会**、と溜め息をつく人もいた。そうした妻たちは山脈を越えた肥沃《ひよく》な平原の出身で、炭坑で働く夫の手紙によって西に連れてこられていた。その手紙には炭塵のことはなにも書いていなかった。やってきた妻たちが身にまとっていた活気溢れるワンピースは、西の強い日差しのなかで、希望と同じくすぐに色褪せていった。

やわなやつらだ、と爸はあざ笑った。**看看《カンカン》、あいつらはすぐにくたばるぞ。**そのとおりだった。咳が始まると、そうした妻たちは火に放り込んだ花のようにしおれていった。男やもめたちが再婚したのはがっしりした女たちで、やるべきことのみに目を向け、内陸には見向きもしなかった。

だが、ルーシーは隣の地域、その隣、さらに東についての話を聞くのが好きだった。そうした平原では水が豊富にあり、どこを向いても緑が広がっているのだという。町には木陰と舗装された道路があり、木造りの家にはガラスが入っている。雨季や乾季ではなく、歌のような名前を持つ季節がある——**秋、冬、夏、春。**店にはあらゆる色の布、あらゆる形の飴がある。**文明社会**という言葉の軸となる**社会**から、ルーシーは思い描く。子供たちはきちんとした身なりをして、さらにきちんとした話し方で、店主たちは微笑み、扉を乱暴に閉めるのではなく開けたまま押さえてくれる。そして、ハンカチも床も言葉も、すべてが**きれいだ**。新しい土地、そこでなら二人の女の子はまったく目立たないかもしれない。

一番のお気に入りで、目を覚ましたくない夢のなかでは、ルーシーはドラゴンやトラに挑むことはない。黄金を見つけることもない。驚異を遠くから眺め、顔は人混みに紛れている。家に続く長い通りを歩いていっても、まったく誰も目をつけてこない。

一週間が経ち、山脈の麓《ふもと》にたどり着きかけたとき、空にある肋骨が太くなる。めったに見られない、狼の月。日が沈んで星が出てから、まばゆいほどの月が現れる。銀が二人の目をつつき、眠らせてくれない。草の葉、ネリーのたてがみの毛、二人の服の皺――すべて照らされている。

草の向こうに、さらにまばゆい光。

二人とも、まだ眠っているような気分で毛布から起き上がって歩く。手と手が当たる。サムが手を伸ばしたのだろうか。それとも、サムの背が伸びたので歩幅が同じくらいになり、たまたま当たったのだろうか。

その光は、トラの頭蓋骨から発せられている。

きれいな骨だ。手つかずで、歯を剝いている。この頭蓋骨は偶然ここに置かれたのではない。この獣は、ここで死んだのではない。まわりに骨は一本もない。虚ろな眼窩《がんか》は、東と北を向いている。その視線を追うルーシーには見える。山脈の端、幌馬車の街道が平原に向けて曲がっていく。

「これって――」ルーシーの動悸が激しくなる。

「道標だ」サムは言う。

たいていの場合、ルーシーにはサムの黒い目は読めない。今夜、月の光がサムを貫き、草の葉のように胸の内をはっきりと見せている。二人はまるで敷居の前にいるかのように並んで立ち、新しい家に着くたびに媽が戸口の前に描いたトラを思い出す。媽のトラは、ルーシーが見たどのトラとも違って八本の線で示されていて、目を細めてようやく獣の姿が見えてきた。暗号だった。媽はそのトラを、なにかあったときのためのお守りとして描いた。**老虎《ラオフー》、老虎《ラオフー》、**と歌っていた。

媽はどの新しい家にもトラを描いた。

頭蓋骨の手つかずの歯に触れると、歌が震えながらルーシーの頭を抜けていく。脅しているのか、でなければにやにや笑っているのか。その歌の最後の言葉はなんだっただろう。トラへの呼びかけだ――**来《ライ》**。

「なにがあれば、家は家になる？」とルーシーは言う。

サムは山脈のほうを向き、**吠える**。

風

風が斜面を吹き下ろす。あたりの匂いが変わる。月の鋭い光を頼りに、サムは埋葬場所を整える。

トラのまわりに、サムは石を並べて円を描く。**家**《ホーム》、とサムはそれを呼ぶ。その円の片側には、持ってきた深いフライパン、おたまと包丁と匙《さじ》を置く。**台所**、とサムはそれを呼ぶ。反対側には二人の毛布。**寝室**、とサムはそれを呼ぶ。端のところには、まっすぐ突き立った何本もの枝。**壁**、とサムはそれを呼ぶ。その枝の上には草を編んだござ。**屋根**、とサムはそれを呼ぶ。

その中央を、サムは最後まで空にしておく。

もう夜明けも近いころ、サムは仕上げる。草の天井はつくりが粗く隙間だらけで、フライパンにはまだ燕麦の塊がこびりついている。やったことがないせいでサムは家事が下手だ。それでも、ルーシーが手伝おうとするとしっしっと追い払う。いま、サムはトラの頭蓋骨のところに歩いていき、シャベルを高く掲げる。シャベルが土に沈み込む。手は震えているだろうか。

サムは手を止める。震えは続く。寝不足のせいかもしれない。別のなにかのせいかもしれない。サムの顔は濡れてはいない。頭蓋骨をじっと見る様子は、なにかの答えを期待しているかのようだ。

ルーシーは近寄り、サムの片手を取る。今日はなにも文句を言われることなく、サムを寝かせ、震えるその顎の下に毛布をたくし込む。もう急ぐことはない。夜が明ければ埋葬する。それまでは、ルーシーが寝ずの番を買って出る。

すると、朝になるまでずっと、風がとりわけ獰猛《どうもう》に吹きつける。サムの家を倒し、ルーシーのぼろぼろのワンピースや毛布を貫き、喉を通って虚ろな内側に吹き込むせいで、体の芯から冷えきってしまう。平手打ちのような風。さっと頬に当たる強風。つまり、雨季はもうすぐだ。

もうすぐというのは言い過ぎだが、それは爸の癖だった。**今晩もうすぐ帰ってくる**というのは翌朝か、次の日の夜、次の月曜日のことで、目は赤くウイスキーの匂いを発していた。雨がもうすぐだというのは、爸がもうすぐ帰るが帰ってはこないのと同じだ——遠く離れた、重くなったひとつの雲。サムが眠るあいだ、風の音が騒々しいおかげでルーシーは起きていられる。日中の風とは違って、声のような風が、低く、草のなかを吹き荒《すさ》んでいる。**アアア**、と風は言う。**ウウウ、**とときには言う。ときには**イイイイイイン、**ときには**エエエエエエ、マヌケエエエ**と言う。風には口答えすることも頼み込むこともできないので、ルーシーは学んだとおりに黙っている。風に打たれ、目を刺されるに任せる。風が遠く離れた地からの贈り物を吹きつけてくるに任せる。風が運んでくるしおれた葉は、手についた長い指のようだ。細かな土でルーシーの髪は黄色くなる。贈り物なのか、警告なのか。濡れて腐った臭いがする。セミの殻を初めて見るルーシーは、それは指か爪先かと勘違いし、三回目、四回目、五回目に見るときには、指や爪先の亡霊なのだと思う。取り憑く亡霊は、風が復讐に満ちた力でルーシーの喉に吹き込み、日中であれば思い出すのも憚《はばか》られる言葉で耳を満たしてくるのと同じだ。**アアアア**、と風は叫び、寒さによって彼女を奪おうとしてくる。**スメエエエ**、と風は叫ぶ。**ムスメエエエ**。風は吹き荒れ、サムが眠るなか、ルーシーは座って耳を傾ける。ひたすら耳を傾ける。

そして、明るくなる。

サムはシャベルを持ち、

ルーシーはおたまを持つ。

埋葬の知識《ジーシー》はまた違う調理法だから、と媽は言っていた。

「いいか?」とサムは言う。

シヌケエエエエ、と風は言う。

そしてルーシーは心のなかで言う。**覚えてる? 金鉱探しを爸から教わったこと。覚えてる? 爸の手首には油で火傷した跡が点々としていた。覚えてる? 爸のお話の数々。覚えてる? 爪**

を噛んで根元までなくなってた。覚えてる？　お酒を飲んだときのいびき。覚えてる？　爸の白髪。覚えてる？　爸の空威張り。覚えてる？　豚肉に胡椒を振った料理が大好きだった。覚えてる？　爸の匂い。

二人は穴を掘る。拳銃の大きさ。二人は掘る。死んだ赤ん坊の大きさ。二人は掘る。犬の大きさ。二人は掘る。ただ横になって休みたい少女の大きさ。リュックサックが一個、二個、四個収まるくらいの広さになっても、二人は掘る。掘っていくと、その墓はルーシーの内側にある墓のような形になる。ロームの土と朝の息の臭いで満たされた空洞。二人が掘っていくとやがて、太陽は丘陵の背中をじりじりと下りていき、墓の縁に影を投げかける。

コシヌケエエエエ、と風は悲しげに言う。

言い返すほどルーシーは愚かではない。

サムがリュックサックを開ける。

爸は落ちてごちゃ混ぜになる。まっすぐに戻る望みはない。すでに、乾ききって渇きに飢える土壌が爸を飲もうとしている。爸は沈む。どこへ行くのだろう。下りていって、ルーシーが一度も見たことのない墓のなか、分かち合う暗黒のなかで媽の骨と混じり合うのだろうか。

サムはポケットに手を入れる。一瞬、拳の膨らみは、サムが銀行で抜いた拳銃の膨らみを思わせる。その二枚の銀のために、二人はあれほど多くを犠牲にした――この墓は盗みをするだけの価値があったのだとルーシーは思いたい。

覚えてる？　爸があんたに馬の乗り方を教えたこと。覚えてる？　爸のブーツはなにも入って

なくても爸の足の形になってた。覚えてる？　爸の匂い。服を洗わなくなった後とか、飲むようになった後とかじゃなくて、その前の匂い。

それでも、ルーシーは話さない。サムも動かない。サムがその銀貨を持っていると、そのうちルーシーは気づく。その場で独りになりたいのだ。

幾夜となくしてきたように、ルーシーはサムと爸を二人きりにする。父と娘、父と偽りの息子のあいだで最後になにが交わされたのか、ルーシーは目にしない。

泥

二人は眠る。墓のなかではなく、墓から生まれた柔らかく緩い盛り土の上で。穴は埋められて固められているが、二人は掘り出した土のすべては戻せなかった。もう二カ月近く前に逃げ出してから初めて、ルーシーは朝までぐっすりと眠る。夢も見ない。サムが寝床に来たことは覚えていないが、朝になるとサムの体がそばにある。汚れていて、命の臭いを放っている。

夜のうちに湿気が訪れていた。遠くにあったあの雲の塊が、湿った息を発していたのだ。サムの顔には水滴が点々とついている。二人の体についた土は泥になっている。ルーシーがサムの頬を拭こうとすると、指はさらに濃い茶色をひと筋残していく。

サムは首を傾《かし》げ、人差し指を上げる。一本目と並行になるように二本目の筋を描く。

二本の、トラの縞模様。

「おはよう」ルーシーは墓を守る頭蓋骨に言う。骨はもちろん彼女を無視する。後ろにある西の丘陵を無視するのと同じように。山脈の端を向いている。空気が新たな季節の前兆を示しているその朝、ルーシーには以前よりも遠くが見えるように思える。目を細めれば、一番端の山の頂が見えないだろうか。目を細めれば、雲の連なりはレース模様に似ていないだろうか。目を細めれば、新品の白いワンピースや、幅の広い通りや、木とガラスでできた一軒の家が見えないだろうか。

ルーシーは自分の手首に指を押し当てる。自分の太ももに。頰や首や胸に、新しくできたひりひりする感覚を避けて当てる。表面上は、前の夜から太っても痩せてもいないが、内側ではなにかが変わり、爸の亡骸とともに葬られていた。ひび割れた唇が濡れている。ルーシーは微笑む。乾いた肌が切れてしまうのが心配で、最初は小さく微笑む。それから、大きくする。自分の唇を舐める。

世界に水が戻りつつある。

サムを起こしてしまわないよう、そっと野営地を動いていき、埋葬のためにサムが作った家を解体する。草のござをほぐし、葉を墓の上に敷いて目につかないようにする。石は小川に戻す。枝は引き抜いて、その穴の上に泥をかぶせる。自分たちの道具をしまう。ネリーの背中に鞍を置く。

サムが起き上がって、戸惑った目であたりを見回すころには、ルーシーは爸の墓所をまた野生の地に戻している。爸が好んだように。

「起きなよ、お寝坊さん。もう行こう」

「どこに?」サムはぼんやりと言う。

「前に向かって。温かい食事があるところへ。白いパン。肉。しっかり長風呂できるところへ」ルーシーは手を叩く。「きれいな新しい服。あんたにぴったりのバンダナとズボン。私には新しいワンピース」ルーシーがにやりと笑いかけると、サムはお得意のぎこちないまばたきをする。

ルーシーはトラの頭蓋骨のほうを向いて指す。それから片手を上げる。伸ばした指に、銃身の先を見るようにして細めた目を添える。地平線に狙いをつける。「あの山脈を抜けさえすれば、新しい家を探す時間はいくらでもある」

するとサムは言う。「おれたち、家にいるじゃないか」

サムは立ち上がる。ルーシーが望むように、東に歩く。だが、すぐ立ち止まってしまう。トラの頭蓋骨に片足をしっかりと置く。

「ここに」サムは言う。はっきりした声で。

片足を上げて、顎も上げ、両手は腰に当てている——その姿がなにを思い起こさせるのか、サムは気づいていない。ルーシーの読んだ歴史の本は、そうやって立つ征服者の男ばかりだった。彼らの後ろでは、バッファローもインディアンもいなくなった土地に旗が揺れていた。

ルーシーは両膝をつき、サムのブーツを押しやろうとする。サムはしっかりと立つ。もうせっかちになってコツコツと足を鳴らしはしない。

「拍車も！」とルーシーは言う。「きちんとした町なら、きちんとした拍車があるはず」

「ネリーにはそんなの必要ない。おれたちにも古い町なんて必要ない」

「ここでは生きていけないよ。なにもない。人もいない」

「人にしてもらったことなんかあるか？」サムはブーツの先で頭蓋骨の歯をなぞる。死んだ口から、薄気味悪い音楽が流れ出す。「ここならトラがいる。バッファローもいる。自由もある」
「死んだトラだよ。死んだバッファローだ」
「昔むかし」サムが話し出すと、ルーシーはそれに耳を傾けるしかない。

昔むかし、このあたりの丘陵は不毛の地だった。まだ丘ですらなかった。平原だった。太陽はなく、氷があるだけの。なにも育たないその土地に、やがてバッファローたちがやってきた。西の海にかかる陸の橋を渡ってきたのだ。バッファローが渡ると、その重みで橋は沈んだのだという話もある。

バッファローたちのひづめが大地を耕し、その息が大地を温めた。バッファローは口のなかに種を運び、毛皮のなかに鳥の巣を運んだ。ひづめが作った溝に川が流れ、転がったときのくぼみが谷となった。バッファローは東に、南に、山脈や平原や森林を抜けて広がっていった。次々に地域を越えていったから、かつて、バッファローたちはこの国をほぼくまなく歩き、新たな子孫が生まれるたびに大きくなり、伸ばした体は開けた空を埋め尽くすほどだった。

それから、インディアンたちのはるか後になって、新しい男たちが、違う方角からやってきた。その男たちは種の代わりに銃弾を撒いた。男たちはちっぽけだったが、バッファローたちをどんどん押し戻し、ついにはここからそう遠くない谷に最後の群れが囲い込まれてしまった。深い川が流れる、美しい谷だ。男たちはバッファローを殺すのではなく、縄で捕えるつもりだった。飼い慣らして、自分たちの牛と混ぜるのだ。牛の大きさに身の丈を縮めてしまうつもりだった。

ところが、日が昇ると、男たちの目の前には夜のうちにいくつもの丘がせり上がっていた。その丘は、川に入っていって溺れ死んだ、千かける千ものバッファローの亡骸だった。丘陵は高く悪臭を放ち、男たちは立ち去るほかなかった。鳥がバッファローをついばんですっかりきれいにした後も、川は二度と流れることはなく、骨のあいだからふたたび生えてきたものは、かつての緑の草ではなかった。黄色く、呪われ、干からびていた。作物はできない。この丘陵にきちんと住み着ける者はいない。バッファローたちが戻ることにするまでは。

その物語を、ルーシーは十回は聞かされてきた。爸のお気に入りの物語だった。だが、リー先生は笑い、ある本に載っているバッファロー最後の群れにまつわる真実を見せてくれた。東のほうにある、金持ちの男の庭で飼われているのだ。線描画のバッファローはどれも、あの太古の骨のように空に向かって伸びてはいなかった。囚われの身になったことで、おとなしい牛の大きさにまでなってしまっていた。**感傷でしかないな、**と先生はたしなめた。**いじらしい民話だね。**

それからは、爸がどんな物語を語っても、バッファローが大きな肩で草を分けたり、トラの縞模様が影をするりと抜けていったりする姿は、ルーシーには見えなくなった。見えるのは、嘘をつく爸の口のなかの、かつては歯が一本あった虚ろな空間だけだった。

「あんたも言ってた」ルーシーはサムに思い出させる。「ここは呪われた土地だって」

「もし、**おれたちが**呪われてなかったら？　バッファローたちは海を越えてやってきた。おれたちだってそうだ。それに、このトラは爸に特別な印を与えた」

「爸の話を鵜呑みにするわけにはいかない。それに、もう事情は変わった。この地域は文明化されて、前よりもよくなった。私たちだって同じようにできる」

トラが剝いた歯が、サムの口のなかに居座る。今回はルーシーに向けられている。

肉

空腹のことも、寒さのことも、サムは口にするのをやめる。地平線でゆったりと動く、灰色の低い雲のことも。まるで、強情にしていれば真実をすべて打ち負かせると決め込んでいるかのように。長持ちしないあの家についての真実も、燕麦も銃弾もなくなってしまったいまではどんなに歯を剥いても飢えから守ってはくれないトラの頭蓋骨についての真実も。ルーシーは二人の未来について話そうとする。サムはとうの昔に死んだ過去についてしか言葉を使わない。

曇り空の日々が続くが、サムはさらに強く輝く。さらにまばゆく。毎朝、小川に映る自分の姿に見とれる。いかにも女の子らしいが、ただし歪んでいる——髪の毛を結うことも、梳《す》くこともしない。サムは髪をばっさり短く切っていき、ついには頭皮が見えるくらいになる。失った体重を、鋭くなった肘や頬を喜んでいる。

それでも、そうした自惚《うぬぼ》れのなかに、媽の面影がルーシーには見える。

かつて、いまは自分自身に向けているような視線を、サムは媽に向けていた。媽は毎朝、爸と一緒に炭坑に出かける前に変身した。縁なし帽の下に髪を隠し、袖のなかに白い腕を隠した。体をかがめてブーツの紐を締めていると、嫣の顔は灰に触れそうになっていた。灰から別の姿になった小間使いの少女のように——ただし、順番は逆だった。これは変装だから、と嫣は言っていた。十分な貯金ができるまでの。自分だって変装したいとサムが騒ぐと、嫣は甘く苦い香りのするトランクを開けた。赤いワンピースを裂き、バンダナを作った。

その日、喜ぶサムの獰猛な輝きに、ルーシーは目を背けるしかなかった。

二人の服は色褪せ、旅ですり切れてしまったが、そのバンダナだけは元の色のままだ。ときおり、サムは鼻歌交じりにそれを結わえる。二人とも、歌詞はほとんど忘れてしまった。嫣が歌っていた旋律だ。

疲れ切り、空腹によって議論はかじり取られ、ルーシーは昼も夜もうとうとする。夢に出てくるのは、重い果実をつけた緑の木々、鶏の出汁《だし》を吐き出す噴水。白っぽい毛皮が、彼女の手足をさわさわと下りていく。歯が痛い。身震いし、歯ぎしりしつつ、動物が火で炙《あぶ》られていく夢を見る。焼きすぎ、塩をかけすぎた肉は、干し肉のように乾いている——

ある日の午後、目を覚ましてまばたきすると、肉の匂いがまだ残っている。ひと筋の煙が空を切り、山麓の雑木林から上がっている。

唾が口に満ちる。最初は甘く、それから恐怖で苦くなる。調理された肉とはつまり仕留めた肉であり、つまり銃やナイフを持った男たちだ。昼寝しているサムを起こす。**逃げよう、**と口だけを動かして言い、煙、ネリー、自分たちがまだこっそり抜けていける小道を指す。サムはゆっくりとあくびをして、その肩をごろりと動かすが、すっかりほつれたシャツはその動きで破れてしまいそうに見える。

サムはフライパンに手を伸ばす。まるで、今日も悠々自適な生活で、まるで炒めるベーコンやジャガイモもあり、まるでこのあたりの丘陵で二人だけの生活をするのは夢物語でしかないとはまだわかっていないかのように。

「腕全体を使って振ればいい」とサムは言い、フライパンをルーシーに渡す。サムは研いだやすを一本持ち、煙に向かって歩き出す。後ろに声をかけながら。「おれたちの土地を守るぞ」

夕暮れ時の雑木林の中央で、二人が見つけるもの――

消えかけた焚き火。

杭につながれた馬。

木の葉に埋もれかけた、死んだ男。

まだ腐臭はしていないが、顎ひげのあたりでは蠅が飛び交っている。毛皮をいくつもつないだコートに包まれていて、民話の怪物のようだ。ジャッカルの時刻、縁が消えてしまい、現実と非現実の境目が緩むときだ。

「あれを見ろよ」サムは息を吸い込む。そして枝のあいだを滑って下りていき、死んだ男の袋を目指す――そして、その上に横たえられた肉付きのいい鳥を。

そうなると、ルーシーが男を見張ることになる。死者のそばに膝をつくのは二度目なので楽だ。少なくとも、目は細まってはおらず閉じていて、顎ひげと爪は不潔だが毛皮はきれいだ。ルーシーは思わずその毛皮を撫でてしまう。手を上に、下に、上に――

死んだ男がその手を摑んで言う。「泣いちゃだめだぞ、お嬢さん」

ルーシーが体をよじって引くと、男は起き上がり、木の葉を脱ぎ落としていく。その動きと一緒に、ライフルが一丁上がってくる。ジャッカルの時刻。男を覆っていた木の葉は影のなかで黒くなる。だが、彼女の手首を握る手、それは現実だ。男の息、銃が放つ光、男の口元にある唾、それは現実だ。男の目も。奇妙な丸い目は、虹彩《こうさい》よりもはるかに色が薄い。その目がルーシーの全身をじろじろと眺め回す。

「それから、そこにいるお前は近づくなよ」

サムは男の皮剝ぎ用のナイフを一本持って立ち止まる。せしめた袋、二人の狙いを証明する唯一のものは、後ろに置いてある。

「騙したな」サムは吠え、その場で地団駄を踏む。「死んだとおれたちに思わせようとしたんだろ、この混蛋《フンダン》のくだらない嘘つきの――」

「お願いします」ルーシーはささやく。「傷つけないで。悪気はなかったんです」

男はサムからじりじりと目を離す。ルーシーを見る。舐めるような視線は、彼女の口のところでいったん止まり、それから胸、腹、脚に動いていく。男の目が肌をちくちく刺してくる。ルーシーは唇を舐め、口を開いて話そうとする。なにも出てこない。

男はルーシーに目配せする。

「よく聞くんだ。後で後悔するようなことはするな」男はサムに声をかける。間違った言葉だ。サムは気色《けしき》ばみ、切ったばかりの髪が逆立つ。

そして男は言う。「坊や」

サムの目がきらりと光る。その夕暮れのなかで、ナイフよりも明るく。ルーシーはまた、灰のなかにいる媽を、サムのうっとりとした目つきを思う。あの変身の目つきを。

サムはナイフを捨てる。

「それもだ」男は言い、顎で拳銃を指す。

サムは空になった爸の銃を捨てる。ルーシーの心のなかではあれほど重かったのに、落ちてもドスンと音を立てはしない。

「誰も傷つけるつもりはない。ただし、この忌々しい蝿どもは別かもな」男は言う。「それはわかってるだろ?」男が話しかけているルーシーは、摑まれた手首をねじっている。いきなり男が手を離すせいで、彼女は転ぶ。「落ち着けよ」男の目は、ワンピースからのぞくルーシーの脚に向けられる。「落ち着け」

「こっちもあんたを傷つけるつもりはない」サムははったりをかける。

「当たり前だ。俺たちみんな通りがかりだろ?　この場所は俺たち旅人のものなんかじゃない」

サムは張り詰める。ルーシーは、サムが言い返すものと思う。**おれたちの土地だ**、と。その代わりにサムは言う。「そのとおりだ。この土地はバッファローのものだ」

「ありがたいことに、おすそ分けをくれるだろうな」男はおごそかに言う。「おすそ分けといえば、ヤマウズラが二羽ある。もしお前らが塩なしでもいいなら」

「塩はいらない」サムが言うのと同時にルーシーは言う。「たっぷりあるから」二人はあの塩の低地から食用に塊をひとつ取っていた。

「男が必要とするものと、男が好きなものがある」男は自分の腹をぽんぽんと叩く。目と同じくらい丸い腹だ。「たとえば、連れだ。ここじゃ寂しくなる。お前らの塩をちょっともらって、お礼をすることにしよう。それから若い女もいいな」

男の目は、空になった皿のようにくるくるとルーシーのほうを見る。

ルーシーは男の服を洗うと申し出る。夕食も作る、と。男の目は大きくなり、ついには吠えるような笑い声を上げる。口の両端に溜まった唾を、二本の汚い指で拭う。

「若い女もいいな。でもお前は**女の子**なんだろ?」

それがどういう意味なのかはわからないが、ルーシーは頷く。

「歳のわりには背が高いな。勘違いしたよ。何歳なんだ? 十一歳か? 十歳か?」

「十歳」とルーシーは嘘をつく。サムは訂正しない。

後になって、ルーシーは理解する。男の目つきは、幼い彼女にはまだ話せない言葉だった。夕食のあいだルーシーは不安だったが、ヤマウズラには肉がたっぷりついていて、サムは口笛を吹く。ルーシーはジュージュー音を立てる肉にかがみ込み、両手を温める。

「炭坑夫の出だな」男は言い、自分も両手を出す。肌の下では青い斑点がいくつも生きていて、小さな魚の群れのようだ。ルーシーにあるのはひとつだけ、傷口に炭塵が入り込んだところだ。

「そこまで傷のない手なのはどうしてだ？」

「扉で働いていただけだから」ルーシーは言い、目を逸らす。自分の手が恥ずかしい。サムの手は爸と同じように青い切り傷だらけだったし、媽も手袋を脱げばそうだった。ルーシーはほんの少し働いただけで、あとは学校に通っていた。媽は死に、爸はもうルーシーには手伝わせようとしなかった。

「おれたち、坑夫じゃないんだ」サムは言う。

ある酔っ払った夜、爸は両手の手のひらをストーブに当て、ついた傷痕を焼いて落とそうとした。一週間かけて水ぶくれが破れ、さらに一週間で死んだ皮膚が剝がれた。その色は新しい皮膚の上に残っていた。石炭は深くに隠れている。**俺たちは金鉱夫だ、**と爸は言い張った。**これはいまだけの一時しのぎだ。聴我《ティンウォ》。**

「冒険家なんだ」サムは単調な声で言う。「ほかの連中とは違う」サムは身を乗り出し、その黒い目を細める。「無法者だ」

「そうか」男は愛想のいい声で言う。「無法者はほんとうに面白い連中だよ」

男はそれから、ほかの面白い連中の話をする。焚き火の熱が当たる側のサムの顔は輝く。ルーシーが座っている側では、背中に風が当たるのがわかる。男はサムにヤマウズラをひと口食べさせ、サムの意見に真剣に頷く。サムに肉を切り分けさせる。三人とも食べ終わったところで、男はようやく尋ねる。「で、どこの出身なんだ？　雑種犬みたいなもんか？」

サムの体はこわばる。ルーシーは少し近くに体を寄せ、落ち着かせるための片手をサムの肩に置けるようにする。この男はほかの大勢よりも遅れてここにやってきたが、目的地は同じだ。ルーシーにはどう答えればいいのか見当がつかない。爸も媽もはっきりした答えはくれなかった。神話を寄せ集めた話でごまかしていた。リー先生の歴史の本には出てこない嘘交じりの言葉に願望が混じって、媽の言葉は舞い上がってばらばらになる。**うちの一家みたいなのはここにはいない、**と媽は悲しげに、爸は誇らしげに言っていた。**私たちは海を渡ってきた**と媽は言った。**俺たちが一番乗りだった**と爸は言った。**俺たちは特別なんだ。**

ルーシーには意外なことに、サムはたったひとつの正しい答えを言う。

「おれはサム」あの顎が、上がる。「こっちはルーシー」

生意気な言葉だが、男は嬉しそうだ。「いいか」男は言い、両手を挙げる。「犬ってのは俺のお気に入りの連中だよ。俺だって雑種犬だしな。そういう意味じゃなかったんだ。訊きたかったのは、どこの出身なのかにすごく興味があるってことだ。旅をしてきた顔つきだからな。それに、怯えて逃げてきた顔つきだ」

ルーシーとサムのあいだで視線が交わされる。ルーシーは首を横に振る。

「おれたち、この丘の土地で生まれた」サムは言う。

「よそには行ったことがないのか？」

「いろんなところに行ったよ。何マイルも行った」

「じゃあ、ここの山脈になにがあるのかはもちろん知ってるよな」男は言い、顔に笑みをのぞかせる。「炭坑夫たちから逃れて上のところに隠れてる怪物たちのことはもう知ってるわけだ。それにもちろん、その山脈を越えて、平原やその向こうのことも知ってるはずだ。もちろん、バッファローよりも大きなのがいるのも知ってるな。鉄のドラゴンとか」

うっとりするサム。

「腹は鉄と煙でいっぱいだ」男はささやく。爸に負けない語りぶりだ。もっとうまいかもしれない。「鉄道だよ」

自分も興味をそそられたとは、ルーシーは顔に出さない。リー先生が鉄道の話をしていた。この山の男によれば、鉄道はここ数年でさらに西に進んできたようだ。

「山脈を過ぎてすぐのところに駅がある。山脈を越える線路を敷くって話も聞いてるが、この目で見ないと信じられないな。この大陸でそんなことをできる男はいない。これはしっかり覚えておけよ」

焚き火が弱まる。二羽のヤマウズラは骨だけになっているが、サムのなかには飢えが残っている。男はそれに応え、サムが開けた口に次々に物語を入れていく。鉄道をはじめとする鉄の装置、巨大な獣のように煙を吐き出す煙突のこと。はるか東にある野生の森林や、北にある氷のこと。

男が砂漠の話をしているときに、ルーシーはあくびをする。大きなあくびに乗っ取られてしまう。潤んだ目をふたたび開けると、男が睨みつけている。

「俺の話が退屈なのか、お嬢さんは？」

「私——」

「お二人に老人の話でも聞かせてやれば楽しんでもらえるかと思ったがな。確かに、西にはもう冒険なんてほとんど残ってない。あの土地か？」男は厳しい声になる。「あのあたりの丘で、なにか求めるものなんかあるか？　坑夫たちが一帯をきれいに攫《さら》っていった。歩くたびに、永遠の馬鹿どもが掘った穴に落ちてしまうくらいだ」

サムはなにも言わない。

「東にはうんと驚くものがある。この呪われた一帯よりも広々としてる。黄金を見つけようと西まで這ってくるのは最悪な連中だ」

「どんな連中？」サムは言う。

「人殺しだろ。強姦魔だろ。見下げ果てた男たちだ。器が小さすぎるか、愚かすぎて故郷では暮らしていけないやつらだ」

「爸が言ってた——」サムの声が上ずる。「爸が言ってた、西の地域は昔は誰も見たことがないくらい美しかったって」

「お金をもらったって、俺はこれ以上西には行かないな」男はヤマウズラの骨をその方向に投げ捨てる。「もう死んだ土地だし、みんなそこらじゅうの縦坑から頭を突き出して、太陽なんてただの噂だって言い合ってる」

笑い声のようなさざめきが、男の言葉を流れている。だが、男はその土地で暮らしたことも働いたこともなく、朝が丘陵に当たって金めっきを塗るさまを見たこともない——そうでなければ、そんなに軽々しく渡り歩いていけるはずがない。

「爸は——」サムは言う。

「お前の爸も馬鹿なやつだったのかもな」

ウイスキーで酔っ払う男もいる。この山の男は自分の話に酔っているようだ。締まりがなく、ぞんざいだ。火のそば、自分とサムのちょうど真ん中に、皮剝ぎ用ナイフを置いたままにしている。

サムがそれを見ているのにルーシーは気づく。

爸の霊がいなくなればいいのに、とルーシーは思っていた。だが、この瞬間は、あの復讐に満ちた細い目つきがサムの目に戻ってほしいと思う。

山の男はサムの背中をどんと叩き、くっくっと笑い、冗談だよと言う。サムを**坊や**と呼び、ある冬に雇って罠の仕掛けを手伝わせたインディアンの少年にサムが似ていると言い、その話を聞きたいかと尋ねる。サムはナイフに手を出さない。うん、とサムは言う。うん、うん、うん。

サムは女仕事を嫌っている。緩んだ縫い目や焦げかけた料理にひねくれた誇りを見せる。それでも、朝になるとサムが立ち、朝食の鍋をかき混ぜていて、太陽は木々のあいだから姿をのぞかせている。ルーシーが夢見ているかと思うような素敵な光景だ――ただし、山の男が指示を出している。

サムが作ったどろどろの食べ物は肉のような味がする。ペミカンだ、と男は名前を言う。干した鹿肉とベリーを細かく砕いたものだ。ルーシーは喉が詰まるほどの勢いで食べ、その料理を吐き出す勇気が自分にあればいいのにと思う。

その朝は、サムが男にお返しをする。言葉のご馳走を、男の丸い大皿のような目に注ぎ込む。銃と銀行の男のこと、二人の少年と買い物袋のこと。男は笑い声を上げ、サムの髪をくしゃくしゃにすると、野営地に戻る二人についてくる。

ネリーの腫れた膝を調べ、馬用の燕麦とペミカンの袋もくれる男を疑う権利が、ルーシーにあるだろうか。ひと切れの獣皮に地図を描き、山脈を越えてすぐのところにある町に丸をつけてくれるというのに。

「きっと坊やはそこを気に入るぞ。じきに見本市も開かれる。数百マイル四方で最大の市だ。大きな町だから、上品なご婦人方だけじゃなくてインディアンやら牛飼い《バケーロ》やら無法者やらに出くわすだろう――俺なんかよりも手強い連中が揃ってる」

おれたちここに留まるつもりだ、とはサムは男に言わない。「どこに行くつもりなんだ?」サムは言う。

「その町の名前は?」ルーシーは割り込む。

男は言う。「スウィートウォーターだ」

まあ。

ルーシーの口が溢れる。厳しい歳月でも、二人は砂糖や塩を味わっていた。だが、炭坑の土地でどんなに硬貨を積んでも、きれいな水一杯を手に入れることはできない。**スウィートウォーター**はルーシーの心でトラの頭蓋骨のように輝き、男がネリーに片手を置いて二人をもう少し引き留めてもほとんど気にならない。

「俺がインディアンの少年を雇ってたことを覚えてるか？　考えてたんだ。また男の子を使ってもいいかもしれない。この指じゃ」――男は両手を広げる――「昔みたいに器用な仕事は無理だ。もっと小さな手の助けを借りて、俺が知ってることを伝えるのも悪くない」

沈黙は雷雲のようにのしかかる。もう、そう遠くはない。

「ご親切にどうも」ルーシーは言う。胃がきりきりする。「でも、予定があるから。家族のために」

男の目はもう一度だけルーシーを舐め回す。「雨になる前に出るほうがいいぞ」

水

嵐の日々。二人が山の男と別れた後、空が開く。叩きつける雨の激しさは、地面に当たると砕けて白い霧になり、境界線を作り、ぎざぎざの腹膜になるほどだ。二度、ネリーはただの水たまりに見えるところに足を踏み入れ、胸まで沈んでから慌てて飛び退く。足が遅い馬だったなら、二人は溺れ死んでいただろう。

バッファローの骨だけが、しっかりした地面になってくれる。ひときわ大きな骨格のところで二人は止まり、一夜を過ごすことにする。サムはまず、許可を求めるかのように頭蓋骨に触れる。それから二人で、脆《もろ》い肋骨を背骨から折って外していく。重ねてみると、骨は湾曲してがっしりした揺りかごになる。

四日目、雨はいったん上がる。二人は山脈の端にたどり着いている。低く岩がちな丘、最後の丘をネリーがパカパカ上がっていくと、眼下には平原が広がっている。

低く、平らで、緑色に広がる草地は、二人の痛む足のために広げられた上質のビロードのようだ。遠くには一本の帯になった川と、染みがひとつ見えている。そこがスウィートウォーターに違いない。ルーシーはこの新しい世界を大きく吸い込む。その香りはかなり湿って、舌に重く感じられる。

ルーシーは前に進む――

風が彼女の肩を軽く叩く。ここ数日の嵐のときほど強くなく、荒れてもいないが、もの悲しい。穏やかだ。風にあるその悲しみが、ルーシーを振り返らせる。

遠くからは、子供時代の丘陵の土地はきれいに洗われているように見える。それなりの数の雨季を生きてきたが、それはぬかるみのなかでのことだった。薄い表土がスープになり、日々は生活という満ち潮によって水浸しにされる場所だった。遠くからは、西がどれほど危険なのか、どれほど汚いのかはわからない。遠くからは、濡れた丘陵の数々が鋳型《いがた》のように滑らかで輝いている――西の地平線に、うねうねと積み上げられた富。ルーシーは喉がつかえそうになる。ひりひりした感覚が、鼻の上のほう、目の裏側にある。

それは消える。かつての渇きの記憶が蘇ってきたのだろう、と彼女は思う。

川に出会って――

小さなときからずっと、ルーシーにとって川とは、炭坑から流れ出す詰まり気味の細い水流だった。でも、この川は大きく、生きている。岸を叩き、**荒れ狂う**。爸も水なんだよ、と媽は言っていたが、この日を迎えるまで、どうしてそんなことがありうるのかルーシーには理解できていなかった。


その夜、二人は川岸に泊まる。朝になれば、スウィートウォーターだ。ルーシーは自分の毛布を引き寄せ、それからぎょっとする。毛布は街道の土と古い汗、何カ月も日に焼かれた苦しみでつんとする臭いになっている。川の清潔さが、非難となって届く。

「あんたは置いていく」ルーシーは毛布のなかに向かって言う。

サムの頭がくるりと振り向く。「なんて?」

ルーシーは毛布を蹴り飛ばし、立ち上がる。すでに、すっきりした気分になっている。夜はひんやりとして、湿っている。

清めるための水、と媽は言っていた。

「あそこに着きさえすれば」スウィートウォーターの明かりのほうに頷きかけてルーシーは言う。「私たちがどこにいるのか、なにをしたのか知ってる人は誰もいなくなる。私たちからも話す必要なんてない。どこの生まれなんだって訊かれたら――どう答えたってかまわない。ずっと考えてた。私たちには歴史なんてこれっぽっちもなくていい」

サムの顔が少し上を向く。

「やり直すチャンスなんだよ。わからない？　私たち、炭坑夫でなくてもいい」あるいは、落ちこぼれの金鉱夫でなくてもいい。あるいは無法者、泥棒、追い出された生徒、動物、餌食でなくてもいい。

サムは両肘を後ろにつくと、さらりと言う。「もしおれたちがお呼びでなかったら、そこで暮らさなくてもいい。こっちだって願い下げだ」

ルーシーは呆気にとられて下を向く。サムは愚かそうな笑みを見せる。

三カ月間、二人は恐怖のなか、姿を隠して旅をしてきた。それを遊びだとサムは思っていたのだ。どこに行こうとサムはくつろいでいて、困難をもろともせず輝いている。ルーシーは悟る。サムが描いた地図、進むつもりでいた道――あれは数カ月や数年のことではなかった。あれは一生の始まりだったのだ。

「私には無理」とルーシーは言う。「もう止まらないと」

「おれを置いていくってのか？」サムの顔は歪む。まるで、出て行く話をしていたのも、落ち着きがないのも自分ではないとでもいうように。「置いていくんだろ」

サムの怒りは間違えようがない。今回は、ルーシーは屈しない。背筋を固くする。サムはいつも、持って生まれた権利として怒りを主張してきた。誰がその権利をサムに与えたのか。

「あんたは自分勝手すぎる」ルーシーは言う。心臓は強く脈打ち、喉にまで届いている。その鼓動がルーシーの声に混じる。「あれもこれも求めてばっかり。私がなにを求めてるのか訊いたりしないの？　自分の気まぐれにいつまでも付き合ってもらえると思わないで」

サムも立ち上がる。かつて、ルーシーは妹の顔を見下ろしていた。いつもそうだった。その顔が、いまはルーシーの顔と同じ高さにある。見知らぬ人の顔だ。その顔に向かって、ルーシーはこうは言えない――

確かに、きれいな水と素敵な部屋、服と風呂を求めてはいる。でも、それらは物でしかない。その先のことは知らない。自分のなかの虚ろな空間にかつてあったものは、もうなくなっている。二人で掘った墓が、かつての土をすべて入れておけないのと同じように。坑夫は知っている。深く掘りすぎ、いいものをあまりに多くかき出してしまうと、崩壊を招いてしまう。爸の亡骸、媽のトランク、掘立て小屋と小川と丘の数々――そうしたものをルーシーは喜んで置いてきた。少なくともサムは一緒にいて、未来に渡っていくのだろうと思っていた。

だが、ルーシーは頼むことができない。言葉が出てこない。自分の不潔さの悪臭に息が詰まる。自分のワンピースを引き上げて顔を覆い、サムの顔を締め出す。それからスリップも脱ぎ捨て、川に飛び込む。

水が打ちつけてきて、ルーシーから思考を奪う。冷たい平手打ち。包まれるおかげで音が消える。足をばたつかせて潜り、ひと摑みの砂を手に取ると首や肩、腋《わき》をこする。罠猟師に摑まれた手首、爸の指に触れた指をこする。表面を破り、六層分軽くなる。胸のところの肌はひりひりして膨らんでいるので、ゆっくりこする。背中にはうまく手が届かない。手を貸してもらおうとサムを呼ぶ。

サムはそっぽを向く。色褪せたシャツの上で、サムの頬は本物の赤に輝いている。まさか顔を赤らめているはずがない。ルーシーは泳いで岸に戻り、手伝ってほしいともう一度言う。サムはまた拒む。

「自分勝手」ルーシーは大きく打ちつける波越しに言う。サムのブーツを片方摑む。サムは服をすべて着たまま水中に引きずり込まれる。ルーシーはサムの襟をぐいと引き、こびりついた垢をこすり、サムの口から筋になって出てくる泡は無視する。サムの強情さはすべて、この水中で泡に変わる。**今度はあんたの背中、**とルーシーは言い、風呂桶のなかで媽がしていたようにサムを扱う。**しっかりした手がひとつあればいい、**とルーシーは言い、サムのズボンをずり下ろしてから、それを言ったのが誰だったのか思い出して——爸だった——そして、なぜ言ったのかも思い出す。

なにかが破れる。ルーシーの手が、慣れない硬いものをかすめる。彼女がサムのズボンの切れ端を握っているのをよそに、サムは底に向かって潜っていく。水はルーシーのものだ。サムを軽々と追い越し、ずっと隠してあった灰色の長い石をすくい上げる。だが、その石などどうでもいいかのように、サムは泳いでいく。

そのとき、ほかにサムが落としたものをルーシーは目にする。それは速く落ちた。なんといっても、ありふれた石よりも銀は重いのだから。川底にある、二つのきらめき。埋まっても泥だらけになってもおらず、亡骸とともに置いてこられてもいない。

爸の二枚の一ドル銀貨だ。

ルーシーは足をばたつかせて水面に戻り、サムを追い抜いていく。一瞬、二人は触れ合えるくらい近くなる。どちらかが手を伸ばせば相手の動きを止め、二人とも水面と川底のあいだで停止することになる。どちらもそうはしない。サムはまだ潜っていき、ルーシーは反対側の岸に体を引き上げると、新しい土地の緑の草に横たわって大きく息をする。

家族が第一、と爸も媽も言っていた。あれだけ殴り、癇癪を起こしていても、その信念についてはルーシーは最後まで尊敬していた。彼女がただひとつ受け継いだ、その信念。

だが、いまは？

サムの姿がようやく現れる。水で髪はなめらかになり、びっしょり濡れている服の下には痩せた骨が見える。暗がりのなか、ルーシーの知らない怪物が、死者から盗んだ銀を握って立っている。

血

　朝になると、サムはルーシーのそばに座り、肩をまっすぐにして厳粛にしている。まるで、話すことは一枚の硬貨であって、ここ三カ月それを貯め込んできたかのように、サムは話し始める。

「埋めたって誰にもいいことなんかない」毛布をたたむルーシーに、サムは言う。

「馬鹿げた迷信だよ」ワンピースについた草のかけらをつまむルーシーに、サムは言う。

「別にどうってことないだろ」髪を指で梳《と》かし、できるだけうまく編もうとするルーシーに、サムは言う。「あの死んだヘビがどうなったか知ってるか？　爸が指抜きを戻してた。おれは見たんだ。でも、なにもなかっただろ？　そうだろ？」

　一週間前なら、ルーシーはそうした打ち明け話に喜んで耳を傾けただろう。いまは吐き気がしてしまう。

「死者よりも生者のほうが銀を必要とするんだって爸はおれに言ってた」町に向かう支度をするルーシーに、サムは言う。「ずっと前に、きちんとした埋葬はしてくれるなっておれに言ったんだ」声をひそめて、サムは言う。「自分にはそんな資格はないって。誓うけどさ、そうは言っても銀貨は一緒に埋めるつもりでいたんだ。でも、あの夜は爸からじかに話しかけられたみたいだった。墓の上で。聞こえなかったか？」

ルーシーはサムをじっと見る。片側から、そしてもう片側から。どれだけきつく目を細めても、どこまでが聞いた話で、どこからが作り話なのかは見極められない。サムにとっては区別はないのかもしれない。

「待った」サムは言い、ルーシーの肘を摑む。「それに媽のことも。爸が言ってたところでは、媽は――」

ルーシーはサムを押しのける。「やめて。媽のことは言わないで」

サムはもう歩み寄ってはこない。ルーシーは後ずさる。二人は睨み合う。ルーシーが後ずさり、どんどん後ずさっていくと、心のどこかが喜び、心のどこかはすでにスウィートウォーターに入り、すでに孤児としての身の上話を練習している――小さく、凝り固まった心のどこかが、サムがそこにはいないこと、サムのおかしな様子を言い訳しなくてもいいことに胸を撫で下ろしている。

ルーシーは体を翻《ひるがえ》す。

最後に一度だけ、サムが声をかけてくる。その恐怖は聞き間違えようがない。「ルーシー、**血が出てる**」

ルーシーはワンピースの後ろに片手を当てる。手を離すと、べっとりする。スカートを持ち上げると、ズボン下も血だらけになっている。だが、どういうわけか、その下の肌は破れてはいない。痛みはなく、太もものあいだがべとべとするだけだ。自分の指を嗅いでみると、銅の匂いの下に潜む、さらに豊かな腐敗。

媽は言っていた。その日が来たら、ケーキと、スモモの塩漬けと、ルーシーのための新しいワンピースでお祝いするのだと。その日にルーシーは大人の女になるのだ、と媽は言っていた。血がぽたぽたと気ままに滴り、虚ろな疼きを残していく。それもまた、ルーシーはほとんど痛みなく失う。ケーキもお祝いもないが、体にずしりとする確かな感覚が、媽の言ったとおりだったと告げてくる。もう小さな女の子ではない。

恐怖で仮面を剝がされたサムの顔は幼くなっている。まるで、ぞっとするような新しい力をルーシーが振るっているかのように。妹を見るルーシーは初めて、憐れみが血とともに体のなかを巡るのを感じる。これは、いままでとは違う置いていき方だ。

「すぐ戻ってくるから」ルーシーは態度を和らげて言う。「食べ物を持ってくる。仕事を見つけてから」

サムはふらふらと離れていき、ルーシーは染みを洗う。服がそれなりにきれいになり、じめじめした日より少し湿っているくらいまで絞れると、ズボン下に草を詰め込み、胃をなだめようと冷たい水を飲み終え、ルーシーは岸の先に向けて目を細める。木々のあいだにいる人影に目を留める。

「これから町に行ってくる」ルーシーは声をかける。

人影は頭を上げる。

「ここにいる?」ルーシーは言う。

命令したつもりだった。だが、二人のあいだの隔たりと、打ちつける川の音のせいで、言いたかったことはばらばらになる。その言葉は問いかけとなって出てくる。

第二部

××59年

媽は一家にとっての太陽、一家にとっての月だ。媽の色白の顔が新しい家の敷居を越えていき、内から外に、光から影に動き、トラのための場所を整える。

外で、一家は待つ。

家といっても、実際には掘立て小屋だ。谷の端にぽつんとあり、小川からはかなり長い上り坂を歩くことになる。隙間のある壁、ブリキの屋根。ルーシーにちらりと見える家のなかは、窓が一枚しかないせいでほの暗い。それはガラスではなく、防水布を伸ばしただけの、黄色く曇った窓で、弱々しい光と染みのついた模様を投げかけている。二週間の旅の末にそれを見てルーシーの心は沈むが、一家をここに連れてきた炭坑の監督はさして選ぶ余地を与えてはくれなかった。**ここか、町外れのゴミのそばで寝泊まりするかだ、**と監督は唾を吐きながら言った。監督はもっと言いたげだったが、媽は爸の胸に片手を置いて制止すると話を終わりにした。**ここで十分です。**

媽の声はかすれ気味で低く、ずっと焚いている火のようなパチパチという音がしている。その荒れた声は、品のいい身のこなしや艶やかな顔にはそぐわない。そのちぐはぐさにある、はっとする美しさ。炭坑の監督は顔を赤らめ、そのまま立ち去った。**応該《インガイ》、ほかの人にどう見られているのかには気をつけること、**と媽は言いながら、ルーシーの曲がった背筋を直し、サムの編んだ髪を整え、爸が町の端にある賭場やインディアンの野営地に入り浸っていることで小言を言っていた。**人からの扱いは見た目で決まるから。懂不懂《ドンブードン》？**

だが、いざ監督がいなくなると、媽はうなだれる。小屋のなかで、あちこちの影が媽に向かって手を伸ばす。媽の美しさは旅ですり切れていた。途中で具合が悪くなり、食べた物を戻してしまうようになった。美しさは骨をろくに隠せていない。媽が家のなかを動き回ると、ルーシーにはその頭蓋骨の形が見える。

「娘たち」土の床の一部を掃いてつるつるにすると、媽は声をかける。息で喉ががくがくと脈打ち、肌を引きちぎるかに見える。「棒を一本持ってきて」

サムは小屋の片側を、ルーシーは反対側を走って回る。

ルーシーの回る側は、谷の端にそびえる台地のせいで半分影になっている。積み上げたごみを蹴って探す――枯れた草、焦げた針金、灰だらけの棒。一番下に、使えそうな木の棒がある。引っ張ると、看板が出てくる。

煤を払うと、字が見える。**鶏舎。**

灰だらけの棒は焼けた小枝ではなかった――羽毛だったのだ。それに、ここは家ではない。媽がまた呼ぶ声がすると、ルーシーはその看板を踏みつけてごみのなかに戻す。

「好的《ハオダ》」ルーシーが戻ると媽は言う。「これでみんなそろった」
具合が悪くても、媽は微笑んでいる。サムが見つけてきた棒を大事そうに持っている。一家をここまで追いかけてきた不安はあれど、あたりには小さな希望のざわめきがある。この儀式が始まるときはいつもそうだ。**ちゃんとした家だぞ、**と爸は出発前に言っていた。**今度は身を落ち着けられる場所だ。**

媽はトラを描き始める。

媽のトラはほかのどれとも違う。いつも八本の線——反った線もあればまっすぐの線も、尾のように曲がった線もある。いつも変わらず、同じ順番で描かれる。ルーシーが目を細め、目を逸らし、斜めに見てようやく、媽の描くトラは一瞬だけ揺らめき、本物のようになる。

最後の一本を描くころには媽は痛みに背を丸め、またも頭蓋骨が肌に突っ張っている。お守り

は完成した。

　すると、素早く、痛めている片脚を忘れ、爸は嫣のそばに駆け寄って体を支える。揺り椅子を出せと言う。サムが急いで椅子を持って敷居を越えると、座席に積んである皿が滑って落ちていく。ルーシーは駆け寄って一枚を摑む。その動きで、片足がトラの最後の線をぼやけさせてしまう。

　それを言うべきかルーシーは考える。でも、嫣は最初から儀式をやり直すと言い張るだろうし、爸は嫌な顔をしてルーシーを**打嘴**《ダーズイ》と言い、大口を叩く時と場所をわきまえろと言うだろう。ルーシーはなにも言わない。つんとする臭いの家、まぎれもなく鶏の糞の跡についても、なにも言わない。秘密を胸にしまっておくことを、こうして学んでいく。

泥

週のうち六日は、ルーシーが一番早く起きる。モグラの時刻、まったくの闇のなか、眠っている一家のそばを抜けていく。

サムはロフト式のベッドでルーシーと一緒に、媽と爸ははしごの足元にあるマットレスに寝ている――ルーシーは目だけでなく記憶を頼りに三人をよけていき、積んだ服、いくつかある小麦粉の袋、シーツ、箒《ほうき》の柄、トランクもよけていく。動物の巣穴のような臭いが家に立ち込めている。先週、桶いっぱいに汲んできた小川の水をかけてみたが、悪臭は収まらなかった。

昔であれば、媽はそこを素敵な家にしたかもしれない。ひと摑みの香りのいい草、計算して広げた布。このところ、媽の頭にあるのは眠ることだけだ。頰はさらにえぐられたか嚙まれたようになり、夜のうちになにかにかじられたように見える。もう何週間も、ちゃんと食べていない。お腹に入れられるのは肉だけだと言うが、一家にはそれを買う硬貨がない。

この新しく大きな炭坑にやってきたとき、爸は一家に肉を約束した。菜園と、上等な服と、きちんとした馬と、学校を約束した。だが、あまりに多くの男たちが一家よりも先にここに来ていた。賃金は約束されていたよりも低い。媽の具合が悪いとなると、学校に行くのを先延ばしにして炭坑まで爸についていくのも、一番早く起きるのも、朝食を用意するのも、ルーシーの役目になる。

ルーシーはコンロにフライパンを載せる。音が大きすぎる——ガンという音で媽が身動きする。目を覚ましてしまうと、媽は爸と果てしなく口論する。**子供たちが腹ぺこじゃない。もっと早くここに着いてればもっと稼げてるはずなんだ。でも着かなかったんでしょ。俺のせいじゃないぞ。言いたいことがあるなら言えば。お前の体調がひどく面倒だって言ってるだけだ。私がわざとそうしてるとでも？　親愛的《チンアイダ》、お前はときどき思いきり強情になるな。**

そっと、静かに、ルーシーはジャガイモをフライパンに押しつけるように並べていく。油がはねて両手を焼くが、少なくともジュッという音は消えている。ジャガイモ二個を自分と爸のために布にくるみ、一個をサムのためにテーブルに置く。四個目は、もしかしたらと思って媽のためにコンロの上に残しておく。

隣の谷まで三キロほど。炭坑に着くと爸はルーシーと別れ、男たちと一緒に中央の縦坑を下りていく。ルーシーは独りでトンネルを見つめることになる。

東を見る。空はまだあざのような紺色だが、ルーシーはぐずぐずする。まるで、日の出を待っている余裕でもあるかのように。トンネルをじりじりと下っていく。色がなくなり、そして音もなくなる。持ち場の扉に着くころには完全な黒になっている。それ以外はなにもないまま長い時間が経ち、やがて最初のノックがある。

ルーシーが重い扉を引っ張って開き、隙間に片腕を差し込んで押さえていると、坑夫たちが出てくる。ランタンの細長い光によって、壁がふたたび現れる。ルーシーは前腕のみみず腫れをほとんど感じない。視界をもみ消されて炭坑から出ていく坑夫たちの痛みに比べればなんでもない。なにもすることのない長い待ち時間に、ルーシーは縦坑の壁に体をこすり付けたり、試しに叫んでみたりする。正午ごろだろうと見計らい、ジャガイモを五口頬張る。ジャガイモも土の味がする。

「いつまでも続けるわけじゃない」爸は一日の終わりに約束するが、それは一日の始まりでもおかしくない。また暗くなっている。いつもの悲しみがルーシーに降りかかる。遠くの丘陵にかかる日光の筋のように。ほかの坑夫たちが四人や五人で固まって、背中を叩き合い、挨拶や愚痴を交わしているのをよそに、爸とルーシーは歩いて離れていく。爸は娘のごわごわした髪を撫でる。「聽我《ティンウォ》。俺には計画がある。あの学校に行きたいなら、すぐにでも行けるからな、女兒《ニュアル》」

ルーシーは信じる。父を信じる。だが、信じることで痛みは増すばかりだ。トンネルのなかで、待ち望んでいたランタンの光で目が痛くなってしまうように。

掘立て小屋もまた、爸がランプにマッチを当てるまでは暗闇だ。媽はうとうと眠り、サムはどこかを駆け回って遊んでいる。ルーシーが夕食の準備をするあいだ、爸はカーテンの後ろで着替える。爸は自分の食事をがつがつ平らげてから、小川を渡っていき、未亡人たちのために薪を切るという二つ目の仕事に取り掛かるだろう。一家にはもっと硬貨が必要だ。毎晩、毎晩。毎日、毎日。ちびちびと貯めるお金は、一家の腹の要求によってあっというまに空になってしまう。

今夜は、なにか違う。

四個目のジャガイモがコンロからなくなっている。フライパンで固まった油を、指の跡が切り分けている。思い焦がれていた日の光のように強い喜びが、ルーシーをどっと満たす。媽が食べてくれたのだ。

それでも、媽の頬は変わらずげっそりしている。媽の指はきれいだ。息からは、古い嘔吐物の臭いがふわりと漂ってくるだけだ。

「ちゃんと見てた?」サムが扉から入ってくるとすぐルーシーは尋ねる。「母さん、食べてた?」

褐色の肌になったサムは、囚われた日光のかけらのように家のなかをひらひら動く。一日が経つなかで、サムはリボンとボンネットをなくし、裾の布は一部がちぎれていた。その代わりに身につけたのは、太陽と草の匂い。

「またジャガイモ?」サムは夕食の鍋をくんくん嗅いで尋ねる。

「頼んでたでしょ、媽のことちゃんと見てた?」ルーシーはサムの手をぴしゃりと払いのける。

「あと十分かかるから。媽を見ててくれた？　言ったよね。あんたは今日、なにも用事がなかったんだし」

「うるさいな！」

サムがルーシーから逃れて鍋の蓋を摑もうとすると、蓋は滑り落ち、大きな音を立てる。サムが伸ばした指はつるつるしている。サムが身につけるもの、太陽、草――そして油。

「あのジャガイモはあんたの分じゃなかった」ルーシーは歯ぎしりするように言う。「媽のだったのに」

「お腹が空いたんだよ」澄《す》んだ目のサムは否定しようとはしない。「どっちみち媽は食べなかっただろうし」

サムは嘘つきでも泥棒でもない。ただ自分なりに筋を通して生きていて、それ以外の掟に従おうとはしない。サムの手にかかると強情さですら可愛らしくなるので、叱っていてもやがては笑ってしまう。最悪な気分の日には、ルーシーはこう自問する。サムが炭坑に送られていないのには、まだ小さいからという以外に、もっと揺るぎない理由があるのではないか。サムは可愛いから、傷つけるわけにはいかないからではないのか。

ルーシーは自分の片腕についたあざをぐっと摑む。錫《すず》の鏡をよく見れば、両肩と背中にはさらに多くの傷がある。「爸に言いつけるからね」ルーシーはサムに言う。だが、爸はサムのほっぺたをつねるだけだろう。「爸に言うよ」ふと思いついて、ルーシーは付け足す。「それで、あんたがもう働けるくらい大きくなったかどうか訊いてみる」

「やだ！」

ルーシーは腕組みをする。

歯ぎしりしつつ、サムは言う。「ごめん、ってことにする」

サムからの謝罪は乾いた薪から水分が出てくるようなものだと媽は言う。ルーシーは勝利を味わうが、そのうちお腹がごろごろ鳴る。「やっぱり言いつけるから」

「だめ！　もし言わないでくれるなら……媽がなにを食べたのか教える」

ルーシーは躊躇う。

「今夜ね」サムは言い足し、にやりと笑う。そしてさっと離れ、きれいな服に着替えてベルトから斧と拳銃を下げた爸にぶつかる。いつものように、連れていってほしいとサムはせがむ。


しばらくすると、媽は夢見る人のようなふらふらした足取りで扉から出ていく。

外の便所に行くのだろうとルーシーは思うが、サムはついていくよう身振りする。ルーシーは読んでいたページに印をつけずに本を置く。家族が持っている三冊の絵本はどれも繰り返し読んだので絵が薄くなり、お姫様の顔はかすれている。ルーシーはそこに自分の顔を想像する。

谷のずっと下のほうに、小さな穴のような遠くの明かりが見えている。媽はそれに背を向ける。小屋の真後ろの、ほかに人がいる証拠がぼやけてしまう場所に向かう。そこの地面を素手で掘る様子は、まるで爸がまだ植えていない菜園の野菜を見つけようとしているかのようだ。大人の女性らしからぬ、深い唸り声――そして、なにかを引き抜く。

ルーシーとサムもこっそりしゃがむ。暖かい夜で、ルーシーの背中は汗をかいている。白い縞のようになった媽の首と、肩甲骨の翼の形が服の布越しに見える。ほかにはなにも見えない。すると、くちゃくちゃくちゃ嚙む音が聞こえてくる。媽はなかば振り返り、なにか長いものを持っている。人参だろうか。ヤムイモだろうか。こびりついた土のせいではっきりしない。

「あれ、なに?」ルーシーはささやく。

「泥だよ」サムは言う。

そんなはずはない。媽はサムが食べ物を床から拾うと叱り、どの皿も二回拭く。乾かすために一回、ぴかぴかにするために一回。それでも、媽の頬を背景に、黒っぽい粒が目立っている。だが、サムの言ったこととは少し違う。媽が舐めていると、手に持ったものから平らな端が見え、それから丸みのある関節がきらりと光る。媽が持っているのは骨だ。

「そんな」ルーシーの声は、思ったより大きく出てしまう。上げた声は、ぼりぼり嚙む音でかき消される。

サムは続きを見守る。夜のなかで居心地がいいようで、土のなかでスカートを引き上げ、編んだ髪のひと房は引きずっている。ルーシーは目を背ける。媽がほかになにを食べてしまうのか目にしたくはない――ミミズか、小石か、かなり古い小枝か、土に埋もれた卵か葉のカビか、カサカサするカブトムシの脚か。この土地のじめじめした秘密の宴《うたげ》。

かつて、媽とルーシーは互いの秘密を守っていた。幌馬車の街道では毎日、夕暮れになると爸とサムは狩りか偵察のために姿を消した。そして毎日、ルーシーと媽は音が消えた丘陵のなかに残された。その広々とした静けさに向かって、ルーシーはラバが怖いことや爸のナイフを欠けさせてしまったこと、サムを羨ましいと思っていることなどを打ち明けた。媽はルーシーの言葉を飲み込んだ。金メッキを塗った午後遅くの光に、肌が飲み込まれていたように。媽は黙って秘密を受け止めるすべを知っていた。ときにはぶつぶつ呟き、ときには首を傾げ、ときにはルーシーの手をさっと撫でた。媽は話を聞いてくれた。

それに応えて、媽もルーシーに話した。両手にラードをすり込んで肌の柔らかさを保っていること、肉屋の店員相手には値切るコツがあること、誰と付き合うかはほんとうに気をつけて選んでいること。自分は媽に一番好かれているとルーシーは知っていた。サムには媽の髪や美貌《びぼう》があるかもしれないが、媽とルーシーは言葉によってつながっているのだ。

でも今夜、ルーシーは裏切るつもりでいる。サムがいびきをかいても、ずっと起きている。眠ることができない。目を閉じると、媽の歯のきらめきが月明かりのようにしみ込んでくる。下で扉がギィッと開くと、ルーシーは手を振って爸に上がってきてもらう。

「もう一回言ってくれ」ルーシーが話し終えると爸は言う。はしごの段に立ち、顔がルーシーと同じ高さになるようにして、共謀者めいている。「慢慢的《マンマンダ》。なにを食べてた?」

媽のトランクを開けたほうがいいかとルーシーが尋ねると、妙なことに、爸はにやりと笑う。

トランクには布や干したスモモ、そしてなによりも、媽が煮出して癒やしのスープにする、香りがよく苦い薬が入っている。

「もう寝ろ」爸は下りていきながら言う。「媽は病気じゃない。お金をたんまり賭けてもいい」

ルーシーは爸が見えなくなるまで待ち、それからマットレスをめくると、床板にひとつある節穴に片目を当てる。下では、媽が椅子に座ったまま体を丸め、それを起こそうと爸が近づいていく。まずは媽の両目がさっと開く。そして口が。

媽は爸を罵る。

ルーシーは、そんな媽の言葉を耳にするのは初めてだ——だが、夜はまったく別の地域なのだということがわかりかけている。あの骨の数々とともに、どれほどの年月や世紀が飲み込まれたのか。今夜、なにか違うものが媽の喉から這い出てくるように思えるだけで十分だ。なにか巨大で、優しくないものが。**歴史だ、**ルーシーはふと思い、二つ前の町で一家の幌馬車に唾を吐きかけてきた酔っ払いの男を思い出す。まっすぐ前を見つめている爸と媽をよそに、その酔っ払いはがなりたてた。土地、土地を所有する権利、法律によって居場所があるのは誰か、埋められるべきはなにか。その男がなにを言ったのかははっきりとは思い出せないが、媽が吐き捨てるように声を上げる様子に、同じく恐ろしい怪物が見える。歴史に違いない。

媽は時刻を尋ねる。爸を嘘つきだと言う。未亡人は何人くらいいるのかと尋ねる。また賭博《とばく》をしていると責める。

媽がいったん息をつくと、爸は言う。「泥を食べてただろ」

媽は毛布をさっと引き上げる。おそらくは、爪の下の汚れを隠すために。乾いた手をこする布は、脱ぎ捨てられていくヘビの皮のような音を立てる。「私の子供たちを使って見張らせてたわけ？　你這個《ニージェイガ》――」

「どういうことかわからないのか？」爸は両膝をつく。媽は驚いてのけ反る。「親愛的《チンアイダ》」爸の両手はかぎ爪の形になった媽の両手を取り、そっと撫でる。「そこまでの欲求。この具合の悪さ。俺たちのあいだのピリピリした感覚。間違いなく赤ん坊だ」

媽は首を横に振る。その頬に影溜まりのような陰が差す。怯えているように見える。爸の声が静かすぎて、なにを言っているのかルーシーには聞き取れないが、耳慣れた約束の数々が単調な声で並べられているのはわかる。媽は微笑みかけ、それからまた顔つきが変わる。厳しい顔に。その厳しさを、ルーシーは何年経っても思い出すことになるだろう。それは媽の顔に浮かぶ決意だったのか、勇気だったのか、それとも冷たさだったのか。その厳しさに名前をつけようとするだろう。

「そんなの無理だってすっかり――」媽は言うが、その反論は声音からこっそり逃げていく。「それに、女の子たちのときには具合が悪くはならなかった。こんな空腹感もなかった」

爸の大きな笑い声に、サムも目を覚ます。暗がりのなかの、二つの明るい切れ目――サムの両目がルーシーを刺す。二人とも、爸の言葉を耳にする。「男の子だ。でなきゃここまで欲しがったりしないだろ？」

翌朝、爸は二年間しまい込んであった金鉱採掘の古い道具を持って丘に向かう。愛おしげにつるはしを研いでシャベルを持ち上げ、小さなブラシ類を扇状に広げる。

つるはしが丘の中腹にある岩から骨をほじくり出し、シャベルが掘る。ブラシは一番大型から小型まで、掘り出した骨に沿って震える。古い白さを剝き出しにする。爸はその骨を細かく砕き、水と混ぜる。

寝床に横たわり、か細い手を震わせてグラスを持ち——媽は飲む。喉がぐっと上がり、下がる。何時間という爸の仕事、何世紀という生命が、赤ん坊のなかに消えていく。

歴史だ、とルーシーは思い、身震いする。

だが、骨は一時しのぎでしかない。一家は給料日を待ち望む。翌週、その日が来ると、トンネルはどこも地面の下で嵐が起きつつあるかのように熱気で満ちる。夕方になると炭坑の監督が、威張り散らす一番星のように尾根に現れ、机の準備をする。書類をあちこちに動かし、硬貨の袋が入った木箱を動かす。数え、数え直す。ぐずぐずする。

坑夫たちが並んで作る紐はほぐれ、端が見えないほど長い。数分間が過ぎ、一時間が過ぎ、せっかちなその列はひきつる。ルーシーは爸のそばを離れない。仕事をしたという証を自分の手に握るつもりでいる。

二人が机にたどり着くころには、星が出ている。爸に一瞥《いちべつ》をくれると、監督は袋をひとつ放り投げ、もう次の男に目をやっている。爸はその場で引き紐をほどき、数え始める。監督は何度も咳払いをする。

「足りない」と爸は言い、袋を放り返す。その後ろでは男たちがもぞもぞ動いて首を伸ばし、いらいら呟く。

「あのきれいな家の家賃だろ」監督はひょいと指を一本上げる。「石炭代だ」もう一本。「お前の道具類」また一本。「会社支給のランタン」また一本。「それから、女の子の賃金は八分の一だ。さあ行け」

爸の拳がぐっと固くなる。後ろの男たちがぞろぞろと近づいてきて、怒鳴り始める。**坊ちゃんは数え方を知らないのか？　目が見えてないってとこかな。あの目じゃ仕方ねえな。**

誰かが言う。**壁に入ったひび《チンク》から牛を抜けさせようとするようなもんだよな。**

そのひと言は喝采を受ける。口から口に渡っていき、ついには暗がりのなかであらゆる方向からこぼれ出す。爸はくるりと体を回してその侮辱に立ち向かい、ルーシーは体を震わせる。怒りに満ちた爸は恐ろしい。たまにそうなると彼女を叩き、片脚が悪いのに背が高くなる。怒りで部屋を埋め尽くす。

男たちはさらに大声で笑うだけだ。**チンク！**　五十ほどの喉から唸る。あたりの丘陵にその音がこだまし、ついには土地そのものが笑っている。

怒りに目を細める爸は、彼らにとっては笑い草でしかない。

爸は机から硬貨をひったくると立ち去る。荒々しい足取りで、痛めている脚は横に大きく揺れている。それでもルーシーはついていくのがやっとだ。爸は走っているのと変わらない。

「没關係《メイグワンシー》」爸は言って、媽に硬貨を渡す。

「次の給料日にはステーキが買えるくらいもらえる。塩と飴も。菜園に植える種も。それから、娘たちにはしっかりしたブーツだ。覚えておいてくれ。約束する」

炭坑から遠く離れ、囃《はや》し立てる坑夫たちから遠く離れると、爸の声はやたらと大きくなる。家の壁に小砂が何層もこびりついているように、爸の言葉には過去の約束が何層も重なっている。

媽は静かに言う。「赤ちゃんが」

赤ん坊はあと半年かけて大きくなるが、そのひと言で爸は凍りつく。硬貨をじっと見下ろし、そして顔を上げるときには、馴染みの光が目に宿っている。「確かにな、親愛的《チンアイダ》、もう博打はやらないって約束した。でも誓って、ツキがある気がする。ここはいままでとは違う。硬貨をちょっとだけもらえたら――」

媽は首を横に振る。「ラバは。幌馬車も」

爸はその古い幌馬車が大のお気に入りで、生き物のように大事にしている。どこかに止まるたびに車輪を塗り直す。**これが自由だ、**とよく言う。**これがあれば、どこにでも行ける。**いま、爸の顔は赤らんでいる。

媽は自分のお腹に触れる。「赤ちゃんのためだから」

無言で、爸は扉を乱暴に閉めて出る。三人の耳に、車輪が軋《きし》み、ラバがカパカパと出かけていく音が聞こえる。最後の最後に、サムも飛び出していく。

幌馬車を売れば肉が買える——肉のようなものが。肉屋の残り物を買うには十分だ。すじと骨がぎざぎざになったままの切れ端。媽はそれを何時間も煮込み、その匂いで家はむっとする。

買い手がつかないものは安く手に入る。媽は豚の足をゼリー状になるまで煮込み、脊椎《せきつい》をきれいにしゃぶり、カラカラと皿に吐き出す。媽は食事の席に戻り、誰よりも長く座る。毎晩、何時間もかけて骨から肉をこそぎ取り、しゃぶる音を家に響かせる。パキンと割れる音が空気を切り裂き、ルーシーは恐れと魅入られる気持ちが入り混じって顔を上げる。媽の微笑みも割れているだろうと期待する。

「どうしてこんなもの食べるの?」ルーシーは文句を言う。

「赤ちゃんが」と媽は言い、ルーシーは小さな歯が媽のワンピースの下でカタカタと音を立てているのだと思い浮かべる。「この子が肉を食べれば食べるほど、この子に肉がつく。一定《イーディン》、この子は強くなるよ」

「でも、私たちみんな食べなきゃだめ?」ルーシーは言うが、自分が調子に乗っていることはわかっている。予想どおり、大口を叩くなと爸に言われる。

いつもは強情なサムは、なにも言わずに二皿を平らげる。

媽の顔がなめらかになる。虚ろなところが埋まる。そしてまた家事に取りかかる。家は清潔とまではいかなくても、もう汚くはない。いまは、一日に二回掃除をするのも、店に行ってあれこれ値切るものも媽だ。媽のあの声を聞くと、店主は勘定書から数セント削るか、目配せをして豚の足を一本多く包んでくれる。

媽はふたたび、自分の髪を梳かすときにサムの髪も梳かすようになる。ひと晩に百回櫛《くし》を当て、サムが数週間かけてもつれさせたものをほどく。また整えられ、編み込まれてボンネットで留められたサムは、もう一日中好き勝手に走り回りはしない。媽の足元でサムはさらに可愛く、さらに静かになる。

赤ん坊は違う。口もないのに、赤ん坊は媽の声を借りて話す。爸を黙らせることも、ルーシーの質問を止めることも、サムをいじけさせることもできる。赤ん坊は要求し、それを手に入れる。

「息子の食べっぷりときたら」ある夜、爸は感心して言う。媽は鶏が首を膨らませるような微笑みを見せる。それでも、爸はそんな愛おしいものは初めて見たと言いたげにじっと目を向ける。

「大人の男三人分くらい強い子になるな」

「對《ドゥイ》」媽は言う。「ちゃんと栄養をやりさえすればね」頬張ってしゃぶり尽くした骨をぺっと吐き出す。「これじゃ足りない。應該《インガイ》、赤身の肉。骨だけじゃなくて」

「それは考えてある」爸はいつものように言う。だが大声ではなく、恥じ入るような顔で、ぼそぼそと言う。

その夜、爸は木を切る仕事にいつもより早く出かける。媽はテーブルの席から立ち上がらずにキスをして送り出す。媽は鍋にうっすら残った煮汁に釘付けになっていて、スプーンがこすって立てるキイキイという音でルーシーはひどく苛立ってしまう。かつての媽なら、サムかルーシーにひと口譲ってくれただろうが、もうそれもない。自分勝手な赤ん坊なんじゃないかとルーシーは尋ねる。なんといっても、自分もサムも、媽の具合を悪くはしなかった。それを訊かれた媽は笑いに笑う。男の子は騒ぐものだから、とひどく優しく言い含める。

ただでさえ遅い爸の帰りはさらに遅くなる。炭坑での仕事中はずっとあくびをしている。毎朝、寝ぼけたままの足が上がっては下がり、青く染まった丘から丘へ一定のリズムで進んでいく。**赤ちゃん、赤ちゃん。**

次の給料日の朝になっても、爸はまだ戻ってきていない。ぴりぴりした朝食の席で、三人はつっかえ棒で開けたままにした扉の外、ぽっかりと広がる野原と、ほかの坑夫たちの小屋、小川、その向こうの南側を見つめる。媽の目は爸が昨夜置き忘れていったまま壁に重々しくかかった拳銃をちらちら確かめている。

爸は思いもかけない方角から帰ってくる。家の裏から、カチッ、ガラガラという音を立てて、威勢よく。膨らんだ小袋をテーブルに投げる。

「どこで――」媽は言う。

「給料日だ。早めにもらってきた」爸の声は誇らしさで小袋の縫い目のように膨らむ。「約束してただろ、親愛的《チンアイダ》」

「まさか」媽は言う。「怎麼可能《ゼンマクノン》?」だが、こぼれ出すものは疑いようがない。媽の数える両手に、硬貨はずしりと乗っている。媽は微笑む。爸は炭坑の監督がしていたように指をさっと上げて説明する。家、道具類、ランタン——すべて、前回で払い終わったのだ。「女兒《ニュアル》」ルーシーに声をかける媽の顔にも、硬貨の輝きが少し移っている。「もう炭坑には行かなくていい。明日、サムと二人で学校に行きなさい」

朝になると、新しいワンピースが広げてある。ルーシーは赤いほうに手を伸ばすが、媽は緑色を選ばせる。

「こっちが似合ってるから」媽は言うと、ルーシーを錫の鏡のほうに引っ張っていく。ルーシーはまばたきせず、歪んだ金属のせいでさらに長くなった自分の面長な顔をじっと見る。「これと同じで、学校も似合うはず。先生はあんたのほんとうの価値をわかってくれる」

八分の一だった賃金のことを、ルーシーは思う。「私が男の子じゃなくても?」

媽の声はたいていのときは埋め火のようで、心地よい。いま、パチンと火花が弾ける。「女兒《ニュアル》、そんなふうに自分を哀れんではだめ。譲我《ランウォ》言っておくよ。この地域に私が初めて来たとき、持っていたものといえば……」媽は自分の両手に視線を落とす。家の外では手袋をはめるようにしているが、家では肌を出している。たこが固くなり、石炭のせいで青い斑点がついている。「女の子にだって力はある。美しさは武器だから。そしてあんたは——」

二人の上で、サムの足がはしごを叩く。媽は声をひそめ、ルーシーと額をつき合わせる。「あの子が遊んでるような武器じゃない。ルーシー、手伝って。サムは……変わってる。你知道《ニージーダオ》。家族が第一だから。しっかり見てあげて」

ルーシーに言い聞かせる必要などあるだろうか。実際、ルーシーの目は大股で家から出ていくサムをどうしても追ってしまう。着ている赤いワンピースは、サムの茶色い肌に金色を浮かび上がらせている。すべての目がサムを追う。二人で手をつないで小川を渡り、中心街を歩いていっても、どの視線もルーシーをさっとかすめ、まっすぐサムに向けられる。

サムになにがあるのだろう。ルーシーは妹をずっと見つめ、見知らぬ人たちになにが見えるのかを理解しようとした。あちこちに向ける厚かましい目つき、絶え間なく動く手足。サムは野生動物のように変化の可能性を秘めている。みんなが見つめているのは、サムが草地でどんな形になるのかが楽しみだからだ。


見えてくる校舎は、ひんやりした白い灯台のようだ。だがまず、広々とした校庭を横切らねばならず、日の光を遮ってくれるのは一本の枯れたオークの木だけだ。葉のないその枝のあちこちから、小さな男の子たちの目がまばたきしてくる。年上の男の子たちは、木の幹に背を預けた場所からじっと見てくる。そして草地では、曲がったりのたくったりする木の影のなかで、女の子たちが座って輪をいくつか作っている。女の子たちの目の光が一番きつい。

ルーシーの歩みはどんどん小さく、どんどん遅くなる。まるで、背の高い草のなかにウサギのように姿を消してしまえるかのように。みんな坑夫の子供たちだが、色の薄れた更紗《さらさ》やギンガムの服を着ている。媽の上等なワンピースは烙印だ。ルーシーはサムの手を放し、胸にある豊かな刺繍の上で腕を組む。**しゃきっと立って、**と媽が言う。**しっかり話すこと。**いままでに媽があの声で沈黙をこじ開けるのを、ルーシーは何度も見てきたはずだ。

「おはよう」ルーシーは言う。

だが、ルーシーは媽ではない。いくつかの目が、無関心にまばたきをする。木に登った男の子がひとり笑い声を上げる。

女の子がひとり歩み出てくる。ほかの子たちは、ガチョウが群れのリーダーについていくように、その子と歩調を合わせる。先頭の子はビーズのような目とぼさぼさの赤い巻き毛の髪をしている。

「これ素敵ね」その子は言うと、ルーシーのワンピースの裾を引っ張り、それからサムにも同じようにする。それを合図に女の子たちが群がり、刺繍やルーシーの髪のリボンを撫で、布の一ヤードあたりの値段をひそひそ推測し合う。そうした質問はルーシーに投げかけられたわけではなく、彼女のまわりをするりと流れていく。ルーシーは答えようとする——**金襴《きんらん》なの。ありがとう。ありがとう。ありがとう。**好意があるのかわからない言葉に対してもそう言う。彼女の声はさらに静かになる。まわりにいる女の子たちは、ルーシーの答えを待つことはない。ルーシーに話してもらう必要もない。前に進んでその子たちを抜けていく道が見える——新しい、黙々とした道。

押し寄せる数々の体越しに、ルーシーはサムに向けて不安げに微笑む。

サムはしばらくじっとしているが、せっかちな口元が引きつるようになる。**なにもしないで、**

ルーシーは黙ったまま願う。**させておけばいいから。そんなひどくないし。**次に、女の子たちはサムに目を移す。**この子の肌って黒砂糖みたいじゃない？　舐めてみたらどう。あの鼻！　お人形みたい。それにあの髪の毛――**

最初の赤毛の子が、艶やかで半分ほどけたサムの髪を摑む。「きれいな髪」低い声で囁くその子の髪は縮れている。サムの髪を鼻に持っていって嗅ぐ。

ピシャッという素早い音が、校庭に二度響く。赤毛の子は手ぶらで残され、口はぽかんと開いている。一度動き出すと、サムは止まらないようだ。サムが平手打ちをしてシッシッと女の子の集団を遠ざけると、鳥のような金切り声が次々に上がる。じきに、サムは独りで立っている。

「みんな喋りすぎ」サムは言う。

校庭で動きがある。その年で初めて冷え込んだ日の川のように、二人を迎えようと流れてきたものが、いまでは凍り始める。一瞬の間があり、サムはそこで謝ることもできる。ルーシーが謝ってもいい。だが、ルーシーの舌は腫れたようで、うまく動かない。「このばか」押し殺した声で言う。「サムのばか」

「ただの髪だろ」サムは嘲《あざけ》るように言い、髪を肩の後ろに払う。

女の子がひとり歩み出ると、唾を吐きかける。当たらない。唾液はサムのきらきらしたスカートを伝い、さらに深い赤色を残していく。それに続く女の子たちは同じ間違いは犯さない。女の子たちは指と爪を使う。

学校は炭坑と変わり映えしない。冷やかしの声、ルーシーの肌に残るあざ、地下の暗闇が押してくるように重く感じられる周囲の視線。そして、ルーシーが給料日に耳にしたあの嘲笑さえも、坑夫からその子供に受け継がれている。

なにも変わりはしないが、それもベルが鳴ってみんなで校舎に入るまでのことだ。秩序立った校舎に、ルーシーは胸が疼く。机、椅子、床板、黒板、地図――すべてが完璧に並んでいる。きれいな教室で、風通しがいい。この地域につきまとう埃はどこにも見当たらない。正面に本物のガラス窓が並んでいるので、前方の数列はバターがかかっているように見える。子供たちは机に二人ずつ座り、一番前と後ろの机は無人になっている。ルーシーとサムが後ろで立っていると、先生が入ってくる。

先生は東から長くつらい街道をやってきたそうだ。だが、旅に出ればものの数分で薄手の白いシャツは汚れ、金ボタンはなくなるか盗まれてしまう。街道にも炭坑にも馬鹿げた格好だが、この汚れひとつない場所を歩き回って子供たちの名前を呼んで挨拶しているときだけは馴染んで見える。唾を吐いて引っ張ってきた女の子たちはいま、両手を組み合わせて満面の笑みを先生に向ける。先生の視線によって豹変する。先生が足を止めて、一分ほど話しかけられた男の子は、注目してもらえたことで顔を赤くする。話が終わると、先生はその男の子を一番前の空いた席に向かわせる。

それは凱旋《がいせん》だ。ほかのみんなと一緒にルーシーが見守っていると、その男の子の歩幅は誇らしい気分で大きくなる。

ルーシーとサムのところにやってくると、先生は床板と同じくらい磨かれたブーツでふんぞり返る。「君たちの話は聞いていた。いつか会えたらと思っていたよ。我が学び舎《や》へようこそ。ここが文明の境界をもう少し西に進めるんだ。私のことはリー先生と呼んでくれたらいい。それで、君たちはどこから来たのかな？」

ルーシーはたじろぎ、先生の優しそうな目つきに後押しされる。前にいた炭坑から通ってきた街道の話をするが、先生は首を横に振る。

「どこの生まれなのか言ってごらん。私はこの地域についてはかなりの著述をしてきたが、君たちみたいなのは初めてだ」

「ここの生まれです」サムは意地を張って言う。

ルーシーは当たりをつけて言う。「私たちは海の向こうから来たってママは言っていました」

先生は微笑む。二人を一番後ろの席に座らせ、前に一冊の本を置く。先生が押して広げねばならないほど新しい本で、ルーシーはこらえられない——本にかがみ込み、インクの匂いを吸い込む。

ルーシーが顔を上げると、先生はとても穏やかに言う。「それは嗅いだり食べたりするものじゃないよ。読む《い》っていうんだ」先生は自分の手の半分くらいの大きさで並ぶアルファベットを指す。

ルーシーは赤面する。その文字を読み、次の本にある文字、その次の本にある文字を読んでいく。本はどんどん分厚く、文字は小さくなっていく。ついには一番前の席にいる少年から本を借りる。見知らぬ単語は推測しつつ、ルーシーが一ページを最後まで読み上げてみせると、先生は拍手する。教室中の目が振り返る。

「誰に教わったのかな？」

「媽です」

「きっと特別な女性なんだね。いつか会わせてもらうよ。じゃあルーシー、一番学びたいことはなにかな？」

誰ひとりとして、そんなことは尋ねてこなかった。ルーシーの頭はその問いの大きさによろめく。きっちりして、閉ざされたその校舎のなかで出し抜けに、開けた丘陵の土地や一家の果てしない彷徨のことを思う。爸の言いつけが蘇る。**恐るるべからず**。どれくらいの数の本があるのだろう。いままでは、それを想像する勇気すらなかった。そしてあの言葉を思い出す。

「歴史です」

先生は微笑む。「過去を書く者とは、未来を書く者でもある。誰の言葉かわかるかな？」そしてお辞儀をする。「私の言葉だよ。私も歴史家の端くれだし、最新の著書では君の手伝いが必要になるかもしれないな。サマンサはどうかな？　君も読書家なのか？」

サムは睨む。答えない。サムの茶色い肌から沈黙がじりじり発せられ、質問されるたびにさらに濃くなり、そのうち先生は諦める。サムを後ろに残し、ルーシーに片手を差し出す。机と机のあいだをルーシーが歩いていくと、あらゆる目が見つめる――サムの目も。ルーシーが一番前の席にしっかり差し込む日光のなかに足を踏み入れると、そこに座っている男の子は両肩を丸める。まるで彼女を見ないようにしているかのようだが、見ずにはいられない。誰もがそうだ。その男の子は横にずれる。ルーシーが座れるようにする。

「先生が、私たち才能があるって」その夜、ルーシーは皿のステーキをつついて動かしながら言う。媽が特別な夕食を作ってくれていたが、ルーシーは話すのに夢中で嚙むどころではない。先生がそう言った相手はルーシーだけだ、ということには触れないでおく。校庭での一件にも、教室の後ろでのサムの沈黙にも触れない。「媽に会いたいって。媽ものすごく頭がいいはずだって言ってた」媽はおたまに手をかけて動きを止める。かすかに血の気が差す。「私たちみんなに会いたいって。それから、私に特別授業をしたいって。東には私のことを聞きたいはずの人たちがいるから、もしかしたら今度先生が話をしに行くときについていって——」

「気に食わないな」爸は言う。爸もステーキに手をつけていない。焦げ目に顔をしかめている。

「その教師はなにを探ろうとしてるんだ?」

「歴史を書いてるところ」とルーシーが言うのと同時に、サムは言う。「おせっかいだね」

「この子たちがどこの生まれなのか訊いたっていいと思うけど」媽は言う。「告訴我《ガオスーウォ》、先生はほかになんて言ってた?」

「俺たちで娘たちに教えればいい」爸は言う。「嘘だらけのどこぞの馬の骨じゃなくてな。廢話《フェイホワ》。

やめさせたほうがいい気がする」

ただし、嘘ではなかった。インクで書かれた歴史だ。ルーシーの両手には、まだその香りが残っている。それに比べれば、鶏の糞さえもかすむ。

「この子たちは」媽は言う。「坑夫以外の道を学ぶことになる」

沈黙が、部屋のなかに溜まっていく。地震や火事よりも致命的な沈黙。それは目に見えず匂いもない致死性のガスに先立ってある。その唯一の印は、この静けさだ。

「俺たちは坑夫じゃない」爸は言う。

媽は笑う。喉はパチパチと危険な音を立てる。

「俺たちは――」爸はそこで言い淀む。言いかけたその言葉は、口にはできない。二年前、媽が違う生き方を選ぶと言って譲らなかったとき、その言葉は一家から追い出された。爸はそれを口にはしないが、四人ともその重みを感じる。**なんとなくわかるんだよ**。何年も前、占い杖で金鉱を探すやり方をルーシーに手ほどきしたとき、爸はそう言った。まだ自分は金鉱夫だと言えたころ。

「じゃあ、いまの仕事はなんだって言うの？」媽は言って立ち上がる。「這様暮《ジェイヤン》らしている人は？　こんな土地で？」

媽は片足を引いて、床を蹴る。床板に当たるブーツの音が響くことはない。重苦しい溜め息のような音だけだ。埃がぱっと舞い、砂埃がステーキにかかる。ルーシーは咳をし始める。サムも。

それでも媽は蹴り続け、じきに部屋には霞がかかり、じきに爸は後ろから媽を摑む。

「發瘋了《ファーフォンラ》」爸が息を切らせて媽を抱き上げると、媽の両足は宙を蹴る。「炭坑は俺たちがとりあえずやっていることだ。本来の俺たちじゃない」媽をそっと下ろすと、媽のお腹に手を伸ばす。

「金を貯めてるところだ。覚えてるだろ？ 俺は約束したじゃないか」

「その先生と過ごすのだって貯金してるようなものよ。あんたが通ってるような、あの汚らしい野営地での賭けとは違う。こっそりどこに出かけてるか、私が知らないとでも？ ルーシー、對《ドゥイ》不對《ブードゥイ》？」媽はルーシーにきつい目を向ける。秘密を教えるときと同じ目で。

躊躇いがちに、ルーシーは頷く。

爸は媽のお腹の布地を握り締める。そして手を離す。媽はすっと席に戻り、体で埃を分ける。ルーシーと爸のあいだにきっぱり線を引く。

「あの先生は自惚れてる」サムは言う。

媽はチッと舌打ちするが、爸がふんと鼻を鳴らしても、サムが爸の膝に座ってささやいても文句は言わない。その夜、媽は行儀に関しては目をつぶり、ステーキに点々とついた砂埃も、食べ物が口に入ったままサムが笑ってかけらを飛ばしても見逃す。サムと爸がささやく声に、ルーシーは**台地**という言葉を何度も耳にする。

媽は残ったステーキ肉を洗い、揚げると、パンに挟んで翌日のお弁当にする。いがいがしたものを飲み込むことを、ルーシーは学ぶ。埃、校庭での侮辱、顔を伝って口に入ってくる唾、リー先生の話になるたびに爸が出す険悪な雰囲気。ルーシーの大口は別の役割を学ぶ。

爸が受け取る給料は上がる一方のようだ。二カ月が経ち、一家は肉のおかげで強くなる。媽はお腹が丸く膨らみ、菜園をうまくなだめて芽吹かせる。爸は炭坑で追加の勤務をこなし、毎晩遅くまで帰ってこない。ルーシーはうきうきと、サムは渋々学校に行く。

後になって、校庭で起きたことは肉のせいだとルーシーは考えることになる。肉でサムの肌も髪も輝きを増し、埃でもくすまない。肉のせいだ、とルーシーは考える。そしてもっと後になると、その肉の値段のせいだ、その値段を払うために必死で働いた長い日々のせいだ、そしてその肉に値段をつけた男たちのせいだ、金払いの悪い炭坑を作った男たちのせいだ、そして大地を空《から》にして小川を詰まらせて日々をここまでからからにする男たちのせいだ、そして誰かが土地を自分の所有にしてほかの人は埃交じりの空気を掴むしかなくなったせいだと考えることになる——だが、長く考えすぎて頭がくらくらしてしまう。開けた丘陵で日光を浴びた頭がぼんやりするように。自分に取り憑いてくるこの金色の厳しい土地は、どこで終わるのだろう。

ともかく、考えるのは後になってからのことだ。サムにとっての教育の終わりは、よく晴れた不実な日に訪れる。暑さのせいで校舎はオープンになり、サムが座っている後ろの席が一番暑い。サムは編んだ髪をほどき、つややかな髪を下ろす。

もし二人で同じ机を使っていたなら、ルーシーは言いつけどおりにサムをしっかり見張っていたかもしれない。サムの髪を編み直してやったかもしれない。だが、その日に学校が終わると、ルーシーは最後に外に出る。子供たちが自由になりたくてじたばたするときだ。一日中、癇癪で子供たちの服は疼いていた。

ルーシーが外に出てみると、すでに輪ができている。「カウボーイとバッファロー」の遊びのように見える。カウボーイの役をする子供たちが集まっている。中央には、バッファローの役をしているサムがいる。

投げ縄で捕まえるべく出てくるのが、赤毛の女の子だ。草で作った縄ではなく、はさみを持っている。縄を投げるのではなく、サムの髪を摑む。赤毛の子は集まった子供たちのほうを向き、冗談を言うか宣言をする。そのとき、サムはインディアンの戦士の叫びだと想像していた喚《わめ》き声を上げる。はさみを摑む。

輪が縮む。ルーシーはそこに割って入ることができない。なかでなにが起きているのか見えない。この遊びはいつも、死んだバッファローが地面に倒れて終わる。

だが、輪がふたたび開くと、サムはまだ立っている。土に落ちているのは、太く黒い縄。違う――ヘビだ。いや違う――サムの髪だ。サムはまだはさみを持っている。自分の頭から髪をごっそり切り落としたサムが。

「くれてやるよ」サムは言っている。「たかが髪だし」

媽なら金切り声を上げるだろうが、ルーシーは笑う。笑いを止められない。なんということはない遊びだが、サムはそれを切り取り、自分なりに形を変えてみせた。サムの輝きを見るといい。息をのんで自分の髪を摑む女の子たちを見るといい。ルーシーだけが、それはサムの勝利なのだとわかっている。

するど、リー先生が大股で校庭をやってくる。それを見ると、赤毛の子は地面に倒れる。腹を抱え、地面で体をよじらせ、サムを指す。サムのずんぐりした手には鋭いはさみが握られている。

初めて、サムは不安げな様子になる。サムは一歩下がるが、輪は縮まり、罠になる。男の子たちは枯れたオークの木によじ登る。腕になにかをどっさり持っている。男の子たちは投げる。肉厚な花が、サムの頬で開く。その木が実らせるのは——果実ではなく、石だ。

李《スモモ》

スモモだな。サムの顔を優しげに見つめながら、爸は言う。サムの頬についたあざは、目をわずかに外れた切り傷から腫れているが、サムが大好きな果実とはまるで似ていない。

ルーシーは胸が悪くなり、目を背ける。爸はその顎を摑む。無理やり見させる。

「言っただろう？」爸は尋ねる。「**家族のそばを離れるな**。お前をこんなふうに育てた覚えはない。腰抜けに育てたはずはない。女の子として――」

媽が二人のあいだに割って入る。爸の服に当たる媽のお腹が言う。赤ちゃん。今日は、爸はそれには黙らされない。

「言ったはずだ」今度は媽を睨みつけている。「学校はサムに向いてないと」

「こんなことはもう不会《ブーフィ》だから」媽は言う。「サムもいい子にするだろうし。そうでしょ？　先生には私から話をする。学校からは価値あるものを得られる。ルーシーを看看《カンカン》して。すごくよくやってる」

爸はルーシーを相手にはしない。媽を見ている。死のような静けさが、また部屋に下りる。ルーシーやサムよりも古く深い場所からしみ出してくるようだ。その場所から、爸は冷たく奇妙な声で言う。「思い知ったはずだろ」あたかも、媽が媽ではなく、ルーシーのような小さな女の子だと言わんばかりだ。「あの二百のとき、自分が一番物知りだなんて思わないように記憶を蘇らせるだろうと思っていた」

ルーシーもサムも、そのひと言の意味はまったくわからない。サムは戸惑った視線を返す。二百というのは無意味な数字だ。それでも、媽はテーブルを掴む。体重がどれほど戻っていても、また具合が悪く見える。

「我記得《ウォジーダ》」媽は言い、両手を顔に当てる。骨に届くかのように強く。「当然《ダンラン》」

口論には勝ったが、爸の顔色は媽よりもさらに悪い。生気が消え失せている。痛めているほうの脚はぐらつく。サムは爸に、ルーシーは媽に駆け寄り、家はまた二つに割れる。

それが、サムの学校の終わりになる。

サムの願いは叶う。赤いワンピースはしまい込まれ、シャツとズボンが体に合わせて切り詰められる。**男の子のほうが給料がいい**、と爸は言い、媽は反論はしないが、サムの髪を切ることは頑として拒む。編んだ髪はなくなった部分を隠し、縁なし帽の下にたくし込まれる。

あの口論のときから、媽はひどく静かになった。遠い目つき。ルーシーが話しかけると、びくっとする。縦坑から地面に上がってくるように。

「今日は家にいたい」ルーシーはもう一度言う。

「学校は？」媽はまばたきする。防水布の窓から染みのような地平線をずっと見つめていた目をようやく向ける。

「気にしなくていいからってリー先生は言ってた」先生はカウボーイたちをかき分け、叫んでいた。**このちびども、やめなさい！** サムのはさみを取り上げ、赤毛の女の子に手を貸して立ち上がらせた。**帰りなさい、**とルーシーには言った。**それから、明日は来なくていい。**

ルーシーはその許しをありがたく思う。困るのは、いつ学校に戻るべきか先生が言ってくれなかったことだ。なんの音沙汰もなく一週間が過ぎる。サムのスモモの実は逆さに熟していく。黒色から紫色に、青色に、そして実をつけたばかりの緑色に。爸はまだルーシーを見ようとはしない。媽は爸を見ようとしない。掘立て小屋はいつもより息苦しい。日曜日になると、ルーシーはもう耐えられない。爸とサムが炭坑で追加の勤務をしているとなると、リー先生の家を訪ねようと心に決める。数週間前、特別授業をしてもいいと先生は口にして、自分の家がどこにあるのか教えてくれたのだ。

意外にも、媽の目は明るくなる。一緒に行くと言い張る。

町の南側にある中心街をずっと進んでいくと、「リー」と書いてある看板が二人を細い小道に案内する。先生だけが住んでいるその道は、土で始まってやがて砂利になる。じきに、てっぺんが平らに刈り込まれたコヨーテブッシュの低木が両側にきっちり並ぶ。埃っぽい葉は、店の散らかった裏側や、坑夫たちが住んでいる谷の側が見えないように隠す。そして、サムを見るよりもさらに鋭い目つきで嫣を見る人々を隠す。

二人は先生の家に着く。二階建てで、石造りの煙突、ポーチと八つのガラス窓がある。そばにある厩舎《きゅうしゃ》にいる灰色の馬が、噂のネリーに違いない。あまりにきっちりとした家に、ルーシーの鼓動は速くなる。嫣がずっと遠くにいてほしいと思ってしまう。

嫣について、先生相手にあれこれ作り話をするのは簡単なことだ。生身の嫣がいるとなると、嫣の裸足がすべすべしていて、爪が一本割れているのは隠しようがない。そして、お腹をスカートで、荒れた手を手袋でごまかしたところで、声はごまかしようがない。歴史の次にリー先生が好きな科目は演説法だ。嫣の話し方には間違ったところがある。弾むような抑揚。音によって飲み込んでしまったり長く伸ばしすぎたりする発音。

「私だけで先生と話をしたい」ルーシーは言う。そして、嫣に文句は言わせまいと言う。「ひとりでやれる。嫣なしで大丈夫」

嫣は微笑むというより、歯を剝き出しにする。「看看《カンカン》。大きくなったね」嫣は一歩下がってから、さっとルーシーの耳元に近づくと言う。「女兒《ニュアル》、あんたの年頃だったときの私を思い出すよ」

心のどこかで、ルーシーはその言葉を聞きたいとずっと前から思っていた。耳のなかでヒューッと温かい音がして、心臓が高鳴る。もし二人きりで街道にいたなら、ルーシーは夕暮れに向かって歓声を上げ、誰に聞かれていようと気に留めなかっただろう。ここでは、ガラス窓や、コヨーテブッシュの小道の威厳ある静けさが気になってしまう。静かなままでいる。嫣が下がって壁際に行き、視界から隠れるのを待つ。そうしてようやく、扉をノックする。

「先生」扉が開くとルーシーは言う。「特別授業を受けに来ました。お願いします」

先生はのみ込みの遅い生徒を前にしているかのように眉をひそめる。「ルーシー。招待されていないのに家を訪ねるのは礼儀に反するとわかっているだろう」

「ほんとうにすみません。まさにそういったことで、知らないことが多くて。先生から学べたら光栄です」

「君に教えるのは楽しかったよ。頭のいい子だし、ほんとうに珍しいしね。残念だな――君の成長を私の本に入れられたら、きっと束で話題をさらっただろうに」ルーシーは微笑み始める。リー先生は片手を扉の枠に当てる。「だが、あの暴力の一幕は看過できない。君には野蛮な血が流れていて、私としてはほかの生徒たちの平穏を乱すわけにはいかない。より大きな善のことを考えないといけないんだ」

ルーシーは笑顔を崩さないが、その表情はもう重苦しくなっている。「私が喧嘩していたわけではありません」

「ルーシー、嘘で知性が引き立ちはしない。君はあの輪にいた。そしてほかの生徒たちから、サマンサがあの一件を煽《あお》ったと聞いている。だから――結果はどうあれ、君たちの心構えはわかった」

先生が扉から手を離すと、ルーシーは言う。「私はサムとは違います。違うんです」

ルーシーはその隙間に片腕をねじ込むこともできた。心から求めているものを摑もうとすることもできた。そうしたとしても、先生が疑っていることを裏付けてしまうだけだ。

すると、嫣がドアノブを摑む。リー先生は手袋をした嫣の手を見つめる。むっとしている。視線が嫣の腕に、肩に上がる。顔を見つめる。

「ルーシーを教えてくださってありがとうございます」嫣は言う。

そのかすれた声は、嫣の穏やかさからは予想がつかない。嫣はまだ体を痙攣させているウサギの皮を剝ぐ。陥没した穴からラバを引っ張り出したこともある。答えるかのように、嫣の口調はゆっくりになる。蜂蜜のなかでナイフを引くような。

「それなりの距離を歩いてきましたから。入って水を一杯いただいてもいいでしょうか？」

嫣がルーシーに向ける、貫くような視線は言う。**これは私たちの秘密ね。**それから、嫣は先生に微笑みかけ、声が甘くなるのと同じように笑みも甘くなる。なにも変わらない。なにもかもが変わる。先生は後ろに下がり、扉を大きく開けて持つ。先生から力がいくらか嫣に移る。嫣は入っていく。

嫣は先生の馬巣織《ばすおり》のソファに、いかにも使い慣れた様子で体を沈み込ませる。開いた窓を背にして肌は輝いている。レースのカーテンや蜂蜜色の木材、金で縁取られた白く薄いティーカップと一体になって馴染んでいる。

ルーシーは目を背け、振り返る。いつも体がぞくっとする。額入りの絵のように、その客間の中央に据えられた嫣。顔色を見るに、先生もぞくっとしているようだ。

先生は紅茶を入れ、中央がじくじくした濃い色になったクッキーを出す。「このジャムは温室で栽培されたスモモで作ったものです。西に生えているような野生の酸っぱい木とは違いますよ。東にいる私の家族が送ってくれて、列車と、それから幌馬車で届くわけですが、味わっていただければそれだけの費用をかける価値があるとわかるはずです」

嫣は断り、またルーシーを見る。**恩を着せられないこと、**と嫣はよく言う。手袋をつけた両手は、膝元にきっちり収まっている。惨めな気分で、ルーシーもクッキーには手をつけずにおく。

「あなた自身について話してください」先生は言う。

数時間かけて、光がソファの上を動いていき、嫣の体の上を動いていく。ひとつひとつを照らし出す――柔らかな頬、長い首、片方の肘に一本入った線、スカートのすぐ上にのぞく足首。サムの粗暴さの影は、この部屋から敗れ去っている。ルーシーに上品さが息づいている証としての嫣。リー先生を相手に、嫣が生まれた土地、東の最新の情勢、植物や菜園の育て方、ルーシーの読書、嫣がどうやって教えたのかを話し合う。

「では、あなたは?」リー先生は言う。「どこで読み書きを覚えたのですか?」

その話なら、ルーシーは五十回も耳にしてきた。**嫣は出来の悪い生徒だった、**と爸は語り始める。すると媽がすかさず割り込む。**どっちかといえば先生の出来が悪かった。爸はじっと座っていられないんだから。**爸が読み書きを媽に教えたくだりを二人で語り、中断しては子供のように他愛のない冗談を言い合う。

媽は微笑む。ティーカップに視線を落とすと、まつ毛が磁器に影を散らす。「あちこちで覚えました」

「どこのことです？」

媽はこの部屋にふさわしい鈴のような笑い声を上げる。ほかのときの、火が弾けるような、吠えるような笑い声とは似ても似つかない。「その質問に答えるべきはルーシーじゃないかしら。賢い子ですよ。喜んで教室に戻るはずです」

媽を拒める人などいるだろうか。

家から失礼するとき、媽はルーシーのほうに頭を少し下げ、これでよかったかと尋ねる。日没がコヨーテブッシュの上に釉薬《ゆうやく》を残す。世界はちょうど食べごろに見える。ポーチから手を振るリー先生の髪はトウモロコシの毛で、媽の唇は骨の髄のように色が濃い。

「うん。でも媽、どうして読み書きを習ったことはちゃんと言わなかったの？」

家は見えなくなる。答える代わりに、媽は手袋をさっと剝がす。指がポケットのなかを探し回り、ぽつぽつ土をつけて出てくる。「これを食べてごらん」と言い、ルーシーの口に手を伸ばす。

ルーシーはかすかな甘さを感じる。用心深く舐めてみる。

「はるばる東からだよ」媽は言うと、ポケットからひと掴みのスモモのクッキーを取り出す。

「放心《ファンシン》、ルーシーや。先生がいくつ食べたか見てた？　きっと気づかない。動揺しているだけで根はいい人だから。應該《インガイ》、特別授業を引き受けてくれるよ」

媽は食べるが、ルーシーはやめておく。舌の上で甘さが酸っぱくなる。「でも媽、どうして嘘をついたの？」

「泣き言はやめること」媽は指を拭く。「你長大了《ニージャンダーラ》。なには嘘で、なには言わないほうがいいのかはもうわかる歳でしょう。埋葬について教えてあげたことは覚えてる？　真実は埋葬したほうがいいこともあるから」

クッキーと、媽の暴食の痕跡はすべて消えている。媽の顔には猫の満足さが浮かんでいる。こぎれいでさっぱりしているので、ルーシーは意地悪くなって尋ねてしまう。「あの二百みたいに？」

後になって、ルーシーは自問するだろう。もっと優しくしていたなら、違った未来になっていただろうか。もっと思いやりがあったなら。あるいは、自分が媽に思われているくらい賢く、媽のわななく唇になにが書かれているのか読み取ることができていたなら。媽はそっと言う。「もっと大きくなったら教えてあげる。ルーシー、現在《シェンザイ》は手伝って。今日訪ねていったことも、授業のことも爸に言ってはだめ。好不好《ハオブーハオ》？」

ルーシーは尋ねてみたくなる。**いまは教えてくれないの？　大きくなったらってどれくらい？**

だが、媽はまた微笑む。リー先生が見なかった、あの光に溢れる客間にはそぐわない微笑みだ。そしてルーシーは思い出す。媽をとりわけ美しくするものとは、そのちぐはぐさなのだと。すべすべした肌の上に、ざらついた声。悲しみの上に伸びる微笑み――その風変わりな痛みで、媽の目は何マイルも彼方にあるように見える。海原のような水分で溢れそうになる。

「言わない」自分の秘密を守ってくれる女に、ルーシーは約束する。

媽は娘の手を取り、二人で黙ったまま中心街に戻っていく。先生の土地を後にするとコヨーテブッシュは遠のいていく。町がふたたび現れる。

そして、二人は雲を目にする。

奇妙な雲だ。あまりに低く、あまりに速い――雨季は何カ月も先だ。男たちが店や酒場から溢れ出てくる。男たちがじっと見つめる雲は、炭坑の方角から、かなりの速さで流れてくる。地面から上がり、空を暗くする。媽が手を握る力を急に強め、ルーシーは声を上げる。

それに似た雲を二人が最後に見たのは、一年前の街道でのことだった。イナゴの大群かと思ったが、やがて轟音が地平線をオレンジ色に照らした。三日間、火は燃え盛った。遠くにある炭坑の火事だった。そして媽は――嵐にも旱魃《かんばつ》にも立ち向かい、一度などは折れた指を自分で直したこともある――その媽は、両膝のあいだに頭を沈め、体を震わせた。通り過ぎてかなり時間が経つまで顔を上げなかった。**媽は火事が嫌いなんだ。**ルーシーが尋ねると、爸はぶっきらぼうに言った。**その減らず口を閉じろ。**

いま、媽はスカートをぐいと引き上げると走り出し、ルーシーを引きずっていく。ほかの女たちも走っている。裸足の、坑夫の妻たちが、洪水となって家に向かう。さっとのぞくふくらはぎや太もも、ぜいぜいという荒い息。その突進には婦人らしさはまったくない。媽の目は荒々しく、気づいていないようだ。

媽はよろめきつつ小川を渡る。媽の体が倒れて開けた空間で、雲が太陽を覆ってしまったのがルーシーにも見える。

媽は体をひねる。お腹ではなく肩が地面を打つ。ワンピースに黒っぽい染みができる——だが、それはただのスモモのジャムだ。

「你知道《ニージーダオ》、ルーシー、火事になったら亡骸はどうなる?」ルーシーに引っ張り上げてもらいながら、媽は言う。いま、二人はほかの坑夫たちの掘立て小屋を通り過ぎる。家のなかではランタンが光っている。開いた扉が、偽りの夜に黄色い穴を開ける。「知ってる」女たちや娘たちは外に立ち、雲のほうを見ている。「火事は埋葬するものを残してくれない」ルーシーは慌てふためくラバを落ち着かせるように口ずさむ。「幽霊たちが一輩子《イーベイズ》ついてくる。絶対に離れてくれない」灰が降り始める。灰の大きなかけらは蛾のようだ。媽は昔から蛾が大嫌いだった。蛾は訪れてくる死者たちなのだと言っていた。

だが、一家の掘立て小屋には亡霊はいない。爸とサムがいるだけで、食事が準備され、料理のいい匂いがふわりと漂う。

「どろんこだ！」サムは大喜びで言う。

爸は皿を二枚持って立っている。「来《ライ》」爸は言う。「食べたら体を洗え」テーブルの前で両足をぶらぶらさせ、サムは媽のトラの歌を口ずさんでいる。

媽は後ずさる。「どこにいたの？」

「炭坑だ」爸は皿を一枚持って歩み出る。媽はまた後ずさる。「だろ、サム？　媽に教えてやれ」

「一生懸命働いた」サムは食事を頬張りながら言う。

「いつ？」媽は言う。

「ちょっと前に帰ってきた。入れ違いになったんだな」爸は媽のワンピースの染みを見て眉をひそめる。手を伸ばす。媽は踊っているかのように体をひねるが、静かな部屋には口ずさむ歌も音楽もない。サムの頭は警戒する生き物のようにくるりと回って媽を追う。「なにがあった？」

媽は爸の手を叩いて払いのける。皿は落ちるが、割れはしない。ずっと回転しつつ、高い音を響かせる。

「置いておいて」爸がかがむと、媽は歯を食いしばるように言う。爸が伸ばした手は顔と同じく汚れておらず、爪の根元はピンク色だ。そこが石炭で黒かったのはいつが最後だっただろう。ルーシーには思い出せない。「どこにいたの？」

「炭坑だ」

「廢話《フェイホワ》」

「途中で止まって探検したかもしれないな。よく覚えてないが――」

「嘘つき」媽が汚れた防水布を窓から引き剝がすと、薄気味の悪い地平線が見える。

「わけがあるんだ」爸は外をじっと見ながら言う。「俺たちは早めに切り上げたんだ。聽我《ティンウォ》――」

「あんたたちは死んだんだと思った」

「俺たちは大丈夫だよ、親愛的《チンアイダ》」爸は媽を抱き締めようとする。

また媽は言う。「あんたたちは死んだんだと思った」後ずさる。肩が扉に当たる。そしてルーシーは初めて、媽の目が子供たちの言うとおりになることもあると知る。小さく、嫌な感じの、意地悪な目。媽は臭くなった食べ物を見るような目で爸をじっと見る。どの部分はまだ食べられるか、どの部分は捨てるかを見定めるように。「あんたたちは死んだんだと思った」これで三度目だ。抑揚のない、奇妙な、呪文のような言葉。「じゃあ、なにが現実なの？　外の那個《ナーガ》は現実でしょう。じゃあ你呢《ニーナ》？　あんたたちはなんだっていうの？　幽霊とか？」

「説明させてくれ。怖がらせるつもりはなかった。俺たちが働いてたのは――お前に幸せになってほしいからだ」

「私に？」媽からざらついた言葉が出てくる。「私のせいだって言いたいわけ？　錯是我的《ツオシーウォダ》？　私の？」割れなかった皿は、衝突の予感を漂わせていた。「じゃあ、なにが現実なの？　あなたの約束のどれが現実？　你不是東西《ニーブーシードンシー》、你這個《ニージェイガ》――」

媽は一家のつらい生活を秩序立てていた。草と泥に囲まれ、幌馬車の寝床や使い古された家から、穏やかな声音ときれいな言葉遣いの生活をみんなのために手に入れていた。編んだ髪と掃いた床、切り揃えた爪と皺を伸ばした襟の生活を。**人からの扱いは見た目で決まるから、**と媽は繰り返し言った。いま、媽のなかでなにかが緩み、汚れた顔のまわりで髪が緩み、言葉も緩んで悪態になる。

　爸が一歩前に出る。媽には扉の外のほかには逃げ場はない。媽の指がドアノブを摑むと、爸は媽の口に拳を押し当てる。

　媽は話をやめる。

　爸が手を離すと、媽の唇のあいだには黄色いものが入っている。部屋の光がすべて、そこに一気に集まる。

「嚙んでみろ」爸は言う。

　媽の指はまだドアノブにかかっている。押すだけで、媽は消えてしまえる。

　媽は嚙む。

　小さなかけらをひとつ、手に吐き出す。柔らかな黄色い表面に、媽の歯の跡がついている。

「これは現実だ」爸は言う。「確かめておきたかったんだ。十分だと確信できるまでは秘密にしておくつもりだった」

「金鉱を探してたんだね」媽は言う。禁じられたその言葉が、部屋のなかをうねる。熱く、焦げた匂い。「もうやめるって約束したのに。未亡人たち？　薪を切る仕事？」爸は首を横に振る。

「看看《カンカン》、金鉱採掘なんて私からしたらこんなものだよ」

媽はそのかけらを口に放り込んでのみ込む。骨と同じように、泥と同じように、土地のかけらがまたひとつ媽の体に入る。サムは叫び声を上げる。爸は動揺したように見える。だが、それからにやりと笑う。

「沒問題《メイウェンティ》」爸は言う。「それが出てきたところにはたくさんある」

「食べたよ」媽は言い、がっくり肩を落とす。悪い姿勢で突き出たお腹は、丘陵が丸くなるように丸まっている。

「息子が食ったんだ」爸は言い、今回は媽は触れられるままにする。「こいつは金持ちになるぞ。サム、こっちに来い。媽に見せてやれ」

サムは汚れた古い小袋を持って歩み寄る。ルーシーには見覚えがある。炭坑で働いていたとき、ぼろ布と蠟燭《ろうそく》の燃え残りを入れておいた袋だ。サムの手にあるその袋は、きらめくにわか雨を解き放つ。ルーシーはおとぎ話のことを思う——善い妹と、悪い姉。ひとりが扉を抜けると煤がこびりついた。そして一生消えなかった。もうひとりが抜けると、目も眩むような姿になった。

誰かが言う。「黄金だ」


ルーシーが生まれてからの七年間、爸は金鉱夫だった。七年間、風に吹かれるように暮らし、金があるという噂に乗って土地から土地を放浪した。

二年前、媽は断固とした態度で臨んだ。ある夜、幌馬車にルーシーとサムを残し、開けた丘陵で爸と何時間も話し合った。切れ切れの言葉が届き、媽の言葉は空腹や愚かさ、誇りや運についてまくし立てていた。爸は無言だった。朝になると、金鉱採掘の道具はしまい込まれた。爸はひと月のあいだむっつりしたままで、賭博をして酒を飲んだ。炭坑のことを最初に口にしたのは媽だった。

それから、爸は賭博をほとんどやめ、飲酒もほとんどやめた。石炭による富を威張り散らす様子は、かつてほかの鉱物による富を威張り散らしていたのと変わらない。禁じられたあの言葉は口にされないままだった——いままでは。

今夜、燃える炭坑からの灰が窓から降るなか、爸は金について語る。

このあたりの丘陵についての噂を、老金鉱夫やインディアンの狩猟案内人からどうにか聞き出したくだり。ここ、台地の上に干上がった湖があり、狂った一匹狼がまだ見られるこの地で。一年前の地震と、大規模な炭坑の掘削によって、十年間誰の目にも触れなかったものが出てきているのではと爸が踏んだくだり。爸は暗がりのなか薪を切るふりをして、秘かに金鉱を探していた。

「早いうちに金は見つかった」爸は言いながら膝をつき、媽の両足の汚れを洗い流す。「あの二回目の給料日——あのときは金だった。俺は南に十マイル歩いていって、小さな出先の店で取引したんだ。朝まで帰らなかったのはそういうわけだ。一財産稼ぐって約束しただろ？　親愛的《チンアイダ》、欲しいものはなんでも買えるぞ。この子にふさわしいものはなんでも。俺たちは特別なんだ」爸はサムとルーシーのほうを振り向き、にやりと笑う。「娘たちよ、この地域でひとつだけ、銃よりも強いものはなにか知ってるか？」

「トラ」サムは言う。

「歴史?」ルーシーは言う。

「家族」媽は自分のお腹を抱いて言う。

爸は首を横に振る。目を閉じる。「ここの丘に広い土地を買うつもりだ。ほかの人間なんて目にする必要もないくらいの広さだ。たっぷり狩りをして、息ができるくらいの。そういう土地で息子には育ってもらいたいと思ってる。想像してみろ、娘たちよ。それがきちんとした力なんだ」

一家は静まり返り、想像する。やがてその魔法を媽が解く。いいとは言わず、だめだとも言わずに。媽は言う。「私に嘘をつくのはこれが最後にして」

塩

いま、新しいたぐいの朝。

媽が窓から引きちぎった防水布は結局取り替えられず、一家を太陽から遮るものがなくなった掘立て小屋はさらに眩しくなっている。ふたたび家族として朝食の席につき、四人は一緒に嚙んで食べ、からかい、差し出し、口喧嘩し、計画を立て、夢見ている。明るくなっている――どの仕草も、朝の未来の約束によって照らされている。ついに、爸とサムはブーツに足を突っ込み、金鉱採掘の道具をバイオリン入れに隠して持ち上げる。のんびりした足取りで金鉱に向かい、仕事時間が終わった炭坑夫のようなふりをする。爸は言う。もう秘密がないほうが楽じゃないか？

毎週日曜日、爸とサムが出かけると、ルーシーも自分なりの旅に出る。媽以外には知られることなく、特別授業を受けにリー先生の家に行く。

礼儀を教わる。紅茶を飲み、満腹だというふりをすること。クッキーもケーキも、耳を落としたサンドイッチも断ること。銀の箱に入って回ってくる塩をまじまじ見つめないこと。あの白く輝く山を。そのひりつく爽やかな感触を舌に求めずにいること。

質問に答えることを教わる。

君の一家はなにを食べる？

お母さんのトランクに入っているのはどんな薬かな？

家族でどれくらい長く旅をしてきた？

衛生上の習慣は？　どれくらいの頻度で体を洗う？

永久歯が生えてきたのは何歳のときかな？

ルーシーは答えるよりも、自分の答えを先生が書き留める様子を見ているのが好きだ。きびきびしていて美しい、新しいインク。お腹が空いていると、その匂いでルーシーはくらくらする。

お父さんはどんな酒を飲む？　どれくらい？

暴力に対するお父さんの考え方はどんなものかな？

それは野蛮だと思うか？

お母さんはどんな育ちかな？

ひょっとして王家の血を引いていたりは？

先生はルーシーの答えに磨きをかける。眉間に皺を寄せてカリカリ書き、書き直し、手を止めると、もう一度言ってくれとルーシーに頼む。その空白のページに、先生はルーシーの家族の物語を言葉にしてきっちり整える。校舎も客間もきっちり整えられ、不快なものが見えないようにコヨーテブッシュの並木がきっちり整えられているように。ルーシーの物語は、先生による西の地域の研究書の一部として書き留められる。いつか、ルーシーはその本を手に取るのだろう。ジムの元帳よりもさらに重いその本を、媽の前に置く。ページを広げると、本の生きた背表紙がパリパリ音を立てる。

よりよい自分を想像することを教わる。

夜になると、媽は数える。薄片も小さなかけらもすべて媽の手に渡される。その重さを天秤で計り、硬貨ではどれくらいの価値になるのかを書き留る。そして、金をそそくさと小袋に入れる。大きな袋から小さな袋、膨らんだ袋からほっそりした袋まで、家のあちこちに隠される。

そして、これだけの報酬がありながら、媽はけちになる。ステーキも塩も砂糖もなしだと言い渡す。骨だらけの切れ端に戻る。ルーシーのための新しいワンピースは一着だけだ。爸とサムには実用的なブーツ。約束してもらったカウボーイブーツと馬を欲しくて仕方のないサムは、それを知らされると癇癪を起こす。

「貯金してるの」媽の言葉のパチパチという音の強さに、サムはわめく途中で黙る。

ストーブの煙突のなか、錫の鏡の裏。石炭入れの箱の底、古い靴の踵。小袋があると、かつては鶏舎だった掘立て小屋は新しい輝きを帯びる。光がちらりと目に入ると、ルーシーはきらめきを夢見る。嫣も、視界のすぐ向こうにあるなにかをじっと見ているようだ。よく手を休め、窓際に腰掛けて手に顎をのせる。夢見がちな首筋。

爸は嫣の肩から首にかけてのいつもの場所にキスをする。「考え事の種にはちょうどいい金塊だな」

「赤ちゃんのことよ」嫣は嬉しそうに半分目を閉じて言う。一家がやってきてから三ヵ月、嫣のお腹は一番ゆったりしたワンピースですら突っ張ってしまう。「どんな子に育つのか想像してるところ」

日曜日によっては、手がこむら返りを起こして書けなくなると、先生は自分の生まれ育ちを語ってくれる。ここからはあまりに遠く、お伽話のようだ。

東での日々。より古く、より文明の進んだ地域。七人の兄弟、愛に溢れる母親。少し離れて率いる父親の王国は、遠くにも近くにも運ばれるヒマラヤスギの芳《かんば》しい山だった。リー先生は特別な子だった。賢い子。不真面目な兄弟たちのなかでひとりだけ、もっと大きなことを考えていた。**運動や狩猟に惹かれる男もいます。私は善い行いに惹かれるのです。この地域に教育を広げるのが使命なのです。**何ヵ月も、馬や荷車で旅をして、丘の上にあるこの光り輝く学校を新しく建てた。坑夫の子供たちのための慈善学校を。

このくだりを話すとき、座っているリー先生の背筋はすっと伸びる。声は朗々として、窓の美しく薄いガラスを震わせる。聴衆をざっと見渡す――日曜日に集う友人たち。そして、その高みから、優しい目をルーシーに向ける。**ルーシーを見つけたとき、私がどれほど嬉しかったか。彼女と家族は、私の本のなかで唯一無二の役割を担っていますし、この一家を正確に記録するのが私の務めです。**

　ルーシーはうずうずして、伏せた目で塩入れをじっと見つめる。

　ご存じのように、ここの坑夫たちは酒を飲んだり賭博して硬貨を無駄遣いすることをやめられません。それに、文明化に抗うあのインディアンたちの野営地もあります……。それなのに、この一家ときたら！　この一家は違う。ルーシーの母親の育ちのよさがわかります。

「私たちは坑夫じゃありません」リー先生の話の邪魔にならないように、ルーシーはそっと言う。

　店主たちや炭坑の監督たち、外で働かなくていい妻たち、周辺の土地から馬でやってきた牧場主たち。リー先生が本に取り組んでいないときは開け放している扉から、この客間にがやがやと入ってくる。**このところほんとうに――おいリー、すごい話があるぞ――牧馬の調子はどうかな？　聞いたところでは――**

　ほかの人たちの生活について教わる。

　遠くからでは、ルーシーにはわからなかった。いつも離れたところから、坑夫の妻たちが掘立て小屋のあいだをすいすい行き来し、洗濯板や指抜きや料理の手順や石鹸を借りる姿を目にしていた。**あいつらは自足というものを知らない。**爸は哀れむように言っていた。噂話よりも沈黙のほうが上だ、と爸はルーシーに教えた。ぽっかり口を開けた空の下に立ち、草を抜けてくる風に耳を澄ませることを教えた。**しっかり耳を澄ませば、大地の音が聞こえてくる。**

だがいま、ルーシーの耳に入ってくるのは、パン屋が肉屋について話し、肉屋がジムの店で働く女の子について話し、その女の子がカウボーイと駆け落ちした坑夫の妻について話す声だ。そうした話し声は、輝く一本の糸となって街を縫い合わせ、ある家のポーチにかかっているのを見かけたタペストリーのように鮮やかだ。そのとき、タペストリーの持ち主はルーシーに盗まれるといわんばかりに慌ててしまい込んだ。ルーシーは見ていたかっただけだ。もしかしたら触ってみて、自分の体に纏《まと》わせてみたかったのかもしれない。蜂蜜色でガラス窓のある日曜日に、部屋を温める人々の体と会話のように。

誰にも見られず、口を満たす言葉を差し出すこともできず、ルーシーは指を一本突き出す。落ちている塩の粒を指先につけて取る。舌を刺す、その輝かしさ。その儚《はかな》さ。

夕暮れ、家に戻ったルーシーは、媽と二人きりでコンロの前に立つときを待つ。またジャガイモと、どろどろに煮込んだ骨の髄と軟骨の夕食。いまは週の半ば、日曜日はまだ先だが、ルーシーはもううんざりしている。塩が入っていない肉の茶色い味、踵の肌が荒れる土の床、金がそこらじゅうにあるのに切り詰めて貯金すること。

「媽？　あとどれくらい貯金を続けたら、その土地を買えるの？」

ルーシーにすら、媽は言おうとしない。媽の微笑みは秘密の微笑みだ。

手に入らないものを望むことを教わる。

日曜日に同席するなかで最高の客は、本物の婦人たちだ。町の女たちではなく、先生のかつての人生から、日光による皺という西の地の刻印を肌に押されることなく訪ねてくる。列車のビロードの座席や、自分たちの緑色の芝生に植えた花についての知らせを持ってくる。そうした婦人たちは、ときおりルーシーを手招きする。**教えてちょうだい**、と彼女たちは言う。

そうした婦人たちのために、リー先生とルーシーはゲームをしてみせる。先生が尋ねてルーシーが答え、彼女が受けた教育を彩り豊かな球のように打ち合う。**一四八一六割る三八は？　三八九で余りは三四です。この地域に文明の開拓地が初めて作られたのは何年前かな？　四三年前です。**

今週の日曜日、年配の婦人が馬巣織の長椅子に座る。

「私の先生を紹介するよ」先生は言う。「ライラ先生だ」

ライラ先生はルーシーを眺め回す。近づきがたい顔から出てくる声は、唇のまわりに描いた赤い線よりもさらに厳めしい。「賢そうな子ね。あなたにはいつも賢い子を見つける目があった。でも、誰でも賢くはなれる。教えづらいのは人柄ですからね。道徳的素養ですよ」

「ルーシーにはそれもしっかり備わっていますよ」

ルーシーはその賛辞を胸に刻み、後で媽に伝えようと思う。ルーシーをとらえるライラ先生の視線は、校舎でルーシーが黒板に歩いていくときに浴びる視線のようだ。彼女が失敗するのを待っている。

「お見せしましょうか」リー先生は言う。「ルーシー？」

「はい」ルーシーは顔を上げる。先生の細長い顔は信じる気持ちで魅力的になる。

「君と私が同じ幌馬車道を移動しているとしよう、二人とも同じだけの食糧を持って出発する。旅を始めて一ヵ月したところで、君は浅瀬で持ち物をなくしてしまう。一年でもっとも暑い季節だ。川の水は汚くて飲むことはできない。次の町に着くにはまだ何週間もかかる。さあ、どうする？」

ルーシーは笑いそうになる。なんてことのない問題だ。算数や歴史よりもあっさり答えは出てくる。

「雄牛を一頭潰します。その血を飲んで、新鮮な水が手に入るまで進みます」

この教えはルーシーの肌に焼きつけられている。その川の土手に立ち、その汚い川の臭いを吸い込んだことがある。媽と爸が口論するのを眺めながら、渇きで舌が口に張りついていた。だが、リー先生は固まってしまい、ライラ先生は喉に片手を当てている。二人とも、ルーシーの顔に食べ物がついているかのようにまじまじ見ている。

ルーシーは唇を舐める。唇には汗が粒になって浮いている。

「もちろん」先生は言う。「助けを求めるのが正解だ。私が自分の食糧の半分を差し出して、そうすることで善意を広げる。そうすれば、次に私になにかあったときには、お返しとして助けてもらえるからだ」

先生はライラ先生に紅茶を注ぎ、言いくるめて菓子を取らせる。ルーシーに向けた背中は失望でこわばっている。二人がぼりぼり嚙む音を、ルーシーは聴く。自分の歯にぼりぼりと当たるあの感触を思い出す。街道で、媽が最後に残った小麦粉をふるいにかけ、もぞもぞ動くゾウムシを見つけた夜。それでも一家はビスケットを焼き、自分たちがなにを嚙んでいるのか見ずにすむように暗くなってから食べた。あれだけの距離を旅したが、ほかの幌馬車が助けを申し出てくれたことは一度もなかった。

ルーシーはこっそり塩に手を伸ばす。

人に意見を合わせることを教わる。


ごまかしを教わる。

ルーシーは媽が鍋から目を離すのを待つ。手際のいい動きで、ハンカチを開いて塩を振りかける。

その夜、牛の尾の味が絶品だと爸は言う。日曜日に牛の尾、月曜日に粥、火曜日にジャガイモ、水曜日に豚の足、そしてまたジャガイモ、ジャガイモ、ジャガイモ。ルーシーはあまり多くは使わない。かすかな風味だけだ。塩は食べ物のくたびれた味を広げてくれる。目を閉じて嚙んでいると、家も広がり、部屋がいくつもできる。自分を日曜日まで引き延ばすための味。

「ルーシー」媽はコンロの赤い熱の前でルーシーの手を摑む。ルーシーの指のあいだからハンカチが突き出ている。塩が何粒かこぼれ出す。「どこからこれを持ってきたの？」

「先生がくれた」なんといっても、先生は毎週日曜日には塩入れをみんなに回すのだ。もっともらしい言い訳を教わる。「それに、媽はクッキーを取ったし」ルーシーはぐいとハンカチを取り返す。「不公平だよ。媽だって――媽だって――不公平だよ！」ルーシーはしゃがみ、恐れから少し身震いする。媽の怒りは爸よりも珍しいが、爸よりも正確だ。傷つきやすいところをさらに突いてくる。媽はルーシーの耳たぶが一番薄いところをつねり、ルーシーがもっとも愛するものを禁じるすべを知っている。

だが、媽は動かない。「有時《ヨウシー》」その目はルーシーの顔をさっとかすめる。「家から出なければよかったかもしれないね」

ルーシーは振り向く。媽が見つめているところには空白の壁しかない。媽が見ている家を、ルーシーは見ようとする。蘇る記憶という乾いた土壌から掘り出すもの――さらさら揺れる草、筋になった埃っぽい光。踏みしめる馴染みの道、占い杖を持った爸の影、そしてどこかで媽が呼ぶ声、宙を漂う夕食の煙――

「うちにはいつも塩があった」媽は言う。「毎天《メイティエン》。それからルーシー、海で獲ってきた魚もね。我的媽《ウォダ》が――あんたのお祖母さんだね――魚を蒸してくれて――」

そうか。媽が言っているのは、一家の野営地のことや、金鉱を探した日々のことではない。ルーシーには見えない家のことだ。海の向こうの。

「ルーシー、あんたはいい子だよ。あんまりねだってこない。物わかりよく頑張ってくれる。私はいま、動不動《ドンブードン》にできるだけ貯金してる。でも、ときどき考える――あんたとサムは、あっちのほうがいい暮らしができたかもしれない。この子も」

ルーシーは思い浮かべようとする。媽の母親、媽の父親、媽が語る家族がひとつの部屋に詰めかけているところを。呼び起こせるのは、日曜日に声で満ちるリー先生の客間だけだ。

「媽――寂しいの?」

「說什麼《シュオシェンマ》。ルーシー、あんたがいるでしょ」

でも、日中は違う。ルーシーは初めて、家に独りでいる媽のことを考える。ルーシーが校舎で本を読み、爸とサムが金を掘るあいだ、媽は薄暗いなか何時間も窓のそばで揺り椅子に座っている。それがどれほど静かなのか。音といえば、風が谷のずっと向こうから吹いたときに漏れ聞こえてくる、ほかの妻たちの話し声だけだ。

媽はルーシーが握るハンカチを軽く叩く。「いまはこれを使ってもいいよ、女兒《ニュアル》。ほんとうに先生がくれたんだろうし」

今回は媽の視線を浴びながら、ルーシーは塩を煮物に入れる。今回は、恩を着せられることについてはひと言もなく、媽は鍋の上で背筋を曲げる。媽の顔に自分の飢えを見たルーシーは体がびくっとする。

手が滑る。白い山が表面にでき、溶ける。間違いなく入れすぎだ。ほかの誰も気づいてはいないようだ。夕食の席で、一家は自分の鉢に盛った分を平らげ、一滴残らず飲み、何度もお代わりを頼む。黒っぽい煮物の汁の輪が媽の口のまわりにできる。手を止めて口元を拭いもしないほどの勢いで食べる。

ルーシーは二口食べると、スプーンを置く。舌がひりひりする。その塩にはまた別の、ありがたくない苦い味が混じっている。

恥を教わる。

金

そしてある日、爸はルーシーを金鉱に連れていく。

出発するのは朝だが、二人は太陽に背を向け、大地の影の下にするりと入る。ルーシーはのろのろ歩いて抗議する。今日は学校がある日だ。丘陵をほっつき歩いているべきではない――ここはサムのいるべき場所だ。だが、サムは具合が悪くなってしまい、いつまでも硬貨を数えている媽が代わりにルーシーが行くようにと言って譲らなかった。

二人は谷の縁にさしかかる。草は岩に変わり、動物が怒ってけば立てた毛のように、尾根がそびえる。**引き返せ。気をつけろよ。**

灰色の剝き出しの台地。切羽詰まった坑夫ですら、ここまで出てはこない――火事で仕事を失い、飢えた犬のように落ち着きなく日々を過ごし、食べ物なり仕事なり、忙しくしていようと探し回っている男たちですら。それでも、爸は変わらず金鉱採掘の道具をバイオリン入れにしまったままにしている。

両側の岩の壁がさらに高くなり、日光を遮る。「川が削ってこの道を作ったんだ」爸の顔を影の線が二つに分け、ルーシーはその嘘の大胆さに笑い出しそうになる。

道は深く、広くなり、上っていく。それを上がりきると、台地は平らではないことをルーシーは知る。ぽっかりえぐられている。二人は空になった鉢の底に立っている。ずっと上のほうには、円い空。ルーシーの脚は震える。これのために来たのだろうか。なにもない岩を目指して。

爸は遠くにある緑の筋を指す。近づいていくと、その筋は複雑になっていく。ハコヤナギ、アシ、青いアヤメ、白いユリ。すべて、喉を渇かせた植物。だが水は見当たらない。

「見てみろ」爸の目に、あのきらめきがある。「ここにあるのは湖だ」

ルーシーよ、大昔、この土地には川が流れていた。まさにここ、かつては湖だったところから流れ出していた。百かける百かける百年前に見てみれば、俺たちの頭上には深さ一マイルもの水があるだろうし、水中の森ときたら陸のどんな森よりも高く、泳ぐ魚が多すぎて光が届かないくらいだろう。この湖は、下を流れる小川が生まれた場所なんだ。

びっくりした顔をするな。この土地には、かつてはもっと壮大だったものがごまんとある。バッファローもそうだ。

そのころは寒かった。一年のほとんどは雪が降った。時とともに暖かくなって、動物たちが小さくなったという根拠はある。湖は縮み、魚もそれに合わせて縮み、巨大な水の鉢にあった塩と泥と金属が、小さくなった鉢に満ちていた。

そうだ。黄金もだ。ずっとここにあったんだ。

そのころに生きてそれを目にしたやつはいないが、なにかがあって湖は消えてしまった。俺がどう考えてるのかといえば、大きな地震かなと踏んでる。媽がガラガラヘビを見たときみたいに、地面が飛び上がって、落ちて割れたんだ。そこから湖が流れ出した。

さて、魚と塩と金のほとんどは、俺たちが上がってきたあの道から下に流れてしまった。町を抜ける川になった。あの町ができたのはそういうわけだ。炭坑になる前は、金鉱のある場所だった。媽が骨をきれいにしゃぶり尽くすみたいに、男たちは川からすべて奪い尽くした。そして、あの水をだめにした。いいか、かつてはあの小川はもっと幅があって水も澄んでいて、魚もいっぱいいたんだ。あんなことをやっちゃいけない。土地の所有を主張しておきながらあんな粗末に扱うなんておかしい。野犬の群れみたいに土地を引きちぎらなくたって、求めるものを手に入れる方法はある——だが、話がずれかけてるな。

干上がった湖の話をインディアンの商人たちから聞いて、俺は考え始めた。金というのは重いだろ？　下の水はどこかから流れてきてるはずだし、もしそのどこかが上のほうなら、金はすべて流されてはいないかもしれない。ちょっとばかりは引っかかったままかもしれない。媽は俺がインディアンたちとつるむのを嫌ってる。媽は賢いが、この土地についてのインディアンたちの知識がどれだけ深いかってことにはまだ気づいてない。

とにかく、ルーシーよ、湖があるからここに金があるわけだし、よく見てみれば魚の骨もある。今日、そこらじゅうで目にするはずだ。ときどき、夜に上がってくると、風が力いっぱい強く吹いてカサカサ音が聞こえて、サムがいるのかと振り向いたりもする。でも、なにもいない。ときどき、海の葉が顔をかすめる感じとか、濡れた音が聞こえることがあるが、地面は乾いている。ときどき、葉と魚と水というのはなによりも男に取り憑くものだと思える……でも、それは幽霊話だな。要するに、この丘陵の土地には昔から金があったってことだ。ただ信じればよかったんだ。

この感覚には、どんな名前があるだろう。喉が渇いていると同時に渇きを癒やされている。ルーシーの口は渇き、唇はひび割れている。だが、内側は溢れている——**水だよ、**と媽が呼びかけてくる——爸が語る世界がすぐ近くにあると感じる。それなりに素早く動きさえすれば、一日の薄い皮に穴を開けられるのではないか。古代の湖にどっと満たされるのが感じられるのではないか。

なぜなら、一家が暮らすこの土地とは、すべてが失われていく土地なのだから。かつての金も、川も、バッファローも、インディアンも、トラも、ジャッカルも、鳥も、緑も、暮らしも剝ぎ取られた土地。この土地を動いていき、爸の物語を信じるなら、どの丘も骨を積み上げた埋葬の盛り土に見えてくる。それを信じて、生き延びられる者がいるだろうか。それを信じて、爸とサムのように、いつも過去に目を向けないようにできる者がいるのだろうか。その過去につきまとわれないように。愚か者に変えられてしまわないように。

だから、ルーシーは本に書かれていないその歴史を怖れる。爸の話はほら話だと片付けてしまうほうが楽だ――もし信じるのなら、どこに終わりがあるのか。もし、トラが生きていると信じるのなら、インディアンは狩られて死に絶えつつあるのだと信じることになるのだろうか。もし、大人の男ほども大きな魚がいると信じるのなら、釣り糸いっぱいの魚のように他人を縄につなぐ男たちもいるのだと信じることになるのだろうか。そんな歴史は見ないほうが楽だ。現に書かれてはいないのだから――ただし、ざわめく枯れ草、失われた街道の目印、退屈した男たちや意地悪な女の子たちの噂、バッファローの骨のひび割れた模様に残っている。リー先生が教える歴史の本を読むほうがはるかに楽だ。レンガのように整然と名前や年号がそこに積まれ、文明を築いている。

それでも。ルーシーはもうひとつの歴史から完全に逃れられはしない。野生の歴史から。それは彼女の視界の端をうろつく、キャンプの火のすぐ外にいる動物だ。その歴史は言葉ではなく、吠え声と鼓動と血で語る。湖が金を作ったように、それがルーシーを作ったのだ。サムの荒々しさも、爸の脚を引きずる歩き方も作ったのだし、海について語る媽の焦がれた声も作った。だが、その歴史を正面から見つめてしまうと、ルーシーは目眩《めまい》がしてしまう。まるで、小型の望遠鏡の反対側から覗き込むと、自分よりも小さく見える爸と媽が、自分たちの両親と一緒に、消えた湖よりも大きな海の向こうにいるように。

ルーシーは息を吸い込み、見上げる。水のように青く円い空を。そして屈する。魚のきらめき、木々よりも高い海草を想像する。もし、自分が水なのなら、それでいい。水で溢れていればいい。


爸は緑のあるところを歩き、ルーシーはついていく。基岩がぱっくり割れているところでは泥がのぞき、太古の川の小石や、湖の最後の澱《おり》から水を吸う植物が見えている。二人はふるいの皿に土をいっぱい入れる。揺らしてじっと見つめ、輝きを探す。

太陽が照りつけてくる。驚くほどの速さで水分がルーシーから出ていく。それだけの失われた水は、いったいどこへ行ったのだろう。湖とは、きちんとした埋葬がなければ亡霊になったりするのだろうか。土地とは、それを傷つけた者を覚え、傷つき、怒りを感じたりするのだろうか。そうなのかもしれない、とルーシーは思う。そして思う。**私は違う。私はあなたを傷つけたりしない。助けてほしい。**

ルーシーは魚の化石を見つける。石英の大きな塊を見つける。望みを持つのは、持たないよりもひどく傷つくのだと知る。爸はルーシーよりも速く作業をしている――サムはついていけたのだろうか。焦ったルーシーは足を滑らせてふるいの皿を投げ出し、爸は娘が無様に大の字になった姿を目にする。

ルーシーは価値のない石英を拾うと、木に投げつける。石英は二つに割れ、泥のなかに沈みかける。

爸はそれを拾い上げる。こする。鑿《のみ》で軽く叩き、薄片を落とす。「ルーシーよ」

ルーシーはすすり泣きを押し殺す。だが、爸の手が優しげに近づいてくる。その手のひらにある、割れた石英の中心からは黄色がのぞいている。

「どうしてわかったの？」ルーシーは小声で尋ねる。彼女なら、あと一世紀埋もれたままにしていただろう。

「ルーシーよ、埋まっているところはわかるものなんだ。なんとなくわかるんだよ」

爸はルーシーに金を渡す。

その塊は重く、太陽の温かさだ。小さな卵ほどの。それをひっくり返してみる。中心を空洞が貫いている。中指がするりと入る。

「角をかじってみろ」爸は言い、人差し指と親指をぎゅっと合わせてどれくらいかじるのかを教える。ルーシーは信じられずに爸を見つめる。「ルーシーよ、試してみろ」

味はない。水気もない。ルーシーの口はそれでもどっと溢れる。前は喉が渇いていると同時に渇きを癒やされていたが、いまは渇きが癒えている感覚だけがある。飲み込む小さなかけらは彼女を変えるのだろうか。肌のすぐ下でほんのり光り、胃と心臓のあいだに収まるのだろうか。何年も経って、ルーシーは暗闇のなかで自分をくまなく調べ、どこかに違いが出ているだろうかと自問することになる。

「これでお前もきちんとした金鉱夫だ。そこに入った金が、ほかの富を呼び込んでくれる。聴《ティン》我《ウォ》」

夕方になって下っていくとき、爸はルーシーを押して岩壁を登らせ、続いて自分もよじ登る。東にある内陸の山脈、西にある海岸を指す。よく晴れた日には海からの靄《もや》も見える、とルーシーに請け合う。翼のように空を舞う船の帆も見える、と。

「船こそ世界で一番美しいものだと媽は思ってる。俺は本物の鳥のほうがいい。あの二羽のオオタカを見てみろ」

二つの影が旋回して降下し、オークの木の頂上にとまる。

「あそこにあるのが見えるか？」

ルーシーにはなにも見えない。サムの目は、日光のなか何日も過ごしたおかげで鋭くなっている。ルーシーが本から顔を上げるると、世界の端はぼやけている。それも、彼女の失望のひとつだ。驚いたことに、爸は娘と同じ高さに顔を持ってくると、無精ひげの生えた頬をルーシーの頬に当てる。これほど近いと、爸の匂いが自分の匂いのように思える。タバコと太陽、汗と埃。爸に導かれて頭を回すと、ルーシーの目に入った巣では、二つの小さな口が大きく開いている。

「あの二羽の雛がしっかり育ったところで、登っていってお前たちのために取ってくるつもりだ。お前たちが狩りを仕込めば、銃もナイフも必要なくなる。知ってたか？」

爸の声は驚異の念に浸っている。今日、爸とルーシーは同じものを見る。あの二羽の雛が親鳥よりも大きくなり、悠々と旋回する姿を。爸が顔を離してしまう前に、ルーシーは尋ねる。「今日、私はよくやったよね？」

「もちろんだとも」二人とも、ルーシーが握る金の塊を眺める。土をきれいに落としてあると、前よりも大きく見える。「賭けてもいいが、三ヵ月か四ヵ月探す分を一日で見つけたんだ。きっと媽は喜ぶぞ。そこで、なにが一番の手伝いになるか知りたいか？」爸は体を離し、目を細める。「この場所のことを黙っておくんだ。聽我《ティンウォ》？　俺たちがここでしていることは……別に悪いことはしていない。この土地は誰の所有でもない。だが、それが正しくないと思う男たちは多いかもしれない。みんな俺たちのことを羨んでいる。懂不懂《ドンブードン》？　前からそうだった。俺たちが冒険者だからだ。ルーシーよ、俺たちはなんだ？」

「私たちは特別」ルーシーは言う。岩の上で、自分の言葉を信じる。


帰ってみると、媽は寝床に入っている。五ヵ月が経ち、足首はむくみ、赤ん坊は絶え間ない腰の痛みになる。いつもなら、爸は媽も金でできているかのように扱う。今日はそばに飛び込んでいってマットレスを跳ねさせる。媽のそばで熱を出しているサムは呻《うめ》く。

媽は爸を押しのける。ワンピースをぐいと引っ張って伸ばすと座る。「炭坑の監督が来てた。働いてないのなら炭坑の土地で暮らすことはできないって。もう累死我《レイスーウォ》、器の小さい男」

媽と爸は夜になると炭坑の監督について小声で話をする。だが、こんなに大きな声だったことはない。ルーシーやサムがいるところで話したことはない。媽は獰猛な目つきになっている。オオタカのような。

「いつまでか言っていたか？」爸は尋ねる。

「言いくるめておいた」媽の口は、まるで悪いものを噛んだかのようにねじれる。「頼み込んだっていうほうが近い。あとひと月待ってくれる。但是《ダンシー》、次の支払いは倍額だって」

「あいつになんて言った？」

「別管《ビエグワン》――」

「あいつになにを約束した？」

「笑顔を見せて、可愛く話した。追加で支払いますって言った」媽はせっかちに頭をさっと振る。「ああいう男は扱いやすいから」爸の拳は背中の後ろで固くなる。爸は話し始めるが、サムが癇癪を起こしたときのように、媽はそれにかぶせるように話す。「それはもういい。告訴我《ガオスーウォ》、これからどうするの？　貯金してきた分じゃ足りない。それに赤ちゃんも生まれる。次はどうなる？」

次はどうなる？　金鉱採掘の土地での時間が終わるたび、炭坑での時間が終わるたび、望みと硬貨が残り少なくなるたびに、媽はそう尋ねてきた。爸は怒鳴り散らすこともあれば黙り込むこともあり、頭を冷やそうと荒い足取りで出ていき、翌朝に戻ってくるときには自責と酒の臭いをぷんぷんさせることもある。まともに答えたことは一度もなかった。いままでは。

「出ていこう」爸は言い、媽の指に金塊を載せる。

媽の手はその重みで下がる。震える指を、媽は顔の前まで上げる。

「うちのルーシーは金を見つける天才だ」爸は言う。「手早くやれば、一ヵ月後にはおさらばできる。そして、自分たちで買ったしがらみのない土地に落ち着く。俺たち五人で」

媽は手のひらにある金塊の重さを計る。そこに収まっていると、塊はさらに卵に似て見える。媽の唇は動き、数えている。

「海のほうに八マイル行ったところの土地に目をつけてる。丘と丘に挟まれて四十エーカーあって、馬に乗る小道はいくらでもあるし、最高にきれいな小さい池も――」

「馬を飼える？」サムは体を起こして言う。

「もちろん。もちろんだ。それから――」爸はルーシーのほうを向く。「早起きして足の速い馬に乗れば学校まで行けるくらい近い。とはいっても、俺からすればなにが楽しくて――」爸はそこで言葉を切る。ただ言う。「お前が行きたければな」

それが爸の精いっぱいの言葉なのだとルーシーにはわかる。爸の手を握ろうとする。

「それから、お前たちの媽には――」

媽の頭がさっと上がる。計算し終えたのだ。「夠了《ゴウラ》。もう十分だから」

「まあ待て。親愛的《チンアイダ》、お前はわくわくしているだろうが、あと何週間かは働かなくちゃならない。売り値についてはもう問い合わせてあって――」

「その土地じゃない」秘密の微笑みで媽の唇は曲がっていき、ルーシーが見たこともないほど大きく横に広がる。媽の口が開く。その奥には、濡れた輝き。「そこよりずっといいところ。これだけあれば、五人で船に乗る切符が買える」

爸は昔からお話が上手だった。媽から出されるのは指示や叱責や質問、夕食の招集、子守唄、事実だ。自分のことを話したりはしなかった。それがいま、一家をマットレスの上に集めて自分を囲む輪を作らせる。

媽が抱え込んでいた物語は赤ん坊よりも大きく、西の土地よりも、ルーシーが生まれてきた世界のすべてよりも大きい。媽のなかには、玉石が敷かれた大きな通りと赤く低い壁の土地、霧と岩の庭園の土地がある。苦い瓜や、ここの枯れ草に火をつけられるくらい辛いトウガラシが育つ土地。ふるさと《ホーム》の土地だ。媽の口ぶりはまるで、秘密の四冊目の絵本が閉じたまぶたの裏に書かれていて、そこから読み聞かせてくれるかのようだ。星の形をした実をつける果樹のことを媽は話す。金よりも硬く希少な緑色の石。自分が生まれた山の、発音できない名前を口にする。

ルーシーの両手はじっとりする。迷子になったという古い感覚。爸の物語なら、ルーシーは自分が育った土地だとわかる。爸の話に出てくる丘陵はここの丘陵で、ただしもっと緑豊かなだけだ。ここの街道で、ただし生き物がぎっしりいるだけだ。媽の土地は知りようがない。媽の言う名前すら、ルーシーの舌の上では滑るか絡まってしまう。

「学校はどうするの？」ルーシーは尋ねる。

「沒關係《メイグワンシー》」媽は笑い声を上げる。「学校ならそこにもある。こんな田舎のちっぽけな学校なんかじゃなくて」

媽は爸にも話すように言う。ドラゴンの眼と呼ばれる果実や、山にかかる霧や、夏の日に港で焼く魚について。

それには応えず、爸は言う。「親愛的《チンアイダ》、ここで暮らすことで話はついたんだと思ってた。自分たちの土地を持つんだと」

媽は頬が血で濁るほど首を横に振る。「黄金ですべてが買えるわけじゃない。ここは決して私たちの土地にはならない。息子には自分の仲間たちに囲まれて育ってほしい」媽が金塊を乳房のあいだに挟む様子は、それを本物の卵として、信念の熱で孵化させようとしているかのようだ。「這個《ジェイガ》、つまり、この子が生まれたらすぐに出発できる。この子が乳離れする前には着く。想想《シアンシアン》――この子が最初に口にするのは故郷の味になる。約束してくれたでしょう」媽の声のパチパチという音が大きくなる。「従開始《ツォンカイシー》、私たちの仲間のところに戻ると約束してた」

するとサムが、熱でこもった声で言う。「仲間って？」

「あんたと同じような人たちだよ、女兒《ニュアル》」媽は言うと、汗をかいたサムの顔から髪の毛を払いのける。「渡っていくのは――どんなかっていうと――夢みたいなものだろうね。水は幌馬車で旅をするよりも楽だから、寶貝《バオベイ》。あんたたちは魔法にかけられて眠るお姫様みたいになる。目が覚めたら、もっといいところにいる」

だが、ルーシーにとってその物語は悪夢だ。もう一度、学校のことを尋ねる。サムは馬のことを尋ねる。ルーシーは授業と鉄道のことを、サムはバッファローのことを尋ねる。媽は切りつけられたように顔を引きつらせる。

「娘たち」媽は言う。「きっと向こうが気に入るから」

「もしその土地がそんなにいいところなら、どうして出てきたの？」ルーシーは言う。「どうして独りでここに来たの？」

大きく開いていた媽の顔は閉じる。両腕をさっと胸に引き寄せ、その動きで片肘がルーシーの肩に当たる。

「えっ」ルーシーは傷つくというよりもびっくりして言う。だが、媽は謝らない。「今夜はここまで。累死我《レイスーウォ》」

自分は味わったことのない星の果実を思い出して媽が唇を舐める様子が、ルーシーには気に食わない。媽が子供のころの家にあったタイル張りの屋根の話をして、ルーシーの家の屋根をこき下ろすのも気に食わない。だって、ブリキやカンバス布に当たる雨は、ときどき、媽の話に出てくる二弦のバイオリンに負けないくらい素敵な音楽を奏でてくれるのだ。媽が心底嫌う土埃は、ときどき、丘陵を優しく覆う金色の毛皮になったりもする。媽の通りのほうが素敵で、媽の雨のほうが上品で、媽の食べ物のほうがいい味なのはなぜなのか、ルーシーは問い詰める。ひたすら尋ねていき、声はだんだん高くなり、答えは得られず、媽は尋ねられるたびにクッションに沈み込んでいく。まるでルーシーの言葉が暴力であるかのように。

すると、**打嘴**《ダーズイ》、と爸が言っていて、ルーシーを抱き上げて連れていく。ルーシーは爸の肩に向かって金切り声を上げ、両足をばたつかせながら、ロフトの上に運ばれる。サムも抱き上げてこられるころには、ルーシーは台地で自分のなかに溢れていた水が沸騰したのを感じる。

「私は行かない」ルーシーは爸に言う。「ほかのチンクたちと一緒に暮らしたくない」

ただちに、間違ったことを言ってしまったという味。男の子たちが校庭で作り、ルーシーに無理やり舐めさせる泥団子のように。平手打ちを食らうにふさわしい。爸はただ悲しげな目を向けている。その味を、ルーシーは飲み込むしかない。

「ルーシーよ、それはお前が覚えるべき言葉じゃない。媽がお前をここから連れ出そうとしているのは正しいかもしれないな。正しい言葉とはこうだ」

爸は二人に言う。

ルーシーは舌を杯にしてそれを言う。サムも同じようにする。異国の味がする。正しい味がする。媽が言っていた、故郷の食べ物のような味がする。甘酸っぱく、苦いと同時に辛い。

だが、二人はまだ子供だ。九歳と八歳。おもちゃの扱いも、自分たちの膝や肘の扱いもぞんざいだ。眠りのなかで、自分たちの名前がひび割れから落ちていくままにしてしまい、いかにも子供らしく、いつも翌日になればもっと多くがあるはずだと信じている——愛も、言葉も、時間も。もっとあるはずだ。幌馬車の座席に両親の姿があり、旅の揺れと軋む音が二人をあやして眠らせて向かう先の場所も、もっとあるはずだ。

水

喉が渇いたルーシーは、水の音で目を覚ます。ブリキにぱらぱら当たる音がこだましている。季節の最初の雨がやってきたのだ。はしごを下りるルーシーの膀胱《ぼうこう》は脈打つ。湿気は濃くなってひたひた寄せ、まるで小屋が浸水したかのようだ。月は細く、その月の終わりが近く、ブリキが光を歪めるため、形を変える銀色の波が小屋の壁を打つ。この家は海だ。すると、船は？　ルーシーは一番下の段で凍りつく。船は一枚のマットレスで、その上には腕が何本もあり、皮膚がぬめぬめした恐ろしい怪物がいる。ルーシーの喉は渇き切っていて、声をかけることもできない。それから見えてくる。怪物は一頭ではなくて二頭いる。媽が爸に馬乗りになって座り、お腹で爸を押し潰している。媽の寝間着が二人の両方にかかっていて、媽は両脚を爸の両脚に引っかけてマットレスに押し付けている。媽は爸を痛めつけている。爸の息遣いは速く、震える——**つぷ、**と媽は言う。体を上げ、押し下げる、その重みに爸は呻く。**切符。**爸は媽の胸に片手を当てて止めようとする。**美しさは武器だから、**と媽は言っていた。ルーシーにもわかりかけてくる。媽の力とは、夜間の力だ。肘の内側、太もものあいだの隙間——肌と肌が擦れるところで、ルーシーは汗をかいている。爸は白目を剝く。それでも媽は爸を痛めつけ、ついには爸の頭はぐらぐら揺れ、ひと言だけ漏れてくる。**わかった**。するとようやく、媽は体を離す。ルーシーの尿が片脚を伝っていくひりひりした感覚がある。恥ずかしくなり、はしごを上がる。今夜は外の便所に行かなくてもいい。

泥

かつて、媽は獰猛なまでに自分のトランクを守っていた。その中身を少しずつ使い、なによりもその匂いを少しずつ使っていた。媽のトランクのなかには、麝香《じゃこう》のような甘苦い匂いが住みついている。この土地のものではない匂いが、蓋を開けるたびに減っていく。

いま、そのトランクが大きく口を開け、ワンピースや薬がこぼれ出す。翌週には一家で港に向けて出発し、トランクは置いていくとなれば溜め込んでおく必要もない。大きなお腹で、あと数週間で出産となる媽は、余計な重い荷物は必要ないと言う。じきに、その匂いがありふれた場所で暮らすことになるのだから。

「好美《ハオメイ》」媽は言い、ずっと羨望の的だったビーズ付きの優美な白い靴をルーシーに渡す。「あんたに似合うよ」

ルーシーは媽に言われるまま体をくるりと回転させ、それから靴を脱ぐ。ビーズ細工に見とれまいとする。裸足で雨のなかに駆け出る。

「先生にちゃんとお礼を言ってきなさい」媽は声をかける。

媽からの褒め言葉が、ルーシーの渇きを癒やしてくれたときがあった。いま、褒め言葉はこの季節の雨のように到着する。あまりに多く、あまりに早すぎる。炭坑は水没している。失業した男たちはさらに増える。茶色く渦巻く水とともに、噂も苛立ちも膨れ上がる。先週は、炭坑の監督が前触れなく家賃の取り立てにやってきた。家に押し入ると、あちこちに目を走らせた。そのときルーシーは、媽が小袋を隠していてよかったと思った。爸は拳銃のそばに立っていたが、媽には慌てる様子はなかった。微笑みかけ、監督が残していった水溜まりをまたいだ。出航する前に濡れるのに慣れておいたほうがいい、とだけ言った。


嵐はリー先生の家の秩序も蝕《むしば》む。コヨーテブッシュの木々はびしょ濡れになり、風であちこちに曲がっている。家のポーチを水溜まりが洗う。ネリーは不安げにいななき、ルーシーはそばに立って鼻をさすってやる。別れを告げる練習をする。

客間はぴりぴりした雰囲気で、明かりは暗い。粉々に割れたランプが片隅に置かれ、割れたガラス窓の上には板が打ち付けられている。肉屋と、天候のせいで東に戻るのが遅れているライラ先生は座り、最新の炭坑の事故について話し合っている。洪水で支柱が流され、トンネルが三つ崩落した。八人が死んだ。

「観測史上最悪の雨です」先生は言う。「私に援助を求めてくる坑夫までいました」悲しげに首を横に振る。「もちろん、断るしかなかった」

「可哀想な坑夫たち」ライラ先生は自分の紅茶に砂糖をどっさり入れる。「地下に閉じ込められている人はまだたくさんいると聞きましたよ。上の地面を歩いていると叫び声が聞こえてくるって。そんなふうに、運命のいたずらに翻弄されて生きるなんて」ライラ先生はルーシーのほうを向く。「あなたの家族も可哀想に！」

「私たちは坑夫じゃありません」ルーシーの口から爸の言葉が飛び出す。

「別に恥ずかしいことじゃありませんよ」ライラ先生はルーシーの腕をさする。「お父さんはほかにどんな仕事を？」

みなに見つめられると、優しさは天候のように重苦しい。ルーシーは伝えたい。あの台地に立っていたこと、金塊という小さな太陽を手に握ったこと。唇を嚙み、なにを言うべきか考えていると、炭坑の監督が家に入ってきて先生に挨拶する。そして、ルーシーに目を留める。

「お前」監督は言い、ずかずかと近づく。「お前ら一家はまだ荷造りできないのか？ お前の母親からは、もういつでも出発できると聞いてる」

「なにかの誤解でしょう」リー先生は言い、守るような片腕をルーシーの前に入れる。「ルーシーは私の学校の優等生です。どこにも行きませんよ。この子の母親とも連絡を取っています」

ごくりと唾を飲み、ルーシーは言う。「先生、お話ししたいことがあります。二人だけで」

爸はなにも口外しないと一家に誓わせていたが、ルーシーは媽から、金のことを言わないのなら来週出ていくことをリー先生に言ってもいいと許可をもらった。ポーチに出て、ルーシーが船のことを伝えると、先生の顔はひきつる。

「お母さんは君の教育をもっと大事にしていると思っていたのに。ルーシー、僕たちはここで偉大なことを成し遂げようとしていた」

「ありがとうございます、と母は言っています」海の向こうにはもっといい学校がある、と媽が言っていたことは黙っておくにかぎる。

「私の研究を完成させるにはあと一週間では到底足りない。この本がどれだけ重要なのかはわかっているだろう。だが、ひょっとして、お母さん本人が来てくれて、一緒に答えてくれるなら――」

ルーシーは首を横に振る。なにがあろうと、媽は海の向こうにある土地のことで頭がいっぱいだ。旅は時期尚早だと先生が不満を口にしているあいだ、ルーシーは唇を嚙む。そのとおりだと思う。だが、きちんと説明しようと思えば、金の話をするしかない。

「もう帰っていい」ついに先生は言う。「二人でやった作業はもう使えない」苦々しい声だ。「君たちのことは歴史から外す――未完成の章なんて価値はない。それから、ルーシー。今週は君が学校に来る意味もない。行くというのなら行けばいい」

その週ずっと、掘立て小屋では準備が渦を巻き、外の世界と同じくらい内側も散らかっている。服も薬も放り出されたままだ。サムのおもちゃも、爸の道具類も、赤ん坊のための毛布も、破いて縫い直しておむつにした布も。ルーシーは三冊の絵本を持っていきたいと粘ったが、新しくてもっといい物語がいくらでもあると媽に言われた。

小麦粉とジャガイモの袋を持って、爸がドスドス入ってくる。港までの道中の食糧。そして、赤ん坊が生まれた後は、船での食糧。

「不夠《ブーゴウ》」媽は言う。「塩漬けの豚肉はどこ？」

「あとは海辺で手に入れる。値段が上がってるんだ。内陸への道は水にやられてしまった。ジムはとんでもない値札をつけてる」

「もうちょっとくらいは払える」媽は言い、お腹に両手を当てる。「硬貨何枚かくらいどうってことないでしょう？　赤ちゃんが——」

「みんなあれこれ探り始めてる」

その言葉で、媽は止まる。

「どうしてかは知らない」爸は拳銃をいじりながら言う。雨ばかりで狩りはできないが、それでも銃身の手入れは毎晩欠かさない。ときにはひと晩に二回手入れし、扉のそばで座り、音がするたびに手を止める。「今日なんか、どこに行くんだと誰かが——」

「小心《シャオシン》」媽は言い、爸の腕に手を置く。ルーシーとサムのほうに首を傾げる。爸は黙る。その夜遅く、小屋をささやき声が動き回り、ブリキに当たる雨とともに流れていく。

一家がいた痕跡はなにひとつ残されはしない。土の床についた足跡は掃いて消され、洗濯紐は取り外され、菜園はそのまま水没するか腐ることになるだろう。新しい坑夫の一団がこの家を与えられるだろう。あるいは、新しい雌鶏の群れか。そもそも、自分たちの家でも、自分たちの土地でもなかった。雨季はあらゆる跡を洗い流すだろう。靴の跡も、髪も、爪も、印も、嚙み跡のある鉛筆も、凹んだフライパンも、描いたトラも、声も、物語も。

ルーシーは真新しい恐怖に全身を貫かれながら、雨が土地を柔らかくして小川を膨らませ、空気をひんやりさせる音を聴く。媽の手桶で食器を洗った後の茶色く濁った水のように放り出される自分たちの姿が、繰り返し頭をよぎる。自分たちがこの丘陵の土地に存在したというどんな証拠が残るのだろう。

絶対に、なにかを残していけるはずだ。永続するなにかを。

そこで、ルーシーは町で過ごす最後の日の朝、こっそり独りで抜け出す。長い一日が待っている。媽とルーシーが家で残りの荷造りをするあいだ、爸とサムはあと一回だけ金をさらうことになっている。夕暮れになれば、一家は暗がりに紛れて港に向かう。そのほうが安全だ、と爸は妙なことを言う。道路は危なっかしく、水浸しになっているというのに。

ルーシーが向かう場所は、爸とサムには秘密だ——そして今日は、媽にも秘密だ。拳になにかを固く握りしめて、膨らんだ小川を渡り、先生の小道を進んでいく。灰色の景色のなかで、まばゆいかけら。ほんの小さな、金のかけら。

盗むわけではない。先生に見せたいだけだ。そもそも先生は富には関心がない——一族の富を捨てることを選んだ人なのだから。証拠を重んじる学者なのだ。この金のかけらを贈り、先生の本のための新しい情報、ほかのどの本にも記されていない西の地域のかけらを贈るつもりでいる。先生なら、あの死んだ湖を——そしてルーシーたちを——インクで留めてくれるはずだ。

小道の突き当たりで、ルーシーは足を止める。一夜のうちに、ポピーの花が一面に咲いていた。黄金色、とそのポピーを呼ぶ人もいるが、本物を見たことのあるルーシーにとっては、この花のほうがはるかに豊かだ。日没をとらえた花びら。ルーシーは一本、もう一本と抜く。花束にして先生に持っていき、趣味がいいと褒めてもらおう。草地を動いていると、人影がひとつ、リー先生の家から乱暴に出てくる。脚をこわばらせた大股歩きが、激しい怒りを伝えている。金髪の先生ではなく黒髪の男で、帽子を深くかぶっている——炭坑の監督か、ジムか、物乞いに来た坑夫かもしれない。ルーシーは急いで斜面を降り、自分の姿を目立たなくしてくれるコヨーテブッシュの区画に向かう。片足が、花の塊に隠れていた石に引っかかる。

ゆっくり、ゆっくり、そして速く——ルーシーは転がっている。斜面を転げ落ちていき、体は自分を守ろうと丸くなる。泥が叩きつけてきて、出し抜けに呼吸は暴力になる。止まった。口が、顎が、痛みで燃え上がる。ごろりと仰向けになると、視界が揺らめく。その人影は近づいてくるだろうか。ルーシーを助け起こすために。頰のそばで無邪気に揺れる花びらが、最後にはっきりと見える。

しばらくして、ルーシーは意識を取り戻す。銅の味。顎と舌の感覚はない。頭を左に、右に回す。伸ばした自分の片手を見る。

なにもない。

ポピーの花畑をかき回し、片っ端から根や茎を掘り返す。ルーシーがしゃがみ込み、ぜいぜいとした息になるころには、草地は泥に戻っている。痛む顎から血がぽたぽた落ちる。ちぎられた花びらが目配せするが、金はない。金はない。落としたはずがない。転げ落ちながらも拳を固く握りしめていたので、手のひらには爪の跡が残っている。落としはしなかった。

もし、奪われたのでなければ。

立ち止まり、くらくらしつつ、ルーシーは体を引きずるようにしてリー先生のポーチにたどり着く。

「すみません」先生が扉を開けると、ルーシーは口ごもる。「持ってきたんです――ほんとうです――先生の研究のために――それが、それが、どこにあるのかわかりません。どこから出てきたのかはわかっています――台地です。歴史があるんです。私たちが見つけました。水を。そのことを書いてもらえたら――お願いします。私たちはもう出ていくので、その――先生に書いてもらえたら」

「なんのことだ？」先生は言う。ルーシーが倒れかかりそうになり、先生は怯えて体を引く。きれいな白いシャツにつく、彼女の血。ルーシーは喉に引っかかるような笑い声を上げる。鮮やかなピンク色のしぶきを吐く。思ったとおりだった。先生の服は街道では絶対に長持ちしない。

「金のことです」ルーシーの舌はもつれる。泥と、口のなかの血から、先生がわかってくれたらと願う。「その、私のことです。それを書いてもらっても……」

言葉が尽き、ルーシーは空っぽの手を先生に向けて上げる。何度も。まるで、その手のひらについた貴重な跡が見えるかのように。

ふたたび目を開けると、ルーシーは嫣の匂いに包まれている。光の具合が変わった。小さな窓の外では、もう雨は止んだのだ。

嫣のマットレスの上で、いつもなら嫣が顔を預ける枕にルーシーは顔を埋めている。ルーシーの口から染みが広がっている。ピンク色で、もう茶色くなりかけている。ジャッカルの時刻、色は滲んで汚くなる。なにが現実で、なにが現実ではないのかが見分けられない。どうやってここに着いたのだろう。ルーシーは、自分を抱き上げる先生の両手、灰色の毛、ネリーの温かい首筋を思い出す――先生が運んできてくれたに違いない。

先生の声がする。明瞭なその声が、ほの暗い小屋のなかを切り分ける。

「……心配で」先生は言う。「あなたたち一家のことが」

「お申し出には感謝します」嫣は言う。両腕を組み、手は腋にしっかり入れている。隠されているのは、たこや傷だらけの剝き出しの手のひら。嫣は手袋をせずに小屋の外に出たことは一度もない。「泊めていただくなんてご迷惑ですから。私たちだけでも安全です」

「でも、次はどうなります？」嫣の問いかけが先生の口から出てくるとは奇妙だ。「あなたとルーシーはこの家にはもったいない」先生はあたりを見回す――さっと目を走らせれば、狭苦しい部屋にあるものは十分に見て取れる。「ルーシーからは、なにもないなかで育ってきたと聞いています。その行間は読めます。あなたの影響は明らかです。これまでの人生で、あなたのように高潔な人と出会ったことは滅多にありませんし、女性となるとほんとうに稀です。私の研究書のことはルーシーから聞いているかもしれません。私は並外れたものを研究して記録することを生涯の仕事としてきました。娘さんは大したものですが、私は研究対象を間違えているのではないかという気がします」

ルーシーは言いたい。**だめ**。彼女の口は痛みで腫れてふさがっている。

「私に特別なものはありません」嫣は言う。「子供たちのためにしていることです。ですから、この次の子が生まれる前には出ないと」

「どう見ても道は安全ではありません。もう少し留まりなさい。私の仕事を手伝ってください。いくつか質問に答えるだけでは足りません。私から代金を支払ってもいい。あと三ヵ月くらいでしょう。そしてもし、安全でないとお感じになれば――そのときはいつ来ていただいても大丈夫です。予備の部屋がひとつあります。一家全員となると快適とは言えないかもしれませんが、あなたと、それからルーシーくらいなら。それに、赤ん坊が生まれそうになれば、町の医者とはいい友人同士です」

先生は一歩近づく。目は真剣そのものだ。嫣はその視線を拒む。先生がしたように、小屋のなかを見回す。隠してある金ではなく、雨漏りのする窓、黒ずんだブリキ、洗いかけの皿をじっと見る。嫣がどこに目をやるのか、ルーシーは知っている。整然とした校舎や日当たりのいい客間から戻るたび、ルーシーが目を向けるのと同じ場所だ。自分たちの暗く汚い場所のすべて。自分たちの恥のすべて。

「あなたはまだ、とてもきれいな人だ」先生は言う。嫣の目はさまようのをやめ、先生を見据える。先生は咳払いをする。正確さにこだわりがあるのだ。「あなたは、とてもきれいな人だ」ルーシーの血だらけの口はからからだ。自分の渇きに気づく――いや、そうではない。このじめっとした家のなかで高まる、ある渇きに気づく。

嫣の頬には赤みが差しているだろうか。夕暮れのなかではよくわからない。「ありがとうございます。まだ荷造りがたくさん残っていますし、先生もお忙しいでしょう。ルーシーを連れてきてくださって感謝しますが、今日はおもてなしできる余裕がありません。ご覧のとおりのありさまで――」

嫣の両手は、荷造り中の持ち物の上を動き、それから凍りつく。あらわになった手のひらについた紺色は、動物の奇妙な斑点のようだ。嫣はさっと両手を引っ込めると、ルーシーが聞いたことのない不安げで細い笑い声を上げる。

「もうお戻りになりたいでしょう」嫣がそう言うと同時に、先生は言う。「触ってもいいでしょうか?」

嫣が扉を開けようと動くと、先生は前に手を伸ばす。もつれる手足。先生の肩越しに、嫣はようやくルーシーと目を合わせる。媽の口は驚きで開く――先生の動きのせいなのか、娘が目を覚ましているせいなのか。ジャッカルの時刻。影は混ざり合い、端と端は重なってしまう。先生が触れているのは媽の片手だ、とルーシーは確信しかける。媽がお腹に当てた手だ――だが一瞬だけ、違う柔らかさに触れていたかもしれない。

先生が去っていくと、媽は洗面器を持ってきてルーシーの顎に布を当てる。切り傷にこびりついた血が剝がれ、ルーシーの涙と混じり合う。媽が体をかがめて布を絞ると、ルーシーには鏡に映る自分の姿が見える。愛らしさのない顔が、さらに不恰好になっている。

媽は背筋を伸ばし、ふたたび鏡に姿を見せる。白い首、艶やかな髪、つまりは叱責。

「先生は媽が好きなんだね」ルーシーは言う。

「怪《グワイ》」媽は言い、ルーシーの頰から涙を拭う。「もうすぐ痛くなくなるから」

「先生の言うとおり。媽はほんとうにきれい」ルーシーは媽とも、サムとも似ていない。二人の輝きはない。

「私たちの話が聞こえた？」

ルーシーは頷く。

「優しい人だね。あんたのことで取り乱してた。只要私《ジーヤオ》たちを喜んで迎えると言ってくれてる」

だが、先週はルーシーを追い出した。「先生は媽を迎え入れたがってるってことだと思う」

「じゃあ、あんたの世話は誰がすることになると思う？　你的《ニーダ》爸《バー》？」媽の口からひと筋の唾が飛び出す。「廢話《フェイホワ》。あんたたち娘がそばで飢え死にしかけてるのに、爸は丘のほうでせっせと墓を掘るだけだろうし」

「金を見つけたじゃない」ルーシーは苛立ちを見せないように言う。

「沒錯《メイツオ》。でも、それを続けられる？　あんたの父さんのことは大事に思ってるけど、私たちは運に恵まれてはいない。この土地では無理。それはずっと前からわかっていた」

媽の目はまた家をぐるりと見回す。日没のときに歌う鳥たちのようだ。その鳥の姿は見えず、とまった草が震えているのがわかるだけだ。小袋が隠されたコンロの煙突、小袋が隠された寝床、小さく細長いので蝶番《ちょうつがい》のあいだに収まる小袋が隠された戸棚。最後に、自分の体を見下ろす。乳房のあいだになにかをねじ込んでいる——それまでルーシーが知らなかった小袋。その大きさからして、大きなかけらが入っているはずだ。

「先生の助けは必要ないかもしれない。でも、選択肢としてはしっかり持っておくつもり。你知《ニージー》道《ダオ》、本物の財産とはなんだと思う？」ルーシーが指す小袋を、媽はワンピースの下に戻す。「不《ブー》對《ドゥイ》、女兒《ニュアル》。この金を明日使ってしまえば、もう他人のものになる。そうじゃない——私たちには選ぶ道がたくさんあるほうがいい。それは誰も奪えないから」媽は長く低い溜め息をつく。ルーシーは後になって、狭すぎる隙間を通る風の呻き声を耳にするたびに、その溜め息を思い出すことになる。「沒關係《メイグワンシー》、もっと大人になればわかるよ」

媽は前にもそう言ったことがある。「そんなことない」ルーシーはかっとなる。「もっと可愛かったらわかるんだと思う」

媽は微笑む。唇、白い歯。それから、その微笑みが変わる。媽の唇がめくれ、歯ぐきと、片方が欠けた二本の犬歯と、そのあいだにある舌の先がのぞく。媽の肩は丸まり、目が細まっていく――まだ微笑んでいるが、それは変わった。

それから顔を和らげる。ふたたび、ルーシーが知っている顔になる。

「聴我《ティンウォ》、ルーシー。あの日言いたかったのは、美しさというのはほかの武器よりも長持ちしないということ。それを使うことを選んでも――没錯《メイツォ》、恥ずかしいことじゃない。でも、あんたは運がいい。ここもあるから」媽はルーシーの頭をとんとん叩く。「行了《シンラ》、行了《シンラ》。泣かないの」

ルーシーはこらえられない。水かさが上がる小川のように、ルーシーのなかにあるものは数週間、数カ月かけて溜まってきた。涙がさらに溢れる。鏡を見ると、顎からは血が消え、その代わりにこの新しい水がある。一滴が媽の手に落ちる。ルーシーは媽には似ていない。媽のように美しくはない。それでも、歪んだ鏡のなかで、似ているところが見える。媽は涙を流してはいないが、応えるような悲しみが映っている。媽はルーシーの塩を自分の口に持っていき、きれいに吸い取る。

風

荷造り中に転んでコンロに顔をぶつけてしまったことにすればいい、と媽はルーシーに言い含める。なんにせよ意味はない——その日の夕方に戻ってきた爸とサムは、道具小屋の裏の隠し場所から新しいラバを急いで出し、新しい幌馬車に荷物を積み込むことにかかりきりだ。

サムが媽の揺り椅子を持って戸口を出ていくとき、強風が扉に吹きつける。その怒りで、あやうくサムを転がしそうになる。水が叩きつけるような音の、内陸からの風。

一家はその向かい風に体を曲げつつ、どうにか外に出る。坑夫の小屋の地区で、中心街で、人々はずけずけと見てくる。町から出る道にさしかかると、道が水没しているのがわかる。泥水が川ほどの幅に広がっている。海だ。

何週間も、内陸ではいくつもの谷がまるごと水に沈み、かつては乾いていた大地が百かける百ほどの湖を生み出しているという噂を耳にしてきた。いま、風は吹いて茶色い水をここまで運び、町から出入りする道をどれも切り離してしまった。一家は閉じ込められている。

「水は明日には引く」いつにも増して陰気な小屋に戻ると、爸はそう言って励ます。使い残した短い蠟燭の火が、剝き出しのテーブルの上で揺らめく――テーブルクロスも、皿も、持ち物のほとんども、幌馬車に積み込んだままだ。「来週だ」翌日になると爸は言う。「この天気はちょっと悪運続きなだけだ。そのうち終わる」

媽の目は捕まったウサギのように虚ろになる。運の話が出てくると目を逸らす。

洪水の後、ジャッカルたちが現れる。じきに町はジャッカルに囲まれ、遠吠えの声が風に編み込まれる。炭坑に引き寄せられているのだ、と人々は言う。炭坑の一部は水没しているが、また燃え出しているところもある。焦げたそよ風。爸だけはジャッカルを悪く言わない。詰まった河川や切り倒された木々、狩りすぎて絶滅した小動物、丘の中腹を破壊してインクのような土を流れさせる炭坑のせいだと言う。**閉嘴**《ビーズィ》**、**媽はかっとなる。面倒事を起こすのはやめるよう言う。

ルーシーは眠れない。眠るときは、なくしてしまったあの金のかけらが夢に出てくる。毎晩違う場所に現れる。あくびをするジャッカルの口のなかにある。炭坑の監督の帽子にピン留めされている。「手配中」と書かれたルーシーの顔のスケッチの上にある。媽の首に鋲打ちされている。かつては爸の片目だった、血を流す銃弾の穴からきらりと光っている。ルーシーは泣き声を上げて目を覚まし、朝になるまで扉を見てやり過ごす。

生身の人はやってこない。獣たちを恐れて、町の人々は家から出ない。炭坑はトンネルがすべて水没してしまい、無期限に閉鎖されている。爸と媽はどうするべきかで言い争う。いま出発して、幌馬車は水に浮かべさせて道路を渡ればいいと爸は言う――だが媽は、この風はオークの木を何本も倒したのだから、馬車を違う方向に流してしまうだろうと指摘する。媽は言う。**赤ちゃん、赤ちゃん、赤ちゃん。**もうじき生まれてくる。明日でもおかしくない。

一家はほかの人々とともに待つことにする。谷は泡立ち始めた茶色い鉢だ。

看板がいくつも立てられる。

手配中
ジャッカルの毛皮
懸賞金　1ドル

夜になると、男たちの群れが丘陵をうろつく。少しでもお金が欲しくて切羽詰まった、かつての坑夫たち。サムは狩りに加わりたいとせがみ、散々粘るが、そのうち媽はサムの腕を揺さぶって叫ぶ。**どうしていい子にできないの？**

狩りに出る男たちをあざ笑うかのように、ジャッカルの数は増えていく。遠吠えの声が男たちの耳をかき鳴らす。雲の黒さは夜空を切り取ったようで、それを風が鞭打って進ませ、空気は破裂しかけた太鼓のようだ――だが、雨はまだ抑え込まれている。子供たちは家の外で雑用をしないよう言いつけられる。

小屋のなかの空気はスープ状になる。閉じ込められたサムは体を発作的に動かすようになり、両足の踵を壁にゴッゴッぶつけ、なにを追うでもなく何時間もぐるぐる歩き回る。媽は叱らなくなる――サムは止めようがないのだし、そもそも赤ん坊も蹴っている。媽は日中はごろりと横になり、赤ん坊に話しかけている。眠ったままでいるよう、ずっとなかにいるよう言い聞かせる。

爸は戻ってくると、天を衝くほど跳ね上がった食料品の値段のこと、汚れた小川の水で人々が体調を崩していることを話す。不気味な様子の坑夫たちが、宿屋の表で列になっている。懸賞金の看板を立てたのは宿屋の主人なのだ。誰もまだ毛皮に代金をもらえてはいない。

そして、子供がひとりさらわれる。

爸と媽はささやき合う。細かいことは教えてくれない。子供向けの話ではないと言う。ルーシーとサムに悪い夢を見てほしくない、と。そもそも悪い夢を見ているのだとはルーシーは言わないでおく。

その夜、男がひとり遠吠えをすると、ジャッカルが次々に加わる。あまりに悲しげなその声に、なにかを失ったのはジャッカルのほうなのだと思いそうになる。

ルーシーは知っている。自分たちはジャッカルに出会っても生き延びられる。前にもあったことなのだから。

ある町と次の町のあいだ、ある炭坑と次の炭坑のあいだでの夜、一家は書状のように道路に横たわった糞に出くわした。真新しく、湯気が立っていた。年寄りのラバはよろめいた。脚が立てるカチンという音が夜を切り裂いた。

ラバの喉からいななく声が出た。そのおとなしいラバを三年間飼ってきて、鳴き声を聞くのは初めてだった。ぐるぐる回るラバの目は、ルーシーを見つけた。

一家は進んでいった。一頭だけ残っているラバは息が荒くなり、軽くなった積み荷と恐怖で早足になった。余分な食料は草地に投げ捨てられた。ジャッカルたちの物音が近づいてきて、そして止まった。遠吠えよりも恐ろしい静けさ。一家は先を急いだ。

嵐の初日、雲が開き、膨れ上がった小川から子供の骨が上がってくる日、ついに小屋に入ってくるジャッカルたちは、ルーシーが覚悟していたジャッカルとは違う。

もっぱら男たちの姿に似ている。ひとりは茶色い顎ひげ、もうひとりはさらわれていった女の子の髪のように赤い顎ひげをしている。どこか馴染みがある――ルーシーはその二人を、早朝の炭坑の薄明かりのなかで十回は目にしたことがあるはずだ。彼らが肩にかけた毛皮だけがジャッカルのもので、濡れた悪臭を放っている。

男たちがそうであるように、二人は銃を持っている。

爸が拳銃を摑む暇もなく、二人は扉から一気に押し入ってくる。叩きつける雨のせいで、二人が近づいてくる音は手遅れになるまで聞こえなかった。茶色いほうは椅子に座れと爸に命じる。赤いほうはルーシーとサムをコンロのところに連れていく。媽はマットレスの上で予備の毛布の山に埋もれていて見つからない。

「ちょっと食わせてもらいたくてね」茶色いほうが言う。

野生の獣がそこまで丁寧な口をきくとは妙なものだ。リー先生の客間にいる客のような口調だ。爸の悪態を聞きながら、赤いほうはコンロからフライパンや皿を払い落とす。冷えたシチュー鍋のなかに両手を突っ込むと、どろどろの軟骨の塊をぼりぼり嚙み、骨の長い破片を床に吐き出す。男の唇から垂れた汁がルーシーとサムにかかる。

サムの小さな胸から、警告がゴロゴロ音を立てる。ルーシーはサムの片腕にしっかりしがみつく。サムが早まったことをしないように抑える。

「おすそ分けしてもいいくらい持ってるようだな」茶色いほうは言うと、一家の食糧をつつき回す。ジャガイモ、小麦粉、ラード、すべて破滅的。「俺たちのほとんどが飢えてるってのにこれか。俺たちみんな仕事を失ってるってのに、お前らは余裕しゃくしゃくだってわけか。いいか、俺たちは食い物を買うために家族を金探しに行かせなきゃならなかった。金については、お前らはちょいとばかり詳しいよな」

爸の悪態は静まる。

「俺の娘は出かけたよ」赤いほうが叫ぶ声は、ガラスが割れるようだ。半開きの扉のほうに片腕を振り回す。待望の嵐は灰色の泡で、学校の子供たちのように怒った唾の塊を吐き出す。かつて、赤毛の女の子が、いじめに飽きる前にルーシーに唾を吐きかけたように。赤いジャッカルの視線は、ルーシーの心を読んだかのように彼女を貫く。

「実に残念だな」茶色いほうは爸の傷めている脚にライフルを押し当てて言う。「俺たちが見つけたあの金のかけらがどこから出てきたのか知ってれば、こんなことしなくてすんだのにな。兄貴の娘はあてどなく歩き回らなくてもよかった」

爸は口を閉ざしたままだ。サムが受け継いだ強情さ――爸は絶対に口を割らない。

「取引するのが公平ってもんじゃないかな」茶色いジャッカルは言う。混乱した沈黙、それから、赤いほうがぎらりとした目でサムを見据えると、どういうことかルーシーはのみ込む。輝くサム。

ルーシーの声は出てこないが、脚が動く。自分のせいだ。貴重なものを家から持ち出したせいだ。一歩――半歩、恐怖でこわばった足を踏み出す。それで十分だ。赤いほうは代わりにルーシーを摑む。

赤いジャッカルがルーシーを扉に引きずっていくと、爸の顔は激しい怒りと恐怖のあいだで引き裂かれる。どちらが勝つのだろう、とルーシーは不思議に思う。爸は口を開くのだろうか。それは知りようがない。サムが赤いジャッカルに飛びかかり、吐き出した骨の破片で刺すからだ。ジャッカルは吠え、ルーシーから手を離す。サムに摑みかかる。

サムは小さくずる賢く、金鉱での日々で日焼けして強くなっている。赤いジャッカルがナイフを振り回しても、ひらひらとよける。茶色いジャッカルは銃を振りつつ、相棒に当たってしまうのを恐れて撃てない。部屋の反対側から、サムはルーシーと目を合わせる。あろうことか、サムはにやりと笑う。

すると、赤いほうががっちり摑む――サムの腕ではなく、また長く伸びてきた髪を。

爸は怒鳴る。ルーシーは金切り声を上げる。だが、ジャッカルが耳を傾けるのは第三の声だ。冷えきった家のなかで熱く響く、炎でなぎ払うような声。

「やめて」媽は言い、順を踏んだ動作で立ち上がる。毛布が次々に体から落ちていく。大きなお腹は、丘陵のかけらが蘇ったようだ。そして爸に話しかける。爸だけに。「爸盡給他們《バージンゲイターメン》。你發《ニーファー》瘋了嗎《フォンラマ》？　要照顧孩子《ヤオジャオグーハイズ》。如果我們家人安全《ルーグオウォメンジアレンアンチュエン》、那就足夠了《ナージウズーゴウラ》」

ほかの誰にも解読できない言語だ。矢継ぎ早に繰り出される言葉は、無意味な早口であっても、雨の金切り声であってもおかしくない。生まれて初めてルーシーは理解する。切れ切れに媽が娘たちと分かち合っていたあの言葉は、子供騙しに過ぎなかったのだ。

爸の顔が沈み、爸の肩が泥水のようになるなか、赤いジャッカルはつかつかと媽のところに行くと、思い切り平手打ちする。媽の唇が裂ける。

「きちんと話せ」赤いジャッカルは怒った声で言う。

穏やかに、媽は自分の胸に片手を当てる。ワンピースの内側にある小袋から、くしゃくしゃに丸めたハンカチを引き出すと、血を流す唇に当てる。その汚れた布を落とすときには唇はふさがり、右の頬は打たれたせいでリスのように膨らんでいる。

媽はそれ以上なにも言わない。どこにお金を隠しているのか男たちが尋ねてきても、爸の舌を切り取ってやろうかと男たちが言っても、男たちが荷物に切りつけて服を切り裂き、トランクに入った薬の瓶を粉々に割っても。あの甘く苦い香りが、ジャッカルたちの悪臭と混じり合う。隠してある最初の袋を男たちが見つけ、残りを探して小屋と幌馬車を引き裂いても、媽はなにも言わない。男たちのほうは見ず、爸もサムもルーシーも見ない。媽は開いた扉の外を見る。


最後には、ジャッカルたちは一家をまとめ、金はないかと体を探る。服を剝がされて触られる媽はふたたび太陽に、月になり、裸のお腹が投げかける恐ろしい光のまわりを日の光は回る。ジャッカルたちは媽の乳房のあいだから小袋を奪い、裏返す。なにもない。その光景で目が潰れるとでもいうように、爸は目を閉じる。

「ここの丘陵の土地にはもっとある」その夜、自分たちの残骸のなか四人で座るときに爸は言う。無傷で残ったマットレスはなく、毛布も、枕も、薬も、皿も、食べ物も、金もない。新しいラバと幌馬車は奪われた。この町に半年近くいて、やってきたときよりも貧しい。「もっと見つかる。時間さえあればいいんだ、親愛的《チンアイダ》。あと半年くらいだろうな。一年かもしれない。それまで待っても、息子はまだ小さい」

それでも、媽は黙っている。

その夜、引き裂かれた二つのマットレスを引きずってきて並べ、四人は一緒に眠る。ルーシーとサムが中央で互いにしがみつき、その両側に媽と爸が寝る。媽はルーシーとは反対側に顔を向ける。その背中、長い遮蔽壁。その夜、ささやき声はない。

翌日、嵐が激しさを増す。ルーシーは合わせられるものは合わせ、縫えるものは縫い、料理できるものは料理する――暗い隅から拾ってきた豚肉の皮、苦心してすくい取ったが焼くとじゃりじゃりする小麦粉。

サムが手伝う。頼まれてもいないのに掃除をして物を積み、埃を払って整理をする。サムの体が立てる音、たくましい話し声。それ以外では小屋は静かだ。媽はうつ伏せで寝ていて、頬の腫れが引いても口をきこうとしない。爸はひたすら歩き回る。

するとまた、扉を強く叩く音。

今回は、爸は拳銃を持って扉を開ける。紙切れがドアノブに結わえ付けてあるだけだ。暗い人影がいくつか、雨のなかを足早に去っていく。

ルーシーがその言葉を読み上げる。一文ごとに声が縮こまる。

新しい法の公布。すでに町では承認され、じきにこの地域全体にも提案される。読み上げてもらうあいだ爸は無意味に怒り狂い、すでに引き裂かれたものを引き裂く。

ジャッカルたちの力は、盗んだ金にも、持っている銃にもない。ジャッカルたちの力は、掘り出すよりも先に一家の未来を奪い取るこの紙にある。丘陵の土地は金で溢れるかもしれないが、そのどれも一家のものにはならない。その法は、この地域の生まれではない男から、金と土地を得る権利をすべて剝奪する。


もう何年も前の、幌馬車への襲撃を、一家はどうやって生き延びたのか。

生き延びたわけではない。少なくとも、全員が生き延びられたわけではない。一家はラバを残していき、撃つことも葬ることもしなかった。そのときの媽は、銀のことも水のことも口にしなかった。

「別看《ビエカン》」四人で走って逃げるとき、媽はそう命じた。だが、ルーシーは振り返った。十ほどの小さなピン先の目が暗闇を貫き、群れが近づいてくる。生きたラバは囮《おとり》だ。犠牲だ。そうしたことならルーシーにも耐えられた。死んだものはいくらでも目にしてきた。ルーシーをおののかせたのは、嫣が絶対に頭を動かさなかったことだ。ほかの家族は忠実なラバのほうを振り返ったが、嫣だけは自分の指示どおりにした。唇を噛み、血で歯がピンク色に染まった。おそらく痛みはあっただろう。だが、嫣は痛い素振りは見せず、一度も振り返らなかった。

水

嵐の三日目の夜、赤ん坊が生まれる。

太古の湖から流れてくるあの小川は、みずからの歴史を思い出して上がってくる。最初に水に触れられ、谷で眠る者たちはみな同じ夢を見る――光を遮るほど分厚い魚の群れ。木々よりも高い海草。

谷の端、小高くなったところで、媽はぼろぼろのマットレスの上をのたうち回る。半年にわたって爸は赤ん坊の頑固な性格を褒めていた。それでこそ男の子だ、と。いま、爸はその頑固さを呪う。媽の手を握る。媽が睨みつける目は痛みで輝き、憎しみのように見える。

爸は医者を呼びに行く。波打つ媽のお腹を見ると、サムも出ていく。小屋から道具を集めてくるといったことを口にする。

「ルーシー」二人きりになると、媽は怒ったような声で言う。白目を剝き、歯は開いた嘴《くちばし》になる。頬はすぐに治り、怪我などなかったかのようだったが、ジャッカルたちがいなくなってから口をきくのはそれが初めてだ。「話しかけて。気を紛らわせて。なんでもいいから」嫣のお腹が小さく波打つ。「說《シュオ》！」

「私のせい」ルーシーは気持ちがくじけてしまう前に言う。「家から金を持ち出したの――先生に見せたかっただけ、研究のために――持って帰ってくるつもりだった――ほんとうに小さなけらだったし――それが、それが、転んでなくしてしまった」

それまで何度もしてきたように、嫣はルーシーの秘密を黙っておいてくれる。

「だから」ルーシーは恐ろしい静けさに向かってささやきかける。「押し入ってきたあの男たちに取られたんだと思う。誰かが見えた。転んだときに。嫣、なにもかも私が悪い」

嫣は笑い出す。喜びよりも激しい怒りに近い笑い声、燃やし尽くすような笑い声。ルーシーはまた火を思い浮かべる。だが、なにが燃やされているのだろう。

「別管《ビエグワン》」嫣は言う。息を整える。赤ん坊ができて最初に体調を崩したときのように、喉が引きつっている。「ルーシー、関係ないよ。誰のせいだとか関係ある？　みんな私たちを憎んでる。私たちの運が悪かったからって自分を責めるのは不能《ブーノン》。この狗屎《ゴウシー》な土地では、あれが正義とされるんだよ」

嫣は指す。壊された扉と、その向こう――顔のない男たちがあらゆる家で、明かりのついたあらゆる窓からこっそり姿を見せている丘陵を。嫣の憎しみは、そのすべてを包むほど大きい。

「ごめんなさい」ルーシーはまた言う。

「很久以前《ヘンジウ》、私は意図せずにもっとひどいことをした。若かったころ、みんなにとってなにが正しいのかわかっているつもりだった。あんたを見てると自分を思い出す。腹いっぱいに怒りを溜め込んでた」

だが、それはサムだ。ルーシーは怒ってはいない。いい子だ。

「告訴我《ガオスーウォ》、ルーシー、私の賢い子。あの男たちが来たときに、爸はどうして私の言うことを聞いてくれなかった？　それをずっと考えてる。只要《ジーヤオ》あの男たちに小袋をいくつか渡しておけば、きっと放っておいてもらえた。あの手の人たちのことはわかってる。怠け者だよ。爸に私がなんて言ったかは聞いていただろう、對不對《ドゥイブードゥイ》？」

媽はルーシーの手を固く握る。ルーシーは惨めに言うしかない。「早口すぎたよ、媽。なにを言ってるのかわからなかった」

媽はまばたきする。「私の言ってることが――わからなかった？　我的《ウォダ》女兒《ニュアル》。私の娘なのに、なにを言ってるのかわからないなんて」

また新しい痛みの波が、媽の体を拳のように丸めさせる。力を緩めるとき、媽の声は前より不確かになっている。

「沒問題《メイウェンティ》」媽は息を荒くする。「いまからでも身につけるのは間に合う。一定《イーディン》、あんたをきちんとした学校に入れる。故郷の」

「それか――媽、代わりに東に行くとしたら？　リー先生が、そこならもっといい学校があるって。それに、本はもう何冊か習ったんだし……」

稲妻の光。一回、二回と立て続けに。それが消えると、ルーシーは眩んだ目でまばたきする。

部屋は前よりも薄暗く残される。媽の顔が前よりも暗くなるように。怒りは消えている。残っているのは、媽の美しさにつきまとうあの悲しみだ。媽の痛み。

「がっちり摑まれてる」媽は言う。ルーシーの手に指を食い込ませる。「この土地はあんたも妹も所有しようとしてきた。是嗎《シーマ》？」

それは爸の言葉だ。ジャッカルたちと彼らの法は違うことを言う。ほかの土地で暮らしたこともないのに、ルーシーにわかるはずがない。彼女には答えられない。

「痛いよ、媽」媽の手は爸よりも小さい。手袋をすれば華奢な手。だが、握る力は爸よりも強い。

「痛いってば！」

「你記得《ニージーダ》、先生の家を訪ねていったとき、あんたはなんて言った？」媽はルーシーの手を離す。ワンピースのなかにある小袋をぎゅっと摑む。もう空になっているはずだし、ジャッカルたちはなにも見つけられなかったが、媽は心が落ち着くようだ。「ひとりで行きたいって言ったね。自分だけでやれるから私は――」媽の声が途切れる。ルーシーの頬をさっと撫でる。馴染みのあるその感触を、その後何年経ってもルーシーは目を閉じれば呼び起こすことができ、そして呼び起こすことになる。媽はルーシーにかなり長く触れ、そして手を離す。道具小屋からドスンという重い音がする。

「サムを手伝ってきて」媽は言う。「離開我《リーカイウォ》、女兒《ニュアル》」

それが、媽がルーシーにかけた最後の言葉になる。

爸が医者を連れずに戻ってくるころには、媽は言葉をすべて失っている。ルーシーとサムは、汗と見知らぬ水で湿っているマットレスのそばで膝をつくが、媽には二人が見えていない。

爸は吠える。ルーシーとサムを道具小屋のところまで引きずっていき、そこにいろと言う。二人は手足を絡ませて温め合って眠る。風が二人の夢のなかを吹いて金切り声を上げ、そして媽は

――

二人はありえない日光に目を覚ます。

ルーシーは立ち上がる。道具小屋の屋根がなくなっている。眼下では、谷が湖を生んでいた。小川はない。ほかの坑夫たちの小屋もない。南側では、屋根だけが突き出ている。その上で人々が身を寄せ合う。ほかの人々から切り離され、好まれない土地にある谷の縁に追いやられた一家の小屋だけが無傷で残っている。

すると、爸が大股で立ち、二人に手を下ろしている。爸の胸――赤い匂い。泥、そして血。

「死産だった。もう埋めた。それから媽は――」

ルーシーは口を開く。今度は、爸は**打嘴**《ダーズイ》とは言ってこない。黙れとは言わない。片手をしっかりルーシーの口に当てる。二人とも、湖の水のように静かになる。爸の手のたこが、ルーシーの歯をこする。

「もうなにも言うな。あれこれ尋ねられるのはごめんだ。聴我《ティンウォ》？」

爸は二人を湖のほとりまで連れていく。硬い両手で、二人を水のなかに押しやる。サムは狼狽

し、泡を吹いて手足をばたつかせる。ルーシーはあっさり浮かぶ――彼女のなかは虚ろだ。サムを助ける。爸はどちらも見てはいない。ずっと、ずっと水中に潜っていて、なにかを教えている。生き延びること、だろうか。あるいは恐れることか。待つことか。それがなにかは言おうとしない。

ついに浮かび上がり、水をほとばしらせる爸は別人になっている。ルーシーがそれを悟るのは数週間後、拳が飛んでくるときだ。

その三日間の嵐で一家が失ったもの――

道具小屋の屋根。

ワンピース。

赤ん坊。

薬。

三冊の絵本。

爸の笑い声。

爸の希望。

金を採掘する道具。

家にあった金。

丘陵にある金。

金についてのあらゆる話。

媽。

そして、数年間は誰も気がつかないままだが、サムから女の子らしさは失われる。一掃され、こすり落とされる。媽の亡骸と同じように消えてしまった。湖から泳いで出てくるサムは、長い髪を絞って水気を切ることも、百回きっちりと櫛を当てることもしない。サムは髪を切る。**喪に服してるんだ、**とサムは言うが、目は輝いている。きれいに洗われた太陽が、サムの刈った頭から荒々しく跳ね返る。弟をひとり失い、ひとり得る。それが、サムが生まれた夜だ。

第三部

××42年／××62年

颪
颪
颪
颪
颪

ルーシーよ。

ここに広がる丘陵の土地に太陽が沈んでいき、お前もここで沈んでいく。お前もサムも、逃げながら骨の髄まで疲れ切っているはずだ。逃げようとしても過去がすぐ後ろで息を吐きながら追ってきて、暗闇でかぎ爪を伸ばしてくるのはどんな感覚なのか、俺はわかってる。お前がどう思っていたとしても、俺は心ない男じゃない。

ルーシーよ、何度も何度も、お前には穏やかで楽な人生を与えてやりたいと思った。だがそうしたところで、世界はここのバッファローの骨みたいにお前をしゃぶり尽くしてしまっただろう。

いまの俺には夜の時間しかないし、この颪しか声はない。日の出まではお前の耳を借りられる。まだ手遅れじゃない。

ルーシーよ、いまとなっては語るべき物語はひとつだけだ。

この地域にいる誰でも、その年のことは知っている。ある男が川から黄金を取り出し、国のすべてが内側に収縮し、息を吸い込んで、西に渡る幌馬車を吐き出した。お前が小さいころからずっと、物語の始まりは四八年だと人々は言っていた。そして小さいころからずっと、その話を聞かされたときに、どうしてなのかお前は尋ねたか？

あいつらがそう言ったのは、お前を締め出すためだ。その話をして土地を自分たちの所有にして、お前には渡さないためだ。俺たちが来たのは遅すぎたと言うためだ。盗人ども、と俺たちのことを呼んだ。この土地は絶対に俺たちの土地にはならないと言った。

本に書かれていて、教師たちが読み上げることをお前が好きなのは知っている。小ぎれいで可愛いものが好きなことも。だが、そろそろ真実の物語を聞いてもいいころだ。それで傷つくとしても――まあ、もっとたくましくはなれる。

だから、よく聴け。どうしてもと言うなら、風の音が耳で鳴っているだけだと自分に言い聞かせてもいいが、お前がこの亡骸を埋めて葬るまでの夜は俺のものだ。

お前のどの本に書いてある歴史も真っ赤な嘘だ。金を見つけたのは大人の男じゃなくて、お前と同じ年頃の少年だった。十二歳だ。そして四八年じゃなくて四二年だ。なぜそれを知っているのかといえば、見つけたのは俺だからだ。

といっても、きちんと話せば、最初に金に触ったのはビリーだった。ビリーは俺の親友で、四十歳くらいだったが、年齢はよくわからなかったしビリーも口にはしなかった。いまなら雑種犬と呼ばれるだろう。ビリーの媽はインディアン、爸は南の砂漠を越えたところで育った小柄で地黒な牛飼い《バケーロ》だった。その二人から、ビリーは名前を二つと——片方はほとんど誰も発音できず、もう片方はたいていみんな発音できた——剝いたばかりのマンザニータの樹皮みたいな赤黒い肌を受け継いだ。川のなかで魚をくすぐるビリーの腕は輝いていた。

ビリーの赤黒い肌を背にして、鱗よりも明るく光るものがあった。俺は叫んだ。

ビリーが渡してくれたのは、きれいな黄色い石だった。柔らかすぎて使い物にはならないし、俺は飾りがほしいって歳でもなかった。指のあいだから落ちていくままにした。石は転がっていきながら日光をきらりとはね返した。その光のかけらが、俺の目に居座った。それから何分も、丘陵のあちこちに光の点が見えた。

間違いない。あの金は俺に目配せをした。俺が知らないことを知ってるみたいに。

それが四二年のことだったが、俺が育った野営地では四二年とは言われていなかった。自分たちの丘陵の土地を西とも呼んでいなかったしな。どこから見て西なんだ？　そこはただ俺たちの土地だったし、俺たちはただの人だった。片側は海から、反対側は山脈まで広がっていた。

俺が育った野営地はビリーだらけだった。つまりは、年を取った、物静かな、たいていは二つ以上名前のある男たちだ。過去の話はしたがらなかった。俺がつなげてみたところでは、その男たちはもうごちゃ混ぜになった三つか四つの部族の残りで、ほかのみんながましな狩り場を求めて移動していったのに、強情だったり疲れていたりしてそのまま残った年寄りや体の不自由な連中だった。その男たちは、少年だったころにいた司祭から新しい名前をもらっていた――それから疫病ももらって、仲間たちの半分はそのせいで死んだ。その司祭からは共通の言葉ももらっていて、それを俺は教わった。あの野営地は浮浪者やはぐれ者だらけで、付き合うべき相手じゃないとお前の媽は思っていた。確かに、きれいなハンカチなんて誰も持っていなかったが、優しさというか、少なくとも優しさとほとんど変わらない疲労感が漂っていた。破壊を目にしてきたやつが多すぎたんだ。

それでも、俺が子供のころの丘陵は申し分なかった。雨季にはポピーの花、乾季には丸々としたウサギ。マンザニータの実や野生のギシギシ、マイナーズレタス、それに川床にはオオカミの足跡。緑が足りなくなることは一度もなかった。どうして俺がそこにたどり着いたのかというと――その男たちと同じくらい、自分についてはほとんど知らなかった。男たちは食べ物を漁ろうと海沿いに出たときに俺を見つけた。生まれてほんの数時間で、独りで泣いていて、俺の媽と爸はその横で死んでいた。二人の服には塩水の染みがあった。

一度ビリーに、死んでいるのに俺の媽と爸だとどうしてわかったのか、死人は口をきけないじゃないかと尋ねてみたことがある。ビリーは俺の目を触った。それから自分の目に指を当てると、横に引いて目を細めた。

要するにだ、ルーシーよ、お前と同じように俺も自分と似た人たちに囲まれて育ったわけじゃない。だがそれは言い訳にならないし、そんな言い訳は使うな。もし俺に爸がいるとしたらそれは太陽で、たいていの日は俺を温めてくれるが、そうでない日は汗をかいて体が痛くなるまで俺を殴った。もし媽がいるならそれは草で、横になって眠る俺を抱きとめてくれた。俺はここの丘陵で育ったし、ここの丘陵に育ててもらった。小川。岩棚。谷ではヒイラギガシの低木がぎっしり密集して見えたが、痩せっぽちですばしっこい俺を幹と幹のあいだに入れてくれたし、ぽっかりした中央に抜けていくと、枝が緑の天井を編んで作っていた。もし仲間がいたとしたら、それは水溜まりに映っていた。水がきれいで、この世界の生き写しが見えていた──もうひと揃いの丘陵や空、もうひとりの少年が俺と同じ目で見つめ返してくる。ルーシーよ、俺は小さなころからこの土地の人間なんだと知っていた。お前とサムもそうだ。見た目がどうとかは気にするな。歴史の本を持った男に、そうじゃないなんて言わせるな。

だが、話が逸れかけているな。見栄えのいい話にこだわる必要はない。ずっと見栄えのいい話を聞かせてやっていたのは、お前が子供だったからだ。

もうそういう状況じゃなくなった。俺が厳しいと思ってたか？　もう真実がわかるだろう──世界のほうがよっぽど厳しいんだ。不公平だが、お前もサムも子供でいられるのはあと何年もない。いまみたいな夜ならあるかもしれない。俺が話してやれることならあるかもしれない。

何年も経ち、俺はあの黄色い石のことなんて忘れかけていた。そうしているうちに、四九年のある日、轟音で目を覚ました。土埃が雲になっていて、それから野営地のそばの川が茶色く、黒くなった。目を覚ましてみたら、何台もの幌馬車に乗った男たちがいて、木々は倒れて建物ができていった。野営地にいた年寄りの男たちは背を向けたが、そのうち手遅れになった。そのうち、釣るものも狩るものも食べるものもなくなった。その男たちは闘うことなくひっそり消えていった。南に行った男もいれば山脈を越えていった男も、ひんやりした草地のくぼみに行って死を待つことにした男もいた。破壊があまりにひどかったからだ。

ビリーだけが俺と残った。そして、四二年と同じように、俺たちは水のなかを歩いて金を探した。

だが、もう遅かった。すぐに見つかる金は洗いざらい取られていた。残っていた金には、男たちの集団と荷車いっぱいのダイナマイトが必要だった。俺たちは皿を洗ったり、食堂を掃除したりする仕事をもらった。ビリーから字を書くのを教わっていたのが役に立った。

四九年に目を覚ましてみたら、夢はどれも金ばかりのようだった――七年前、俺の指からこぼれ落ちていったときの金の目配せだ。俺は探せるときには金を探した。いくつかかけらを見つけたが、二束三文の価値しかない。

金鉱主が金鉱夫をどれほどこき使うかを見た。男たちはダイナマイトで脚を失い、岩に押し潰された。互いを撃ち、盗み、刺し、実入りの少ない月には飢えていた。毎月、何十人もが回れ右をして東に帰っていった。だが、代わりは何百人といた。そして数人が富を掘り当て、金持ちになった。

そうして五〇年のある夜、一番大きな金鉱を持っていた男が――そのあたりで一番太っていて金持ちだった――食堂の向こうから声をかけてきた。「お前。ちょっと来い。いや、お前じゃない。坊や、お前だよ――変な目をしたほうだ」

ビリーは一緒に行こうとはしなかった。俺は行った。

「お前な、その目は本物か？　それとも脳足りんなのか？」

近くで見ると、その金鉱主は太ってはいても、俺よりそこまで年上でもなかった。脳足りんじゃありません、と俺は言って、握った拳は背中に隠していた。変な目で見てくるやつには言葉じゃなくて拳に物を言わせることを学んでいた。おかげで同じことを何度も言わずにすんだ。だが、その金鉱主は独りじゃなかった。黒い服を着たお付きの男が銃を持って後ろに立っていた。

「それで、字は書けるか？　読めるか？　嘘はつくなよ」

ビリーから教わりました、と俺は言った。ビリーに来てもらったが、金鉱主は見向きもしなかった。俺に仕事があると言った。青二才だった俺は、どうして選ばれたのか尋ねてみようとは思わなかった。ルーシーよ、それをお前の教訓にしろ。どうしてなのかいつも尋ねろ。自分のどこを求められてるのかはいつも確かめておくんだ。

金鉱主は説明した。丘陵が根こそぎになるときはいつか来る。男たちが家族を呼び寄せて身を落ち着けるときが。そうなれば生活必需品が必要になる。家。食糧。金鉱主は西に鉄道を通して、平原と海をつなぐ計画を立てていた。そのためには、安い働き手が必要だ。そして、船一隻分の働き手をもう確保していた。

もちろんです、と俺は言った。海岸に行って、労働者を訓練できます。もちろんボスの代わりに話せます。

　正直に言えば、その金鉱主が言うことの半分もろくにわかっていなかった。列車を見たことなんてなかったし、そいつが言っている海への路線も、労働者たちがどこの出身なのかもわかっていなかった。だが、その男の力はよくわかった。俺はなにも尋ねなかった。そいつは俺の手のひらくらい大きな金の腕時計をさっと動かしながら話していた。でっぷり太っていたから、俺はダニみたいにその男の富にすがりついていられる。そいつのおかげで、子供のときに指からすり抜けてしまったものを手に入れられる。いつだって俺のものだったはずだ。俺とビリーが、最初に金に触れたはずなんだ。

　一緒に来てくれってビリーに頼んだ。金鉱主にはビリーの忠誠心と用意周到さ、腕力と狩りの案内人としての知識の話をした。納得させられそうだった――だが、そのチャンスをふいにしたのはほかでもないビリーだった。残るほうがいい、とビリーは言った。

　どうしてなのか、きちんとした答えは聞けずじまいだった。ビリーは口が達者じゃなかった。自分は残る、としか言わなかった。独りで行ったほうが俺のためだと。どうしてなんだって俺が尋ねると、ビリーは俺の目に触った。その夜を最後に、二度と会わなかった。

　ルーシーよ、言っただろう。ずっと昔に俺は学んだ。家族が第一だ。ほかのやつらはどうでもいいんだ。

金鉱主のお付きの男が二人、俺と一緒に馬に乗って船の迎えに行った。ルーシーよ、馬に乗ったのはそれが初めてだったが、俺は乗馬ができるふりをしていた。何日も血が出たが、そのうち肌が固くなった。

何台もの幌馬車に積んだ線路の資材が俺たちの後ろで出発し、もっとゆっくり進んでいた。何週間かしたら沿岸部で俺たちと合流する予定だった。金鉱主によると、それを待つあいだに俺は二百人を教えることになっていた。なにを教える役目なのか、俺は尋ねなかった。

お付きの二人は黒い服を着て、たいていは二人で話をしていた。夜になると少し離れたところに野営して、俺を誘ってくることは一度もなかった。俺はそれでよかった。独りで寝るのが好きだったからな。海岸に向かうその二週間の旅のことは、ほとんど覚えていない。俺に見えていたのは、未来に手にできる富のことだけだった。すっかり目が眩んでいて、その船からなにが降りてきたのか一瞬わからなかった。

二百人の、俺と似た見た目の人々だ。

目の形も、鼻も、髪も同じ。大人の男と女、子供同然なのも何人かいて、トランクや鞄を引きずり、妙なローブを着ている。俺は数え始めた。

そして、お前の媽が目に入った。

媽のことは知ってるな。だから、どんな見た目だったかは言わないでおく。言っておきたいのは、媽がそばを通り過ぎたときに俺の心にこみ上げてきた思いだ。一日中暑いなかをさまよって、渇きがナイフのように喉に当たっているときに地下水を掘り当てたのに近い感覚だった。癒やしがあるという約束。きっとお前も小さいころに味わっただろう。草地で一日中遊んで、家に帰ってきたら温かくした夕食の皿が待っている、そんな感覚だ。誰かがお前の名前を呼んでくれるとわかっている感覚――それが、媽と目が合ったときに俺が感じたものだ。ふるさと《ホーム》はすぐそこだと知った。

俺は頭をしゃんとさせて、数え続けた。百九十三人まできたところで、もう誰も出てこなくなった。お付きの二人は俺を見た。俺は船員を見た。船員は船に入ると、甲板にあと六人を押し出した。ここに来る途中でひとり死んだと言った。

最後の六人は老いぼれで、腰は木みたいに曲がっていた。そいつらに金鉱主がどんな仕事をさせるつもりでいたのかは謎だ。ひとりは道板で転んだ。そして、その婆さんを助け起こそうと駆け寄ったのは誰だったと思う？

そのとおり。お前の媽だ。

媽はまっすぐ俺を見つめた。視線を浴びつつ、俺は船員のひとりを使って、二百人が持ってきたトランクや小さな鞄と一緒にその六人を幌馬車に乗せた。金鉱主が必需品を買うためにくれた財布から硬貨を一枚出して、その船員をつついた。

船員たちはお前の媽も幌馬車に乗せようとしたが、媽はほかの人々と一緒に歩いた。お付きの二人が馬にまたがると、俺も降りて歩いた。

ルーシーよ、もっと多くを欲しがって家族を急き立《せ》てたのは爸だといつもお前は思っていたな。だが、最初に急き立てたのはお前の媽のほうだった。船から降りたあの日、媽は俺を見間違えたからだ。俺がほかの男たちに指図して動かす金鉱主なんだと勘違いした。船と仕事に金を出したのは俺だと勘違いした。俺を俺以上のなにかだと勘違いした。媽がどう思い込んでいるのか俺がわかったころには、訂正しようにも手遅れだった。

その最初の夜、俺たちが話す言葉は違うことがわかった。

金鉱主は二百人が泊まれる納屋を見つけていた。俺が最初の見張りで表に立っていると、二百人は戸惑ってぺちゃくちゃ喋っていた。何人かは怒って扉を強く叩き、隙間から俺に怒鳴ってきた。鍵をかけられるとか、藁《わら》の寝床で寝ることになるとは思っていなかったのかもしれない。

お付きの二人は浜辺まで行ったところで野営していたが、騒ぎを聞きつけてやってきた。「どうしたんだ、こいつら？」背が高いほうが言った。「落ち着けって言っとけ」

俺はその男よりも若かったし、そのころは脚も悪くなかった。そいつをぶちのめしてやることもできた。だが、そいつは銃を持っていた。俺は持っていなかった。

「仕事をしろ」そいつは言った。「そのために金をもらってるんだろ」

それで俺は目が覚めた。疑問はすべてのみ込んだ。二百人が話す言葉がわからない、とは誰にも言わなかった。その秘密は胸の深く、奥深く、かつて小さかったころに愚かだったせいで指から金をすり抜けさせたのと同じところにしまっておいた。

納屋に入って、カウベルを鳴らした。

ルーシーよ、いい教師に必要なものはなにかわかるか？　上品な言葉でも、上等な服でもない。いい教師とはきっぱりした教師だ。聴我《ティンウォ》。俺がまず教えたのは、海を越えて持ってきた言葉は使えないということだ。ここでは禁止だ。最初に口をきいたやつの顎に、ばしっと手を当てた。口を閉じさせた。なにかをやり遂げるには力がいるんだ。

口《マウス》、と俺は指しながら言った。手《ハンド》、と指しながら言った。だめ《ノー》、と言った。静かに《クワイエット》、と言った。

それが始まりだった。

その初日の夜――先生。話す。納屋。藁。寝る。トウモロコシ。だめ。だめ。だめ。

移動を始めた日――馬。道。急げ。木。太陽。一日。水。歩く。立つ。急げ。急げ。

二日目の夜――トウモロコシ。土。下。手。足。夜。月。ベッド。

三日目――立つ。休む。行進する。すみません。働く。働く。だめ。

三日目の夜、線路を建設することになっている場所に着くと――男。女。赤ちゃん。生まれる。

その三日目の夜、俺が見張りから外れて独りでいるときに、お前の媽は外に出てきて俺を見つけた。どうやってそんなことができたのか。後で尋ねてみても、媽は笑って、女には秘密が必要だからとしか言わなかった。見張りをしていた二人のそばをどうやってすり抜けたのかはわからない。嫣には得意なやり方があるんだろう——あったんだろう。微笑むやり方が。その夜はそんなことは考えなかったが、それからは何度も考えた。

海岸からそう遠くない、けっこういい土地に俺たちは落ち着いて、幌馬車隊を待っていた。風が吹けば潮の匂いがしたし、遠くではイトスギの木々がありえない角度で曲がっていた。二百人は、尾根にある古い石造りの建物のなかで、夜のあいだは施錠されて寝ていた。上には錆びついた鐘楼、前には小川。一キロ近く向こうにある、草に覆われた丘では、お付きの二人が自分たちの野営地を作っていた。そして反対側には小さな湖があり、虫や沼地の草を無視すればきれいだった。その湖を、俺は自分の所有ということにした。

嫣が来たのは、俺が湖のなかを覗き込んでいたときだった。水中できらりと光りはしないかと俺は期待していた。

「教える？」と嫣は言って、度肝を抜かれた俺はあやうく水に落ちそうになった。俺が教えたのに**すみません**とは言わなかった。してやったりという笑顔になった。

嫣は勉強熱心だった。二百人のなかで、むすっとした顔をして俺を敵だと見てくるやつらとは違った。その手のやつらは、お付きの二人に緑の枝で足首を鞭打たれても、俺のほうを憎んでいた。俺のことを裏切り者だと思っていて、俺の目も顔も似ているのがさらに許せなかったんだろう。その手のやつらは俺についてひそひそ話をしていた。もちろん、なにを言ってるのか俺にはさっぱりわからなかった。だから、なにか言えば罰するしかなかった。なにを言っても。でないと、俺が作った鉄の掟は完全にばらばらになってしまう。

つまり、俺はお付きの二人と同じくらい二百人からじっと見られていたから、心の内を顔に出さないようにした。俺がどれだけわかっていないか、誰にも悟られるわけにはいかない。

「あんた」お前の嫣は言った。俺を指した。そして、両手をお椀の形にして自分のお腹に当てた。何度も何度もそうしていた。俺は首を横に振った。嫣は不満そうに唸ると、俺の片手を摑んだ。

それまでは、可愛らしくて温和な女だと思っていた。年寄りたちに優しかった。すぐに笑い声を上げた。小さな鳴き鳥みたいな高くて澄んだ声をしていた。だが、俺を摑んだその手は、線路の枕木をハンマーで打つ以上のことができた。お付きの二人が見張り番を交代するときに互いに言っていたことを思い出した。**背中を向けるな。こいつらは野蛮人だ。**

嫣の手は強かったが、俺に触らせた腰は、ビリーからもらったウサギ皮の帽子をなくして以来の柔らかさだった。腰回りを俺に触らせると、ぐいと引き寄せて、互いの体の横が触れ合った。嫣はその触れた線をなぞった。またお腹の上で両手をお椀の形にした。俺を指した。

それでも、俺にはなんのことかわからなかった。

嫣は片手を俺の胸に、もう片手を自分の胸に当てた。俺の胸、俺の腹に手を下ろしていった。俺のズボンのところで止まった。きっと俺の顔が赤くなってるのに気づいただろう。

「言葉？」と嫣は言って、自分の胸を指した。「言葉？」とまた言って、二本の指で俺のズボンをなぞった。

俺は**男**と教えた。**女**と教えた。嫣がお腹に手を当てると、**赤ちゃん**と教えた。また俺を指してきたから、もともとの質問がわかった。

「俺はあっちのほうで生まれた」と俺は媽に言った。まだ頬に血が上っていた。それでくらくらしかけて、自分の丘陵の土地のほうを指した。媽の顔はぱっと明るくなった。

媽がいなくなってから、俺はようやく落ち着いて、指す方角を間違えていたことに気づいた。海のほうを指してしまった。俺も同じ土地の生まれだと媽は思ったんだ。そして、そうじゃないと説明する言葉は俺にはなかった。


ルーシーよ、俺のことを嘘つきだと思っているだろう。だが、俺が馬鹿だなんて思うな。俺が酔っ払って帰ってきた夜に、お前にどんな目で見られているか気づかなかったなんて思うな。自分のほうが分別があるみたいに俺を見ていた、お前のあの傲慢さ。がっかりしたみたいに俺を見ていた。

あの目つき。お前の媽にそっくりだ。

媽がお前に似ているところは山ほどあった。ちゃんとした服を着てちゃんと話せば、まわりの世界はちゃんとなると信じていた。俺とお付きの二人をじっと見ていた。俺たちにシャツやワンピースはなんと言うのか、この土地では女はどんな服を着るのか尋ねた。いつも自分をよりよくしようとする、それが媽だった。

いいか、お前の媽は一財産を築くつもりで来ていた。あの二百人はみんなそうだ。故郷にいる父親は死んでしまったし、母親の手は魚の内臓を抜くのですっかりだめになっていた。媽は年寄りの漁師と結婚させられることになって、そうなる前に船に乗り込んだ。

金色の山。媽はその母親や漁師の話、海の向こうにあるこの土地なら金持ちになれると教えてくれた港の男の話をしたその夜に、俺にそう言った。その夜は二人で俺の湖のそばの草地に寝そべっていた。俺はそれを聞いて死ぬほど笑った——どこぞの情けない教師が、**丘陵**を言いそこねたわけだ。

ルーシーよ、あのとき笑ったことを、俺は一生後悔した。

もちろん、どうして笑ったのかは媽には言えなかった。どうして、二百人が金持ちになるという話がそんなに笑えるのかは言えなかった。媽はまだ、俺に金持ちにしてもらえるんだと思っていた。乗ってきたのは俺の船で、港で約束をしたのは俺の下働きで、幌馬車が着いたらみんなで建設するのは俺の鉄道だと。

だから、俺は馬鹿なことを言った。媽の金の発音がおかしいから笑ったんだと言った。糖蜜みたいにどろっとして、飲み込みかけた音だ。媽は顔を赤くして、その夜は俺のそばから離れていった。

後で、ふと見かけた媽はその言葉を練習していた。**金金金金金**。

媽は、最後には俺よりも可愛く話せるようになった。見た目もずっと可愛かった。みんな俺は厳しく、媽は優しいと思っていた。俺たちはいい二人組だった。釣り合いが取れていた。お前とサムみたいにな。だがルーシーよ、これだけは言っておく。一財産築くことにこだわっていたのは、お前の媽のほうだった。

嫣は二百人に俺のことを信頼させた。若くても、女でも、嫣は人に話を聞いてもらう才能があった。嫣は――そうだな、偉そうだとサムなら言うかもしれない。ルーシーよ、お前みたいに。頭がよかったから、自分が一番物知りだと思っていた。たいていの場合はそうだったし、ほかのみんなにもそう信じ込ませていた。

嫣がどうしてもと言うから、俺は二百人と一緒に食事をするようになって、みんなが隅のところで自分たちの言葉を使って喋っているのを聞いていた。聞こえないふりをしていた。俺の目の前で話さないかぎりは大目に見た。

どのみち、お喋りする時間はいくらでもあった。線路の資材を積んだ幌馬車はなかなか来なかった。丘陵はとんでもなくひどい火事で地平線が照らされていて、そのせいで抜けてこれなかったんだ。

小川を掘って川を詰まらせて、木を切ったせいで根が土壌を留めておけないとなると、土壌は乾いてしまう。残してあったパンみたいに崩れる。土地がすべてパサパサになるみたいに。植物は枯れ、草は焼ける――そして乾季になると、火花ひとつで燃え上がってしまう。

お付きの二人は悪態をついて歩き回っていた。銃を磨く手つきは、金属のなかにまで届こうしているみたいだった。だが、どうしようもなかった。少なくとも俺たちは海岸近くにいて、空気は湿っている。火事がここまで達するとは思えなかった。俺たちは待った。

ある日、動物たちが姿を見せるようになった。小川を駆けて渡り、石造りの建物の壁のそばを抜け、海岸に向かっていった。恐怖で痩せこけたウサギや、ネズミやリスやポッサムなんかだ。いくつもの鳥の群れが、しぼんだ赤い太陽を締め出した。一度、枝角が燃えている若い牡鹿が俺を飛び越えていったこともある。しばらくは静かで、それから、もっと足の遅い動物たちの出番だった。ヘビ、トカゲ。一昼夜、咬まれるのが怖くて誰も草地に足を踏み入れられなかった。お付きの二人ですら自分たちの野営地を捨てて建物のなかで寝た。

そして最後に、ただし人には見られず、トラがいた。

ある日、俺が目を覚ましてみたら、湿地のようになった湖のほとりに足跡があった。オオカミにしては大きすぎる。空がほんとうに赤かったからはっきり見えなかったが、間違いなく、アシの茂みにオレンジの色がちらりと見えた。

嫣はあくびしながら俺のところに来た。髪はくしゃくしゃだったが、朝が一番愛らしかった。眠りと、夜のあいだの俺たちの匂いをさせて。そんな嫣は滅多に見かけなかった。火事のせいで手持ち無沙汰になって、髪をいじるようになった。髪を編んでピンで留めて巻いて、ここの婦人たちはどういう髪型にするのか延々と尋ねていた。服についても同じだった。お前の嫣はトランクから糸を出してきて、自分のローブを縫ったり縁取りしたり、いろいろな形にしていた。ほかの女たちも引き込んでいた。そんなワンピースは幌馬車が着けば用無しになるとは俺は言い出せなかった。一日中、枕木の上で汗水垂らすことになるんだ。

嫣は俺とほかの二百人のあいだを取り持とうとした。俺が黙っていると可笑《おか》しそうにつついてきて、独りぼっちでいるのをからかってきた。生まれつき独りぼっちで、それで十分幸せな人もいる――俺がそうだったし、ルーシーよ、お前もそうだったろうと思うが、媽にはそれが理解できなかった。俺の家族のことをしつこく尋ねてきて、もう死んだんだとそのうち言うはめになった。俺にワンピースのことで女たちに話をさせて、藁で賭け事をする男たちの輪に俺を無理やり入らせた。俺に指図をしていた。

正直なところ、二百人の顔を見ても俺の心は温まらなかった。言葉にも噂話にもついていけなかったし、互いにでぶと言ったり、袖からほつれた糸をなにげなく取る様子にもついていけなかった。見た目が似ているからどうだというんだ。俺は丘陵の育ちだし、二百人はジャッカルの物音にすくみ上がった。嘘の塊を鵜呑みにしたやわな連中なんかに用はなかった。男たちと一緒に座ったのは、ただ媽を喜ばせるためだったし、俺がしょっちゅう勝ったことから見て、その男たちにしたって媽を喜ばせようと俺を入れていたんだと思う。船が海岸に着く前、媽には二百人のなかに恋人がいたんじゃないかと俺は思っていた。しじゅう媽と言い争っている男がひとりいたし、別の男はいつも媽に余分に食べ物をあげようとした。媽はなにも言わなかったし、俺も尋ねなかった。大事なのは、媽は俺の湖にトランクを持ってきて、たいていの夜はそこで過ごしていたということだ。

ルーシーよ、大事なのは、お前の媽が俺だけを見ていたときがあったということだ。

俺は人生で山ほどのことを忘れた。ビリーの顔、ポピーの色、拳を握りすぎて肩が痛くなって目が覚めないように穏やかに寝る方法、雨の後の土の匂いを指す言葉、きれいな水の味。それから、死んでから忘れていくこともある。拳を振り回して指関節が砕ける感覚、泥を踏んだときの爪先のあいだの感触、指や爪先や空腹があったときの気分。お前とサムが俺を埋めた後は、自分のすべてを忘れる日が来るんだろうと思う――俺の体だけじゃなくて、お前の血や話す言葉にわずかに残っている俺も。でもな。俺がここの丘陵の土地をうろつき回る風でしかなくなる日が来たとしても、きっとその風にもひとつ覚えていることがあって、あらゆる草の葉にそれをささやきかけるだろう――お前の媽が俺だけを見ていたときに、俺がどう思ったか。器の少し小さな男なら恐れをなしたかもしれない、あの輝かしさ。

それはともかく、あの朝、媽は立ってその足跡を見つめていた。怖がっているのかと思って、俺は媽の体に片腕を回した。**トラ**と俺は教えて、その獣の説明をしようとした。

媽は俺の腕を振りほどいて笑った。「知らないの？」とからかってきた。それからかがんで、トラの足跡に片手を当てた。目で俺に挑んできた。ルーシーよ、お前は信じないかもしれないが、媽はその泥にキスをしたんだ。

「幸運」媽は言った。「家《ホーム》」一本の指で、ある言葉を泥に描いた。そうしながら、後でトラの歌だとわかる曲を口ずさんだ。**老虎《ラオフー》、老虎《ラオフー》**。

お前の媽は純粋ないたずら心で輝いていた。恐れ知らずだった。自分の言葉を話すなという俺の掟を破ったわけじゃないが、トラが湖のそばをうろつくみたいに、掟の縁をうろついていた。その言葉を書いて、歌った。どうするべきか俺が考えていると、媽は笑ってきた。

媽の後ろの火、世界が燃えるせいで熱い空、媽の泥だらけの口ともつれた髪、すぐ近くまで来ていて夜のうちに俺たちを襲ってもおかしくなかった獣の足跡。それだけのことがあっても、嫣は笑っている。そのすべてを合わせたよりも手に負えない。

俺の胸のなかでなにかが動いた。子供のころ、夜に骨が震える感じで目が覚めたことがあった。トラの吠え声だ、とビリーは言った。遠くからだと耳には聞こえない。体で感じるんだ。その朝、湖のほとりで、俺の胸は吠えた。船が着いた日から俺につきまとってきたもの、夜によっては嫣を抱き寄せながら恐れていたものが、その日に飛びかかってきた。俺の心に爪を食い込ませた。何週間も掟を押しつけてきた後、俺は嫣の言葉を初めて口にした。

二百人の話すことを聞いてきた。そいつらの悪態を言うのが一番簡単だった。だが、俺は恋人たちの言葉も聞いていた。

親愛的《チンアイダ》、と俺は嫣に言った。当てずっぽうだった。きちんとした意味を知ったのは、それが嫣の目に見えたときだった。

子供のころのある年、オークの木々を腐食が襲ったように、やわな心が俺を襲った。なんてことはない綿毛に見えたものが、木々を内側から弱らせてしまった。何年も経って、木々は裂けて枯れた。

俺は独りぼっちで育った。日陰と小川があって、ときどき年寄りの男の誰かとお喋りできればそれでよかった。その育ちのおかげで、生き延びるだけの強さはあった。

だが、お前の嫣は——俺の眉を撫でて、膝枕をして俺の耳垢を取ってくれた。俺の目をしげしげ見て、ほかの二百人よりも薄い茶色なのは水気が多いからだと言い切った。俺は水で、前に思ってたのと違って木じゃないと納得していた。

俺は嫣の言葉をもっと話すようになった。親しい呼びかけや悪態を、嫣へのささやかな贈り物にした。だが、それを口にしていいのは俺だけだった。嫣が自分の言葉を話すと、俺はまだ顔をしかめた。それに、二百人に対しては厳しいままだった。自由に話をするのも、付き添いなしで外に出るのも、夕暮れと夜明けの一時間以外は認めなかった。

その掟は二百人を守るためでもあった。火事で動けなくなっていると、お付きの二人がさらに落ち着かなくなっているのがわかった。二人の手は銃の近くでうずうずしていた。

そんなある夜、俺は嫣と手をつないで湖から戻ってきた。二人で見つけたオークの木立は俺の子供のころの木立によく似ていて、枝が中央で緑の空間を作っていた。嫣は俺のまわりで踊りながら、トラの歌の最後のひと言を歌っていた。**来**《ライ》。**来**《ライ》。**来**《ライ》。その言葉は、木の下をくぐってくるよう俺に呼びかけているみたいだった。

石造りの建物に到着してみると、あたりは静まり返っていた。

お付きの二人が、角のところで死体をひとつ引きずっていた。俺と賭け事をしたことのある男だった。短い藁をいつも巧みによけていたが、とうとう運が尽きたわけだ。胸が血だらけの穴になっていた。

「こいつは逃げようとしてた」背の高いほうの男は血だらけの手袋を外しながら言った。

だが、銃弾は前から撃ち込まれていた。

嫣は二人のところに飛んでいって、かっとなって右手を振り回していた。「彼は逃げない！あんたが逃げる！」

お付きの男の動きは素早く、嫣の手はそいつの耳をかすめた。嫣に殴られてもおかしくなかった。男の表情でそれがわかった。

だから、俺は嫣を摑んだ。お付きの二人の目があったから、その分きつく摑んだ。

確かに、嫣の言うとおりだった。その二人はしょっちゅう持ち場から離れていたし、二百人から女がひとりついていくこともあった。ルーシーよ、よくあることだが、真実というのは正しさにあるんじゃない。真実はそれを口にする人間にあるんだ。あるいは、それを書く人間に。お付きの二人は銃を持っていたし、俺は二人に言いたいだけ言わせた。

「言ってやって」嫣は俺に言った。「あんたの部下たちに。言ってやって」

その女をしっかり抑えておけ、と背の高い男は言って、体を洗いに小川に行った。

湖に連れ戻されるとき、嫣は俺に顔を当てて泣いていた。その涙の熱さに溶かされて、何カ月も深く押し込めてきた真実を、俺は話し始めた。

あの二人は俺の部下じゃない、と俺は言った。俺は船も、鉄道も持っていない、と。鉄道の仕事はきつくて憎たらしいものになるし、金持ちにはなれないと言った。子供のころ、俺は鳥のヒナの産毛を剝いていったことがあった。そのうち、皮の剝けたピンク色の塊になって、そのうち俺は草むらに吐いた。真実を話すと、それと同じくらい胸が悪くなった。

俺の話を聞いて、嫣の体はこわばった。俺を押しのけた。あの腕の力——俺なんかあっさり折ってしまえるくらいだった。

「嘘つき」と嫣は言った。その言葉を、俺は最初の週に教えていた。「嘘つき」


嫣から見て、俺は忌まわしい男になってしまった。また嫣が口をきいてくれるようになったのは二日後のことで、その二日間で嫣は死んだ男を葬る準備をした。そのときだって、男の目に載せる銀のかけら二つを俺が渡して、小川で亡骸を洗う権利のためにお付きの二人に金を払ったことにお礼を言っただけだ。

それから俺は——

いや。

いや、違う。そうだな、ルーシーよ。ほんとうのことを語ると俺は言ったし、時間はもうないかもしれない。だから真実を話そう。支払いには硬貨を使うときもあるし、尊厳を使うこともある。

建物の外で独り、二百人は閉じ込めてあるし、見張る相手はその死んだ男だけだというとき、俺は両膝をついて、お付きの二人のブーツにキスをした。お前の嫣がトラの足跡にキスをしたのと同じように。嫣のやり方で埋葬をさせてやってくれ、と懇願した。二人を殴ろうとしたことで嫣を罰しないでくれと懇願した。ルーシーよ、想像できるか？　この俺がだぞ。

後で、俺は嫣の両足にもキスをした。それから嫣の足首、太ももに。許してほしいと懇願した。嫣は背筋をしっかり伸ばして、つんと見下ろしていた。

「好的《ハオダ》」と嫣は言った。

その言葉が俺たちを変えた。嫣は自分の言葉を話すなという俺の掟を破って、俺はそれを止められなかった。それからは、嫣は自分の言葉をどんどん使うようになったし、俺はその言葉のなかをもたついて、意味をつなぎ合わせ、真似て使った。昔から、俺には鳥の鳴き声を真似る才能があった。今回も似たようなものだったし、訛《なま》りがあっても独りだったせいにできた。だが、それからの俺は恐れつつ生きることになった。

「もう嘘はつかないで」嫣は俺に釘を刺した。

そのとき俺は悟った。残りの真実は嫣に話すわけにはいかない。話せば捨てられてしまう。俺は自分の物語、ほんとうの自分の物語を、心の奥の一番深いところにしまい込んだ。俺が子供で、まだあの丘陵を走り回っている場所に。どこの生まれなのか嫣には絶対に言わないと心に決めた。話さなければ嘘をついたことにはならない、と心に決めた。

ルーシーよ、俺を責められるか？

その嘘を隠しておくのは笑えるくらい簡単だった。俺の顔を見て、ここの生まれだなんて誰も信じなかったから、誰にも怪しまれなかった。ルーシーよ、お前も見ただろう？　紙の法を持ってきた、あのジャッカルたちだ。あいつらは真実なんてどうでもいいと思ってる。自分たちの真実を信じ込んでる。

その夜、媽は次から次に質問をして俺に答えさせた。鉄道と金鉱主のこと。その男が鉱山労働者をどれくらいこき使うのか、どれくらい給料を払うのか、労働者たちはどこに住むのか、家はどれくらい大きいのか、どれくらいしっかり食べられるのか。どれくらいの数が死ぬのか。それを聞いて、媽は計画を立てた。

ルーシーよ、お前が金の塊を見つけて、媽のところに持っていって、覚えていてほしいとしつこく言ったあの夜を覚えているか？

あの夜、俺がお前をベッドに連れていったのには理由があった。記憶が蘇ると人を傷つけることもある。俺の片脚がその証拠だし、お前の媽は——まあ、媽についた印は目には見えないが、それでもひとつある。その印は火事のなかでついた。俺たちには誰しも、語ることのできない物語がある。そして、火事についての物語を、媽は一番深くに葬った。

言っておくが、その火事は媽の計画だった。

最初から、媽と俺には同じ公平さの感覚があった。最初の週に**嘘つき**と教えたのは、二百人のなかの女の子がひとり、こっそり二重に配給を取ろうとしたときだった。その子の髪を摑んで俺のところにつれてきたのは媽だった。

俺が罰の内容を言うと、媽は頷いた――女の子は次の日は二食抜きにする。媽はそれが公平だと思った。

ルーシーよ、お前とサムが喧嘩したときに媽がどう話を聞いていたかを覚えているか？　すべての言葉をしっかり吟味してから決めていただろう？　正直な仕事が一番だと信じていただろう？　火事の計画を立てた夜、媽は二百人の渡航の費用と、金鉱主の仕事をめぐる実態を天秤にかけていた。最後には、二百人が鉄道の契約から逃げるのが公平だと決めた。なんといっても欺《ぎ》瞞《まん》の上に成り立っていた契約だった。

媽は見事な話しぶりだった。ほんとうに賢かった。そして、媽に指図されるままにしたのは、がっかりさせたくなかったからかもしれない。

媽の計画は単純だった。逃げ出そうと思えば、お付きの二人を始末しなくちゃならない。二人を始末するために、俺たちで火をつける。

ルーシーよ、俺はちょっとやそっとでは怖がったりしない。それに、聖人君子だなんてふりはしない。頭に血が上って、いろんな男を殴ってきた。だが、媽の話しぶりは違った。ぞっとした。命には命を、と媽は言って、撃たれた男に船で死んだ年寄りの女を加えた。媽は足し算が大好きだ――大好きだった。不満を硬貨みたいに記録していって、躊躇いなく仕返しをする。だから、嵐の前の何カ月かは媽が金を扱っていた。だから、あの嵐の夜に――

話が先走りすぎてるな。

正義という言葉を、媽は火事の計画を立てた夜に俺に教えさせた。

そのころには媽のおかげでやわになっていたから、計画を決めた後の俺は眠れなかった。どんな姿勢で寝ても、お付きの二人の命のことがのしかかってきた。俺は眠る媽のそばを離れて――湖みたいに穏やかな顔だった――散歩に出た。見張り中の、背が低いほうの男のそばを通りかかると頷きかけた。年下の、男を撃たなかったほうだ。

そいつは挨拶代わりにパイプを上げて、そのまま持っていた。俺に差し出してたんだ。

ルーシーよ、そいつらがどうしてそんな真似をするのかわかるか？ 俺はいままでその瞬間を何度も何度も頭のなかでこねくり回してきたが、いまでもわからない。相棒と賭けでもしていたせいなのか？ タバコに飽きて、もう始末しようとしたのか？ 馬鹿な動物が罠のすぐ近くに来て、急に警戒して体をこわばらせ、本能で毛が逆立ったみたいなものか？ そいつはジャッカルで、追い詰められると悪賢く耳を垂らして人間の赤ん坊みたいに鳴いていたのか？ 寂しかったのか？ 愚かだったのか？ それは優しさだったのか？ 俺たちを値踏みするような目で見てくるそいつらの頭のなかではなにが動いているのか、ある日は俺たちを**チンク**と呼び、次の日になればなにも言わず、また別の日になれば施しを差し出してくるのはどうやって決めるのか？ ルーシーよ、正しくはわからない。わからずじまいだった。

その夜、お付きの男に怪しまれたくなかったから、俺はパイプを受け取った。そいつは落ち着かない様子だった。話をしたがった。月がきれいだよなとか言って、実際きれいな月だったし、山火事は収まってきたなとも言って、実際収まってきていた。故郷にいる小さい妹の話もしていて、それで腹わたが締めつけられた俺は、あと少しで嫣を起こして約束をなかったことにして、自分の真実を洗いざらい話してどう思われようと受け入れそうになった——すると、その男は言った。

「お前、どこの生まれ？　こいつらと一緒か？」

その夜の俺は半分おかしくて、やり場のない真実で溢れていた。どういうわけかそいつに話した。「この地域の生まれなんだ。ここからけっこう近い」

すると、その男は笑った。

俺はそいつのパイプをくわえた。そいつのタバコの煙を吸い込んだ。火皿の光の向こうに見える地平線では、まだ火が燃えていた。動物たちは逃げていたし、もう戻ることはないかもしれない。俺は吸ってパイプを光らせ、こう言ってやろうかと考えた——なにが笑えるって、お前も何千人というお仲間たちも、この土地を荒らしに来たのはほんの一年前だってのに、もう自分たちの所有する土地だと言い張ってるが、燃えてるのは俺の土地でありビリーの土地であり、インディアンたちの土地であり、トラとバッファローの土地なんだ。そのとき、心のなかで嫣の言葉が輝いた。**正義**。俺はその男におやすみと言った。

計画を実行したのは嫣と俺の二人だけだった。二百人は建物のなかで動けなかったし、嫣はそもそも二百人には話さなくていいと言った。その人たちの良心が咎《とが》めてしまうだろうから。よく眠らせてあげるほうがいい。せっかちに頭をさっと振って、とにかくそれがあの人たちのためだと私はわかってる、と言った。きっと感謝するはず、と。

嫣はそれを指す言葉を尋ねてきた。**嘘**でも**嘘つき**でもない。もっと優しい言葉。俺は**秘密**と嫣に教えた。

俺たちは手をつないで抜け出した。見張りをしていた男に頷きかけた。外に出て、お付きの二人の野営地のまわりでうずくまっている丘陵に向かった。そこで枯れた植物を腕いっぱいに集めると、編んで一本の線にして、火がたどっていけるように地面に置いた。二人の野営地の周囲を低木で囲い、草を固く結んで長く燃えるように、アザミの実をつけて悪意ある乾いた音を立てるようにした。背の高い草に狙いを隠してもらい、俺たちは円を、柵を、壁よりも高く炎を上げるだろう可燃物の牢獄を作った。あとは火花がひとつあればいい。

そして、命を狙うその作業をしていた俺たちは？　俺たちは腹這いになっていた。そっとささやき合った。少し離れたところにいるお付きの二人が目を向けようという気になったとしても、俺たちの上で草が揺れていて、恋人たちの旅の印になっているのしか見えなかっただろう。

見張りに立つ時刻になると、俺は建物のそばに陣取った。お付きの二人は野営地に戻った。夕食を始めた。その二人から隠れて、長い火縄が始まるところで、嫣は火打ち石を打った。

ルーシーよ、この物語を話すのはつらい。俺ですらつらい。肉体はないから正しくは傷つかないはずだが、蘇る記憶には傷ついてしまう。

俺たちは二人と二人の命を交換するつもりだった。火にはそれ自身の考えがあった。それは火というよりも生き物のように立ち上がった――巨大な獣が後ろ脚で空に向かって立ち上がり、オレンジ色の炎に煙が縞模様を作った。その丘陵から生まれた、土地が感じているはずの激しい怒りから生まれた獣だ。どう見てもおとなしくはない。ルーシーよ、動物を追い詰めたことはあるか？　ネズミですら、もう死ぬんだと悟ったときには振り返って最後に嚙みついてくる。パチパチという音と煙のただなかで――誓って言うがあの丘陵はトラを生み出した。

火が線をたどって丘を下るのが見えた。お付きの二人の黒い姿が逃げるのが見えた。逃げ切れる速さではなかった。炎は俺たちが横たえた乾いた円を見つけ、二人の野営地をのみ込んだ。

そのとき、俺は歓喜の声を上げた。嫣が隠れ場所から駆け出して湖に向かうのが見えた。

野営地を始末すると、火は計画どおりに小川に向かった。俺たちは川で火に消えてもらうつもりだった。静かな死だ。

だが、気まぐれな風がさっと吹いた。二人とも考えていなかった強さで。火をさらに高く焚きつけた。俺が見ていると、その獣は長く、燃え盛る脚を一本上げて――そして、小川を越えた。

火は二つに分かれた。ひとつは吠えつつ前に進み、俺と二百人が入った建物に向かってきた。

もうひとつは横に突進し、草を舐めつつ媽を追った。

お前の媽と同じように、俺も公平でいることは大事だと思う。だが、家族はそれより大事だ。ルーシーよ、聴我《ティンウォ》。家族が第一なんだ。家族から離れるな。家族を裏切るな。

ルーシーよ、俺は残酷な男じゃない。建物のそばには馬が三頭つながれていて、俺は二頭を残した。扉の鍵を開けて、二百人に向かって逃げろと叫んだ。与えられるだけのチャンスは与えて、それから馬に乗って媽を追った。

蓋を開けてみれば、その建物はすべて石造りじゃなかった。誰が建てたにせよ、そいつは怠け者で、石の内側の中心には藁と糞が隠れていた。その秘密の中心は、何年も太陽にさらされて乾いていた。それに火がつき、さらに大きくなった。

一キロ近く離れて、湖のなかで腰まで浸かって媽を抱えていると、建物が炎に包まれるのが見えた。

上がる炎は大きく、飢えていて、その距離からでも熱を感じたほどだった。はぐれた人間が逃げ始めたのを炎は片っ端からつかまえた。媽は煙を吸い込んだせいで気を失っていた。俺は媽を馬に引っ張り上げて、そのまま水に飛び込んだ。媽はその光景を見なかったし、肉が焦げるすさまじい煙を吸いもしなかった。でも、俺は違った。俺は見つめていた。きっと嫣は二百人が死んでいくのを見届けてほしいと思うだろうからだ。

それからは、俺は肉を好きになることはなかったが、嫣は肉が好物だった。


ルーシーよ、何年も俺につきまとってきた問いがある。誰かを愛すると同時に憎むことはできるのか？　できると思う。俺はそう思う。降り注ぐ灰のなかで初めて目を覚ましたとき、嫣は俺に微笑みかけた。違うな——にやりと笑った。悪さをした女の子のいたずらっぽい笑みだ。嫣は度胸抜群だった。俺たちは正しいことをやったんだと信じ切っていた。自分はなんでも知っていると信じ切っていた。

それから咳をして、上体を起こして——後ろに広がるものを見た。空を映し出す、俺たちの炎の湖。怯えて泡のような汗だらけになった、俺が救った馬。炎がまだひらひらと動いている尾根のところでは、建物は黒焦げの瓦礫になっていた。

嫣は動物のような叫び声を上げて、浅瀬で体を前後に揺すった。頭をのけ反らせて吠えた。夜になってもまだ、俺が近づいていくと嫣は引っかいて歯を剝いた。煙で引き裂かれた嫣の喉から出る、かすれてシューシューという音——それは言葉じゃなかった。

ルーシーよ、変身の物語を聞いたことはあるな。男たちがオオカミになる。女たちがアザラシやハクチョウになる。お前の嫣は顔も体も前のままだったが、その夜に変身した。

二度、嫣は湖の向こう側の端に走っていって、二百人の残骸を見た。全身が震え、二百人のほうに引き寄せられていた。俺から離れて。嫣のなかに野生が見えた。逃げたいという欲望が見えた。俺は馬をそのままにしておいた。もし嫣が望むなら去ればいい。

すると、染み汚れのついた灰色の夜明けに、嫣が俺のそばにもぐり込んでくるのがわかった。嫣の指の鋭さは、俺の腹も、俺の内臓も引き裂けるくらいだった。そうなっても俺は止めなかっただろう。嫣が引き裂いたのは俺のシャツ、俺のズボンだけだった。嫣の吠え声は止まったわけではなく、呻き声や唸り声に変わった。ついには丸めた体を俺に当てて、引っかくような、煙で潰れた声で何度も何度も、独りにしないでほしいと頼んできた。

火が鎮まるのを二人で待ち、嫣の喉が癒えるのを待っているうちに過ぎていった数週間——気がつけば、嫣が憎しみのこもった目で俺を睨んでいることも愛で見つめられていることもあった。嫣には俺しか残されていなかった。俺が愛も憎しみも背負わなきゃならなかったんだろう。怒り狂って俺の胸を殴ってきたが、じっと横になって喉に薬をすり込めるようにした。

嫣の喉はきちんと治らずじまいだった。ルーシーよ、お前の鼻と同じだ。嫣のあの声、あのしわがれて引っかくような声——あれは後から生まれたものなんだ。

俺がトラに出くわして、片脚を痛めてしまったという話は前にもしたな。お前は一度も信じなかった。お前の目つきで、決めつけているのがわかった。自分の娘に嘘つき呼ばわりされたも同然で頭に来たこともあれば、嬉しかったこともある。ルーシーよ、お前に言わなかったか？　どうして人はその物語を聞かせてくるのか、いつも尋ねろと？

じゃあ、真実を話そう。俺がトラに出くわしたくだりだ。

数週間が経っても、黒焦げになった世界にはまだ俺たちしかいなかった。焼けた丘陵の土地に足を踏み入れる人も動物もいなかった。線路の資材を積んだ幌馬車もなかった。火事のことが金鉱主の耳に入ったとしても、おそらくは俺たちもみんなと一緒に死んだと思っているだろう。

地面がそれなりに冷えたところで、媽は見たがった。

まずはお付きの二人の野営地に行った。媽は二人の焦げた骨にも銃の残骸にも目もくれず、あちこち蹴っていた。俺たちは二人の金や銀を探した。かつては硬貨だった、もう価値のないものを。立ち去るとき、媽は野営地に唾を吐きかけた。

それから見つけたなにがしかを、尾根にある建物の遺物に持っていった。

「言葉」お前の媽は片手で骨のかけらを覆って言った。

葬ると俺が教えると、媽はそのやり方を教えてくれた。銀。流れる水。家《ホーム》を思い出すよすが。媽は自分のトランクから布を持ってきていた。トランクの中身が煙じゃなくて香料の匂いがしたのは、ちょっとした奇跡だ。骨を布の切れ端にくるんだ。その上に銀を載せた。

「もっといい？」媽は俺に尋ねた。

たぶん二百人はもっといい場所にいると思う、と俺は言った。ある意味ではそうだった。この土地でどんな人生を送れたのか、俺にはわからなかった。

嫣は首を横に振った。知り合ってから初めて、疑うような口調で話した。「私たちでなければもっといい？」

俺は慰めた。何度も何度も、嫣のせいじゃないと言った。

声は少し治って、自信も少し戻ったから、嫣は正しいことと悪いことを言える母親になることができた。だがルーシーよ、灰のなかにいたあの日、嫣は自信を失った。炎よりも罪悪感と疑問にひどく蝕まれているのがわかった。

そんなわけで、嫣が寝入るまで待ってから、俺は独りで建物に戻った。

焼けた丘陵での夜は薄気味悪かった。あんな暗い夜は後にも先にもなかった。煙を抜けて月がかろうじて照らすものを、なにも映し出さない。変わることのない闇。俺は焦げた建物に忍び込んだ。くるんだ骨を見つけた。そして銀を取り返した。

ルーシーよ、俺たちは死者よりも銀を必要としていた。

歩いて戻るとき、なにかに見られている気がした。俺は早足になった。立ち止まった。そのなにかも立ち止まった。俺に歩調を合わせているらしかった。そのうち俺は走っていて、大地は俺よりもはるかに大きな重みを低く響かせていた。後ろで聞こえた吠え声は、火よりも、風よりも大きかった。暗闇から鋭いものが伸びてきて、俺の片膝を切った。俺はよろめき、血を流しながら前に走り、恐ろしくて一度も後ろを振り返らなかった。

ルーシーよ、それが俺の物語だ。俺の真実だ。そして言っておくが、俺を付け狙って、足を引きずるようにしたトラを、俺は見なかった。だが、間違いなくトラだと骨で感じた。翌朝に媽が傷をきれいにして包帯を巻いてくれた。そのころ弱っていた媽に、さらに罪悪感を背負わせたくはなかったから、夜に用を足そうと歩いていて怪我をしてしまったと言った。運が悪かっただけだと。

だが、運が悪かっただけか？　切り傷は浅かったが、腱に達してきれいに切っていたから、俺は二度とまともに歩けなかった。皮膚は治ったが、大事ななにかが俺から欠けてしまった。そこまですぱっと切れたのは偶然なのか？　それとも、抜け目のない捕食者の爪、ほかのすべてが死んで消えてもその丘陵を守っていた獣によるものか？　俺のポケットのなかの秘密、チリンと音を立てる銀に対する罰だったのか？　俺はそのトラの顔を見たわけじゃないが、だからといって俺の物語から真実味が減ったりするのか？

ルーシーよ、語るべきことはもうあまりない。朝が近い。

二人だけで一財産を築こう、と俺は媽に約束した。探しさえすれば、ここの丘陵にはまだ黄金があると約束した。地平線のすぐ向こうだ、と媽に約束した。次はもっといい場所だ。そして、媽が石のようになるくらい泣いた夜には、もしうまくいかなければ媽を連れて帰ると約束した。海の向こうのあの土地へ。

嫣はめっきり口数が減った。喉が痛むせいだ。二人で金鉱を探す場所を移動している夜には、嫣が寝床からむくりと起き上がるのがわかるときもあった。馬のそばに立って外を眺め、離れた方角に引き寄せられていた。嫣のなかの野生が。

だが、嫣は逃げなかった。それでも逃げなかった。やがて喉が少し治って、じきにお腹がお前で膨らんだ。嫣は朝までずっと眠るようになった。ときおり微笑んだ。ルーシーよ、生まれてきたお前は、嫣がよく話していた船から下ろされる錨のようだった――俺たちをしっかり押さえ、俺たちをつなぎ止めてくれた。俺たちをこの土地に結びつけてくれた。そのことに俺はいつも感謝していた。

火事の後の嫣はもう、船から降りてきて二百人に指図したりトラの足跡にキスをする女の子ではなかった。用心深くなった。ルーシーよ、金鉱採掘に嫣がどれだけ怯えていたのか見ただろう。嫣が運をどれだけ恐れていたか。

新しい嫣は愛と憎しみをどちらも抱えていた。お前に歌を聞かせ、お前にワンピースを縫い、俺の悪い脚をさすってからかった。そして俺と喧嘩をした。金のことで。お前とサムの育て方のことで。俺が裕福な連中を嫌ってインディアンの野営地のほうを好み、そこで賭け事や取引をしていることで。正しい生き方、人としての正しいあり方のことで。かつて、嫣は俺を力のある男だと勘違いしたから、その後はずっと、力があるのは誰か、話しかけるべきは誰か、避けるべきは誰なのか気をつけていた。俺が博打打ちだったとしたら、嫣は事務員だった。嫣のなかの憎む心は、なにが公平なのか見定めることを片時もやめなかった。俺の罪や、ごくたまにある成功を数えることを片時もやめなかった。

だが、嫣は俺と一緒にいた。突き詰めれば、あの二百人のせいだろう。それで嫣は自分を疑ってしまったし、俺は卑怯にもそれを利用した。自慢できることじゃないが、あの二百人がどうなったのかという話を嫣への腹いせで蒸し返したこともある。

それから、あの嵐だ。

確かに、あの夜に金を奪われたとき、嫣にとっての俺の価値はかつてなく下がった。確かに俺たちは食糧を失った。だが、嫣にとっての決め手はあの赤ん坊だったと思う。

俺たちはあの子を心から待ち望んでいた。お前が生まれ、サムが生まれたとき、二人は俺たちをつないでくれた――その赤ん坊にも同じことを期待していたんだな。そして、赤ん坊が小さく青白い体で死んで生まれてきて、俺がへその緒を切ったとき――それとは別のなにかも、そのときに切れてしまった。赤ん坊を見る嫣の目は、灰のなかで布にくるんだ骨に向けた目つきと同じだった。あのときと同じ罪悪感だ。嫣がそこに至るまでに俺たちが下してきた決定を数え上げているのがわかったし――なかなか手に入れられなかった肉、幌馬車の揺れ、嫣の肺に入った石炭の塵――そして、赤ん坊は俺たちの人生に下された審判だと嫣が思っているのがわかった。

何年も前、あの焼け焦げた建物のなかで嫣が言おうとしたのは、俺たちがいなければこの人たちはきっといい暮らしができたということだ。もしかすると、嫣は自分がいなければ、お前も、サムも、死んだ赤ん坊もいい暮らしができると思ったのかもしれない。

ルーシーよ、媽は死んではいないんだ。お前の弟を葬るために俺が出て、戻ってきたら家はもぬけの殻だった。媽は昔から強かった。どこへ行ったのか、俺は知りたいとも思わなかった。疑問があれこれこみ上げてきても抑え込んで沈めた。嵐がたいていのものを水に沈めたように。

ルーシーよ、もっと大きくなればお前にもわかる。知ってしまうよりも知らないほうがいいときもある。お前の媽について、俺は知りたくなかった。媽がなにを、誰としたのかも、ほかの男の顔を覗き込んでどう思ったのかも。俺を傷つけてしまいそうな地図上のその点を知りたいとは思わない。


どうやら、洗いざらい話そうと思えば、真実だったらいいのにと思う物語も話さなきゃならないようだ。

真実を言おう。あの夜に媽が出ていくまで、俺は自分の殻のなかにはまだ優しい男が隠れているんだと信じていた。いつか、俺たちが裕福で落ち着いた生活をして、媽が立って仕事をしなくても、ましてや走らなくてもよくなったら――そのときは、誰とも会わなくていいくらい広い土地に建てた俺たちの家の棚から、輝く塊をいくつか取り出すんだと思っていた。その塊をお前の手に、サムの手に、息子の手に握らせる。どれも柔らかい手だ。そして物語を聞かせてやる。子供だったころ、俺とビリーがここの丘陵で最初の黄金を見つけた話を。

さて、ルーシーよ、お前がずっと知りたがっていたことを話した。サムには何年も前に話した。どうしてお前には話さなかったのか？　まあ、情けなかったからかもしれない。お前も媽の後を追っていなくなってしまうかと怖かったからかもしれない。お前が媽を一番好きだったのは知っている。最後にかけてお前が俺に向けた目は、かつての媽の目と同じだった――愛と憎しみの両方だ。

ルーシーよ、それに耐えるのはつらかった。なぜって、正直に言えば、サムと同じくらいお前のことを愛していたからだ。だが、俺がサムにだけ話したのは、サムは強くて最後まで話を聞いてくれたからだ。こんなことを言うのは情けないが、お前のほうをもっと愛していたかもしれない。愛するのが情けなかった。お前は優しい気立てで、その愛をもっと必要としていたからだ。お前が生まれた朝を思い出す。お前が目を開けると、俺と同じ目だった。薄茶色で、金色に近かった。媽やサムの目とは違った。お前には俺の水がありすぎた。

もしかすると、お前にきつく当たったのは、成長するにつれて媽に似てきたからかもしれない。この話をしたとなると、お前に憎まれるだろう。朝になって、お前が覚えていれば、俺の骨をどぶに放り投げてジャッカルに食わせたとしても驚かない。

ルーシーよ。寶貝《バオベイ》。

女兒《ニュアル》。

俺は富を探して、それが指をすり抜けていったと思っていた。だが、それでもこの土地からなにがしかを作ったんだという気がする――お前とサムを作ったんだ。お前はしっかり育っただろう？　強くなれと俺は教えた。たくましくなれと教えた。生き延びろと教えた。いまの自分を見てみろ。サムの面倒を見て、俺の亡骸をきちんと葬ろうとしている。教えておいてよかったと思う。謝る必要なんてない。もうちょっと踏ん張って、お前にもっと教えてやればよかったと思う。お前は小さなころからずっとしてきたように、わずかなものでやり繰りするしかない。お前は賢い子だ。これだけは覚えておけ。家族が第一だ。聽我《ティンウォ》。

第四部

××67年

泥

夏が訪れ、トラの噂をもたらす。

空気はこもり、汗のようにへばりつく。セミ、コオロギ、溜め息、カチカチと鳴る暗い音。ランプがついた後もぐずぐずする季節、窓が大きく開く季節――いつもであれば、けだるい暑さでぐったりとなる。

だが、この年は、トラが町の血管に爪を押し当て、スウィートウォーター中がおののく。三日前には鶏が数羽姿を消し、牛の脇腹肉もひとつ消えた。番犬が一頭、喉をかっ切られているのが見つかった。昨日は、女が洗濯物を干している途中に気を失い、目を覚ますと、シーツの後ろにいた化け物のことを口走った。足跡がひとつ泥のなかに残されていた。今年の夏、町は恐怖に沸く。前の夏には曲芸の輪に沸いたように。さらにその前の夏には、砕いた氷の上にかけるシロップに沸いたように。

もちろん、アンナは味わってみたいと思う。

「だって、そう思わない？」アンナは頭を反らせ、巻き髪をルーシーにほどいてもらいながら言う。「トラの赤ちゃんをペットにしたら可愛いって。呼んだら来るようにしつけられる。一頭お願いしてみようかしら」

ルーシーはアンナの額に櫛を優しく当てる。「体をくねらせるのはやめてもらおうかな。こっちを向いて」

「それか、オオカミの子供でもいいかも。小さなジャッカルでも。それならパパも見つけられるはず」

ルーシーはジャッカルを思い出す。あの牙が女の子になにをできるのかも思い出す。だが、晴れやかで優しい顔のまま、アンナに微笑みかける。

アンナがトラのことを話すあいだ、アンナのリネンのドレスにある三十個の真珠のボタンをルーシーは留めていく。アンナは話をしながら、ルーシーにも同じことをする――同じボタン、同じドレス。ブーツも同じだが、ルーシーのほうは踵を七センチ半高くしてアンナの背と合わせてある。ルーシーの髪に一番時間がかかる。髪を整え、熱して巻かねばならない。アンナは最後には黙り、舌を突き出して集中している。

だが、二人で駅に向けて出発するとき、アンナは自分の庭園にある花のオレンジ色の喉元をさする。「これをトラのユリと呼ぶことにしたわ」アンナは言い、緑色の目を嬉しそうにさらに大きく見開く。先週、パン屋は店にある二色のパンを「トラパン」と名付け直し、婦人服の仕立て屋は縞模様の布地を名付け直した。「いい名前じゃない？」

茎の上に咲いた花は、ルーシーと一緒に頷く。

薄気味悪いほど人がいない通りを歩き、二人はアンナが住む町の側を抜けていく。大きな邸宅はどれも日なたぼっこをする猫のようにけだるげに横に広がっている。人はまばらにしか見えず、姿を見せるときには不安げに固まって動いている。三人以上の集団になればトラは近づいてはこないと言われている。

低い音が轟き、通りはびくっとなり、肩が揃って張り詰め、顔から血の気が引く。馬車の車輪がひとつ動かなくなっただけだ。不安げな笑い声が強風のように抜け、動きが戻る。

アンナはルーシーに体を寄せる。「もしかして……もしかして、今日は駅に行くのは危ないかも」

噂のトラですら引き起こせないほど、ルーシーは胸がどきりとする。それを抑え込む。ほかの多くを抑え込むことを学んできたように。「アンナ、馬鹿なこと言わないで。婚約者に会うんでしょ」

だが、アンナは甘い言葉を使い、なだめすかし、おだて、見事に言葉を操る――果てしなく続いていく言葉の流れは、あらゆる障害をよけていく。ルーシーと同じ十七歳だが、アンナは子供に見えるときもある。一カ所だけ寄っていきたい、とアンナはせがむ。

目に入るずっと前から、それは二人の耳に聞こえてくる。トラが現れたと主張する女の家の芝生に、人が集まって喋っている。「まっすぐこっちに向かってきたんです」女は言う。「唸り声も聞こえました」

アンナはルーシーを家の前に引っ張っていく。ほっそりした二人の女の子、だが人々が分かれて道を開けるのは、実際には三人だからだ。アンナのお付きの男が同行している。噂によると、アンナの父親——無口でこそこそした、特徴のない黒い服を着た男——が雇った男たちはみな、コートの下に銃を持っているそうだ。いつもは、アンナはその話に呆れた目をしてみせる。

今日のアンナは夢中になっていてそれに気づかない。泥のなかでしゃがみ込み、足跡にキスをするか祝福を求めようとするかに見える。希望と可能性で生き生きした様子を見て、ルーシーの心にいきなり、鋼鉄の罠の冷たい歯のような羨みが弾ける。その気分を感じるためなら、なんでも投げ出すのに。

ルーシーは近づく。足跡といっても半分だ。爪先が二つ、肉球の一部。大きさはソーサーとさして変わらない。トラよりもひと回り小さな猫が残していったのだ——オオヤマネコかボブキャットか、果ては太ったペットの猫か。

心臓が激しく脈打っているといったことをアンナは言い、ルーシーも鸚鵡《おうむ》返しにそう言う。まるで自分の心臓は変化せず鈍くはなく、まるで昔の失望が疼いてはいないかのように。人混みに向き直り、この足跡についての真実を伝えて、顔がいっせいに沈むのを見てもいい。でも。ルーシーがスウィートウォーターで語ってきた身の上話がある。**孤児。戸口に置いていかれた。両親が誰なのか知らない。自分ひとり。**その女の子は、トラのことは知らない。

「あなたが動物だとしたら」アンナは言う。「きっとトラだと思う。とびきり心優しくて、とびきり美しいトラ」

ルーシーはアンナの頭のてっぺんにキスをする。花、温かい牛乳。育むような心安らぐ香り。アンナを立ち上がらせようと手を差し出す。

「もちろん」アンナはルーシーの手を握って言う。「爪は抜いてもらうことになるけれど」

熱で活気が、そして血が、さっとこみ上げる。友達の手を握るルーシーの手は汗でつるつるする。この暑い日に握りそこねたからといって、誰がルーシーを責められるだろう。もしルーシーが手を離し、アンナが泥のなかで大の字になって、白く清潔な布の野原を茶色が蝕んでいったとしても、わざとやったのかはお付きの男ですらわからないだろう。

ルーシーはアンナを一気に引っ張り上げ、二人の肩がぶつかる。アンナは人混みのなかを戻っていき、ルーシーはその場に留まり、汗をかいた手のひらを拭う。ひとつ目の足跡から少し離れたところに、もうひとつある。肉球ではない──先の尖ったブーツだ。

「妹が行ってしまうぞ」ひとりの男が肩越しに見て言う。最初はちらりと。次はもっと長く見てくる。その視線で、ルーシーはばらばらにされる。目、鼻、口、髪。ルーシーの違いを数え上げる。そのころにはルーシーは男のそばを過ぎ、友達にさっと腕を絡ませる。後ろから見れば、二人はまったく同じだ。

つまり、トラも、恐怖も、危機もなく、ルーシーがその週ずっと恐れていたことを防いではくれない。予定どおり、列車は引き裂くように到着する。その汽笛が駅を貫く。線路が震え、ハコヤナギは緩んだ葉を落とす。アンナが口にする言葉は、車輪の音にかき消される。

ルーシーは自分が聞きたい言葉を言う口の動きをする。**結婚はしないことにしたわ。なに？** アンナが言うのが見えるとき、鶏の糞の臭いが駅に入ってくる。

ルーシーの一部はプラットホームに留まり、貨物列車がそこに停まると、小割板の隙間から羽毛がふわりと舞う。別の一部はよろめきつつ、ある谷の端にある薄暗い小屋に戻っていく。アンナに体を支えられ、具合がよくないのかと尋ねられているのがわかる。

ルーシーは苦々しい味をのみ込む。**大丈夫。でもこの列車のせいで、鶏舎に暮らしていたときのことを思い出してしまって。たぶん、食べ物にもベッドにも糞が入り込んでいたと思う。**「喉が渇いただけだから」

アンナは馬車を呼ぼうと言う。今日はその優しさすら酸っぱくなり、夏の暑さで傷んでいく。ルーシーは季節のなかで夏が一番苦手だ。その重く引きずる感じが。そのじめっとした感じが。この町に五年いても、乾季と雨季だけのきっぱりした世界を思い焦がれる。ルーシーは立ち、アンナを払いのける。独りで歩いて帰ると言う。

「そんなのだめ！」アンナは声を上げる。「だってほら、トラが。あなたが行っちゃったら私、心配でなにもできなくなる。やめておいたほうが――絶対だめ――」

抗議するには暑すぎるうえに、意味もない。アンナは自分のやり方を通すだろうからだ。ルーシーは腰を下ろす。「わかった。ここにいる。このベンチで待ってるから」猫のように喉を鳴らしたいという奇妙な気持ちを抑える。

人が群がるその駅で、アンナは列車の扉が開くときには一番前に陣取っている。チャールズの明るい色の髪は、アンナの黒い巻き髪にぴったりだ。彼の顎はアンナの頭のてっぺんに、金の腕時計は彼女の金の指輪に、お付きの男たちは彼女のお付きたちにぴったりだ。なによりも、二人の立ち姿はぴったりだ。中央に立ち、二人をよけねばならない乗客たちには構いもせず、自分たちの肘が重なるのにも、自分たちの足が作る輪が縮まっていくのにも構わない。アンナが頭を大きく反らせて笑うと、ある女が飛びのいて、揺れる巻き髪をよける。その巻き髪にはたっぷりと薔薇水が振りかけられていることをルーシーは知っている。

じきに、無人のプラットホームでアンナとチャールズだけが話をしていて、ほかには双方のお付きの男たちとルーシーがいるだけになる。時は這うように進む。日光が斜めにベンチに射し込む。ルーシーのドレスの折り目は汗でぐったりする。

最後に、一台の荷車が駅に入ってくる。肉屋の店員が鶏を引き取りに来たのだ。赤ら顔で襟が曲がった店員は、貨物車の扉を開けようと踏ん張るときにルーシーのすぐそばに立つ。ルーシーは少しずつ離れていき、その場から離れるつもりでいる——すると、扉が一気に開く。砂埃交じりの風がルーシーのドレスをのみ込む。

プラットホームの先では、チャールズの片手がアンナの腰に下ろされている。二人とも、その騒ぎには気づかない。

ルーシーは自分の服をはたくが、もう手遅れだ。土と汗が混じって泥っぽくなると白い布にこびりつき、ドレスを汚す。少し前に、アンナのドレスが汚れるさまを想像したように。ルーシーは肉屋の店員と同じくらい汚れて見えるはずだ。アンナの声はひたすら続き、ルーシーが立ち去るときにはお付きの男たちしか気づかない。

水

ルーシーが水に入っていくころには、腫れぼったいオレンジ色の日没になっている。噂のせいで土手は無人になった。まわりには誰も見る人はおらず、ルーシーはスカートを湿らせ、立ち止まる。気をつけてそっと体を曲げ、三十個の真珠のボタンをすべて外す。裸になり、ドレスのそばに浮かぶ。水は肉体と布地の上を等しく流れていき、淡々と洗っていく。

アンナがスウィートウォーターでできた二番目の友達だとしたら、川は最初の友達だ。五年前、ルーシーは初めて町に入った。荷車にぶつかられ、人混みにきりきり舞いさせられた。迷子になった。空は助けにならない——丘陵の土地で学んだように空を見上げても、建物がぎっしりと目に入ってくる。雲は回転しなかった。ルーシーは中心などではなく、土地は語らなかった。彼女は何者でもなかった。

あるレストランの厨房にたどり着いた。馴染みのものに心が落ち着いた。脂汚れのある皿、低い天井、曲げた首の痛み。流しにはほかに三人の女の子が立っていた。ひとりは肌が白く、二人は色が濃い。ルーシーは呟いた。**孤児。置いていかれた。知らない。ひとり。**白い女の子は興味を失った。色が濃い二人はしつこく、ひそひそと話し合ってから、路地裏でルーシーに近づいた。

「あんたは誰？」背の高いほうが尋ねた。

「孤児」

「そうじゃない」背が低いほうが言って、さらに近づいた。ルーシーは二人の顔を正面から見た。おそらく、インディアン。スウィートウォーターの通りには、多くのインディアン、あらゆるたぐいの人々がいた。「あんたはどの仲間？」背の低い女の子は胸に片手を当て、自分の部族の名前を口にした。

ずっと昔、ロフトで聞かされたもうひとつの名前が、ルーシーの記憶を渦巻き、土埃のようにばらばらになった。**これが正しい言葉だ。**なくなってしまった。乾いた自分の舌の味。自分に仲間がいたのだとしても、もうその名前を言うことはできない。背の高い女の子も胸に片手を当てたので、二人は姉妹に違いないとルーシーは気づいた。

女の子たちはルーシーをずっと見て、ずっと尋ね、包んである見慣れない昼食を一緒に分けようとずっと誘ってきた。ずっとしつこくしていて、ある日ルーシーは振り向くと、肌についてなにかを言った。水について。不潔さについて。

インディアンの女の子たちは二度とルーシーに口をきかなかった。炎が舐めるような恥。その後の空虚さを、ルーシーは軽やかさだと思うことにした。今回はわざと、女の子たちの部族の名前が記憶の隙間に落ちていき、自分の名前がなくなったのと同じところに消えるままにした。少なくとも二人は放っておいてくれた。

ルーシーはまだ完全には独りではなかった。昼と夜には川に戻り、持っていった厨房の食べ残しにサムは顔をしかめた。サムはあの二枚の一ドル銀貨を渡そうとし、ルーシーが聞こえないふりをしていると、やがて渡そうとはしなくなった。ほかの話も出なくなった。サムはさらに気難しく、さらに落ち着きがなくなり、さらに不在がちになった。何時間も姿を見せず、ほかのやり方で食べ物を手に入れた。

ついに、山の男が言っていた見本市がやってきた。カウボーイや罠猟師や牛飼い《バケーロ》たち、遊びや見せ物が、荒天のようにスウィートウォーターを吹き抜けた。市が去っていったとき、サムもいなくなった——そしてネリーも。

それから一週間、ルーシーは川のほとりでぽつんと待った。上のほうの水は澄んでいる。底はごみだらけだ。ついに、ルーシーは自分の持ち物を——ほつれ、ぼろぼろで品がなく、日光が染みになって、西の地域の長旅の悪臭がしている——水のなかに投げ捨てた。自分のドレスだけを背負って下宿屋に入った。

最初の年、ルーシーはスウィートウォーターの人混みを眺めた。数千もの顔、それまで目にしたよりもはるかに多い種類。馴染みのある顔はひとつもない。

二年目、探しても失望するだけだと踏ん切りをつけ、うつむいて急ぎ足で通りを歩いていった。ときおり呼びかけられた。知っている声はなかった。たいていは男、たいていは夜。

三年目には、**孤児、置いていかれた、ひとり、**としじゅう口にしたせいで、その言葉は漆《うるし》となって真実を塗り潰した。空白の物語は、ルーシーが文明社会とは本来どういうものかを学んだこの町にぴったりだった――危険も冒険もなく、野生がすっかり血を抜かれた場所では不確かさもなく、偽りのトラが大事件になる。

三年間の石鹼水、皺の入った両手、丸石、きっちりした部屋、緑色の葉から茶色い葉、葉がなくなってまた緑色の葉、折り目のはっきりしたワンピース、食品雑貨店のカウンターに滑らせる硬貨、白いカーテン、糊の効いたシーツ、塩、甘い水、重い空気、街灯、ひきつる首筋、皿を洗った石鹼水を転用した洗濯の石鹼水、もっと給料のいいホテルでの新しい仕事、厨房に残されて噂では負債を返すためにあと八年働くという証書に縛りつけられたインディアンの女の子たち、塩、甘い水、痛む両手、息をしづらい空気、ひとり分がセットされたテーブルで光るフォークとナイフ、そして肌に触れるものといえば川の水だけ。

そして、四年目の初め、ルーシーは川のほとりでアンナに出会った。

「それでなにをしているの?」その日、後ろから尋ねてくる声がした。片方の手がルーシーの肩の上をさっと伸び、ルーシーが持っていた棒を指した。見知らぬ女の子が土手を近づいてきた。ルーシーと似たような金鉱探しの占い杖を持っていた。

「私はアンナ」女の子は言った。その声からは孤独がこぼれていた。

そのときまで、ルーシーは独りで川に来ていた。休みの日には泳ぐか、肌をこするか、自分の顔が水にちらりと見えないか探した――切りつけたような頰、翼になった髪、細い目の線。細長い灰色の石、銃弾ほども黒い小石、占い杖のようにYの字に分かれた枝などを拾い上げ、まるで自分にだけは語りかけてくれるというように耳に当てていた。

そこに、アンナ。

明日は雨なんだって。

素敵な髪ね。

素敵なそばかすだね。

どうやったらそんなふうに泳げるのか教えてくれる？

何歳なの？

十六歳。

私も。

この新しい友達もなにかを隠しているのではないか、とルーシーは思うようになった。二人は過去の話は一度もしなかった。アンナは未来にしか興味がなかった。乗りたい列車、仕立ててもらいたいドレス、秋になれば食べたい果物。ただ熟すのを待っている、可能性の花としての人生。ある日曜日、霜で白い土手に、アンナは何週間も話していたリンゴを三個持ってきた。その赤さにルーシーの目はずきずきした。アンナは珍しく黙って占い杖をくるくる回し、そして言った。

「父さんは金鉱夫だった」

ルーシーの口は果汁で溢れる。甘さで舌が緩む。「私の父さんも」

意外にも、アンナはいつもと違ってその言葉を放ってはおかない。「知ってた」アンナは言うと、ルーシーの両手を掴む。ルーシーはこっそり後戻りしようとする。この女の子がなにを知っているのか、どうやって知ったのかを突き止めようとする。銃、銀行、ジャッカルの男たちのことは？「私と同じなんだって知ってた。パパは人に言っちゃだめだって、私はうぶすぎるって言ってたし、お付きの人たちなしでここに来るのにもいい顔をしない――でも、あなたは信頼できるって私は知ってた。あなたを見た瞬間にわかった。私たち、きっと大親友になれる」

アンナは金鉱夫の娘だが、似ているのはそこまでだ。ここの丘陵の土地から黄金を取ったとき、アンナの父親はそれを持っておけたからだ。その金は自分の所有だと証明する証書があり、自分の下で働く男たちがいた。金鉱、ホテル、店、列車をせっせと蓄え、富をすべて取り去った丘陵から遠く離れたスウィートウォーターに家を蓄え、娘を蓄えた。

愚か者の金というものを、ルーシーはスウィートウォーターで知る。安い石で、未熟な目を欺く。**愚か者の金**は真実のふりをするものを指すことわざになっている。アンナは金鉱夫の娘かもしれないが、ルーシーを見て目を欺かれた。

ルーシーは嘘を修正した。**孤児**。**知らない**。**ひとり**。**でも父さんは金鉱夫だったんじゃないかと思う**。アンナは許した。アンナはすぐに許し、すぐに笑い、すぐに泣くので、ルーシーは舌を巻いた。ルーシーはすぐにはそうしたことをせず、自分の子供時代の墓をしっかり閉じてほとんど感情に身を震わされない。それでもアンナは言い張った。**私たちは心の奥底ではまったく同じよ**。

アンナの家には部屋が二十一室、馬が十五頭、台所が二つと噴水が三つ揃っている。ビロードとダマスク織、銀と大理石。そしてもっとも大きな部屋、青いタイルが空を模倣するほど天井のアーチが高い部屋には、額に入った証書がある。額は純金製。証書はただの紙切れだ。縁は埃っぽく、角はひとつ破れている。下のほうを横に這うヘビのような、アンナの父親の署名。それが父親にとってもっとも大事なもの、最初の金鉱採掘の場所の所有権を与えるものだ。**痛いの？**初めてルーシーに証書を見せに連れてきたとき、アンナは尋ねた。**あなたの顔――まるで――**おそらく、アンナは**絶望**という言葉をほとんど使ってこなかった。ともかく、アンナはルーシーの様子がおかしいと騒ぎ、菓子を与え、大理石の床の上を連れていくと、塩の入った銀の箱やビロードのドレスをルーシーに押しつけた。そのあいだずっと言った。**同じよ。**その言葉がこだまする大邸宅には、家政婦や馬丁や庭師がいても、空虚さが潜んでいて――アンナの母親は死んでいて、父親はいつも旅行している――その言葉の後ろで響くものが聞こえるようにルーシーは思った。

まるで、アンナが友達の上で魔法の杖をひと振りしたかのように――とはいえ魔法の杖とは占い杖のことで、それを持っていたのはアンナの父親であり、魔法とは黄金のことだった――同じ女の子への変身。

しばらくは、うまくいった。二人は目の弱い庭師を騙しさえした。同じドレス、同じ巻いた髪。ルーシーはアンナの言葉を、のんきな笑い声を真似た。アンナで視界がいっぱいになり、鏡の前を通りかかるときには、そこに映る顔に仰天した。緑色の目でも、丸顔でもない。曲がった鼻に用心深い目の、深刻そうな見知らぬ顔。

庭師は言った。**わかりました、お嬢様。**ルーシーが頼んだ花を切った。

その魔法が解けたのは、二ヵ月前、ルーシーがいつになくアンナの部屋に長居したときだった。二人は蠟燭に火をともし、料理人に頼めば手早くご馳走を作ってもらえたが、冷えたビスケットをこっそり取った。切ったバラは花瓶で浮き浮きしている。アンナのベッドで体を寄せ合い、それ以外の巨大な家は暗く、無意味になった。アンナはくすくす笑いながら体を転がした。すぐ近くで赤らんでいる、その顔。二十一ある部屋のどれかで暮らしたくはないかとルーシーに尋ねてきた。**私には姉妹も同然だから。**

誰もいない川の土手に戻ったとき以来初めて、ルーシーは目を覚ませば誰かの確かさがあることを想像した。二つ目の体の動物的な匂い。真実が、泥のようにルーシーのなかをこみ上げてきた。もう話してしまおうとした。

そのとき、ガスランプが燃え上がるようについた。戸口に男が立ち、尋ねてきた。「君は誰だ？」

アンナの父親が出張から戻ってきていた。ルーシーはドレスからビスケットのくずを払い落として顔を下に向け、剝き出しの鼻を隠そうとした。

アンナは柔らかな緑色のこの地に生まれたが、父親は丘陵の人間だった。本物の金とはなにかを知っていて、騙されはしなかった。アンナに抱き締められつつ、父親はルーシーはどこの生まれかと尋ねた。仕事仲間から、似た人々の話は聞いたことがあると言った。嘘をひととおり聞くと――**孤児、知らない、ひとり**――二人で話をしようとアンナに言った。ルーシーは自分の持ち物をまとめて出ていった。誰も呼び戻しにこなかった。

その後、アンナは二人で暮らす話をしなくなった。東にある終点まで二人で乗っていく列車、父親の果樹園でのピクニック、二人で泳ぐ川の数々、父親の富で買うドレス。ルーシーが二十一ある部屋のどれかで暮らす話は出なかった。

その夜の後、伊達男たちが邸宅に送り込まれた。アンナはその男たちを馬鹿にして、不満を言い、動物や家具に喩えた。だが、やはり一家の邸宅を持ち、黄金による財を持つ男を選んだ。

いま、アンナが話すのはチャールズのいる家、チャールズのいる庭園、チャールズのいる旅行のことだ。もちろん、ルーシーも一緒にと誘われている。自分の親友と婚約者がそばに並んでいることが嬉しくて、チャールズの指がルーシーの腰でぐずぐずしているのにも、チャールズがルーシーのことを〝**僕らのとても大事な友達**〟と呼ぶことにも、ルーシーが服を洗うホテルに贈り物をして、酒場の匂いをさせてルーシーの部屋の表に現れることにも気づいていない。

ルーシーは夕食への招待に応じ、三人分が用意されたテーブルの前に座る。ご馳走を褒める。花を褒める。優しさを。アンナが部屋を離れるときに、二人だけで散歩をしないかとチャールズがルーシーにささやいてくることは言わない。アンナのそばの場所、かつては姉妹ひとりが入れるくらい広かったところは、もう狭まっている。

そこで、ルーシーは以前のようにひとりで川に浸《つ》かる。肌に皺が入り、湿った尾根がいくつもできる。それでもルーシーは漂う。水のなかと同じように陸でも肌に皺が入り、まだ友達のそばに座って微笑んでいる未来を想像している。ほかの未来がありうるだろうか。ルーシーは自分が言ったものになっていた。**孤児。ひとり。**財産はなく、土地もなく、馬もなく、家族もなく、過去もなく、故郷もなく、未来もない。

ルーシーは水を滴らせつつ歩いて戻る。黄昏の光のなかで、人々はルーシーのもつれた髪、裸足が地面を打つ音に仰天する。下宿屋の入口の階段で三人の女の子とすれ違う。トラへの恐怖で三人はびくびくしている。ひとりはルーシーを目にしてひるむ。ルーシーが本能めいた衝動に支配されているからだ——脇によけるのではなく前に動き、三人の愚かさに飛びかかりたいという衝動。なにが本物の恐怖なのか、なにが女の子の背骨をへし折るのかを教えてやれる。

ルーシーは微笑み、女の子たちを通す。空気にはあまりに動きがない。唇の端がせわしなくひきつる。食事をすれば落ち着くかもしれない。

扉を入ってきたルーシーを、大家の女性が呼び止め、客間に来客があると言う。きっと心配性のアンナだろう。ルーシーは溜め息をつき、お礼を言う。

「男性のお客ですよ」と大家は言い、ルーシーの行く手を遮る。大家の唾が飛んでくる。下宿屋で五年間静かに過ごしてきて、この激しい怒りは驚きだ。「いいですか、そこの扉は開けたままにすること。上の階に連れていくのはだめ。私が見ていますからね」

すっかり暗くなっている。うろつき回る時刻。きっとチャールズだろう。


初めてチャールズに会ったときも夜だった。三年前、アンナよりもずっと前に。まだ夜中に足が疼いて目を覚ましてしまい、孤独が喉で乾いた引っかき傷となって、どれほど水を飲もうと癒えなかったとき。そこで、ルーシーは町をずっと歩いていった。

日中、上品な人々は駅にほど近い通りの数々を避けていた。酒場や賭場で汚れ、牛飼い《バケーロ》や博打打ち、インディアンや酔っぱらい、カウボーイやペテン師、評判のよくない女などのいかがわしい人々が集まることで知られていた通り。夜になると、まさにそうした通りがルーシーを呼んでいた。そこにいる人々の姿勢にある、馴染みのある敗北感。それを見て気持ちが和み、十三歳、十四歳が過ぎていった。ルーシーの手足はもう無様ではなくなり、髪はすべすべして、自分も人から目を向けられるようになったことに気づいた。とりわけ、男たちから。

暗くなると、そうした汚れた通りは教科書の背表紙のようにぱっくり裂けて開いた。**もっと大きくなったらわかるよ**、と媽はよく言っていた。ルーシーは媽のなめらかな動きや、サムの威張った動きを自分の歩調に取り入れることを学んだ。興奮すると同時に怖くもある遊びをしていた。無視したり、応えたり、唾を吐いても罰せられずに逃げたりすることを学んだ。貧しい男たち、切羽詰まった男たち、荒っぽい男たち――そして、そのどれでもない男がひとり。

その男は賭場から放り出され、ルーシーに倒れかかってきた。後ろからは悪態が投げつけられ、高価な服は引き裂かれていた。それでも男はどこ吹く風で笑い声を上げた。もっとお金を持ってきて使ってやると約束した。**きみはどこの生まれかな？**　と男はルーシーに言った。ほかの男たちとは違い、ルーシーにはねつけられても怒り狂ったり早口になったりはしなかった。ずっと微笑んでいた。そしていつも戻ってきた。

貧しい男たちは諦め、姿を消し、お金も誇りも使い果たした。彼には富という傲慢さがあった。ある夜、男にひと掴みの硬貨を差し出され、ルーシーは身震いして顔を背けた。恐怖ではない——銃を撃った男の両手の震えに近かった。ルーシーは自分の両腕、自分の乳房、自分のお腹を眺めた。その柔らかさのどこに自分の武器があるのかを知ろうとした。

じきに、その界隈には行かなくなった。婦人用の帽子を斜めにかぶり、歩調を抑え、顔に髪をかけることを学んでいた。片脚を引きずりながら路地を歩いていく、打ちひしがれた男の輪郭に取り憑く亡霊たちも、酒場の階上にある寝室の窓で、ほっそりした首筋の女が振り向くつかのまの形に取り憑く亡霊たちも見ないようにすることを学んだ——平凡な女の子のふりをすること。アンナに出会った女の子になること。

すると、アンナのそばに、その男がふたたび姿を現した。小ぎれいになり、まだ微笑んでいて、名前もある。**チャールズ、**アンナは婚約者を紹介するときに言った。**私にとってはほんとうに大事な友達なの。忘れないでね。**チャールズは挨拶のときにルーシーをわずかに引き寄せすぎて、二人のあいだに残った隙間には、あの狭い路地、暗い夜、二人でアンナから隠す秘密がどうにか入るくらいだった。チャールズは言った。**君を忘れられるはずがないだろう？**

客間で待っている男は、髪が黒く、肌は茶色い。振り返ると、目を細めてルーシーを見る。ルーシーの片手がとっさに鼻を押さえる。爸だ。

赤いシャツには墓の土はついておらず、ブーツから蛆虫が這い出してもいないが、ずっと埋められていたなにかが飛び出す。ルーシーはあの暑さ、息が詰まる埃を感じる。歳月も距離も清潔な生活もすべて、爸が歩み寄ってくると消え去る。客間に立っているのは、スウィートウォーターのルーシーではない。もっと幼いルーシーだ。痩せて、靴はなく、自分の体はかなり剝き出しになっている。あの西の地域に葬り去ったと思っていたルーシーがいる。

逃げ出したかったが、ルーシーはドレスに脇腹を締め付けられている。それに、爸の動きは速すぎる。幽霊は若い姿で入ってきた。脚を引きずってはいない。歯が欠けてもいない。長い脚、切りつけるような頬骨。男はルーシーの前に立ち、にやりと笑っている。

そして言う。「バン」

その声。爸にしては低くない。嫣のようなかすれた響き。近くからは、その顔は本来の十六歳に見える。

「髪が」ルーシーの声はわななく。「すっかり長くなったね」

最後に会ったとき、サムの頭は丸刈りだった。いまはサムの目に髪がかかり、耳のすぐ下で巻いている。人生の半分をかけて、ルーシーはその髪を編んできた。いま、その髪に手を伸ばす。そして思い出す。

「ここでなにしてるの？」ルーシーは手をさっと引っ込める。「私を置いていったくせに」

サムの笑顔が消える。顎が上がる。「ろくにいなかったくせに。置いていったのはそっちが先だろ」

「毎日様子を見に行った。なのにひと言もなく――気遣いとかはないの？　怪我をしたか、死んでしまったかと思った。私がここに呼び戻したわけじゃない。なんだって――」

一瞬で、ルーシーを引き戻してしまえるものがある。鶏の糞。死んだ男の顔。そしてこの、歳月の流れに抗ってきたサムのなかの強情さ。媽が不機嫌と呼んだもの。爸が〝男の子〟と呼んだもの。ルーシーが感嘆と妬みをこめて、サムの輝きと呼んだもの。

扉が軋んでさらに開く。大家が非難の高い音を立てている。ルーシーは大家を安心させようと振り向き、十二歳の傷の上に礼儀正しさをかぶせる。

サムに向き直るとき、ルーシーには疲労感しかない。サムがいなくなったときに感じたことを、どう説明すればいいのか。世界からなにかが出ていった。ルーシーの一部がまるごと突き固められ、スウィートウォーターの誰ひとりとしてそれを見られないほど深くに葬られた。ルーシーは変わった。もはやサムが知っていた姉ではない。

「出ていったほうがいいと思う」ルーシーは言う。

するとサムは言う。「ごめん」

その謝罪の言葉が、爸の亡霊を部屋から追い払う。サムだけが、そこに立って、片手を差し出している。

「仲直りしようか？」

ありふれた手。がさついて、たこがあり、小さく震えている。その手を見て、サムもなにかを葬ったのだろうかとルーシーは考え込む。サムがその手を出したまま、チクタクと数秒が過ぎる。初めて、サムが求めるものを自分は持っているのだと思える。それを手に入れるためにサムはどれくらい長く留まってくれるだろう。

ルーシーはその手を宙ぶらりんにしておく。「夕食にしましょう。おごってもらうから」

ルーシーはアンナと鉢合わせしそうにない店を選ぶ。駅のそばの、脂汚れのしみがついた店で、サムはメニューも見ずに注文する。ステーキを二枚。不機嫌な料理人の女は、サムに満面の笑みを見せられて茫然と去っていき、どうやら意思に反して口元をほころばせる。一方のルーシーの食欲は、蠅取り紙を目にしたとたんに扉からこっそり出ていってしまう。水を頼む。姉が汚れたフォークを拭いているのを見ると、サムはレストランの反対側に声をかける。

「お嬢さん？」食事客たちが振り向く。「そこの、きれいな巻き髪のお嬢さん」白髪交じりの髪をひねっている料理人は、びっくりしてタマネギから顔を上げる。「新しいカトラリーを出してもらえたら嬉しいな。もしあれば。大いに感謝するよ」

「騒がないで」ルーシーは咎めるように言い、顔の上に髪をかける。

「どっちみち、みんな見てくるって」

いつものように、サムはそれを現実にしてみせる。ぐらぐらの椅子にもたれかかる様子は、まるでアンナの客間で安楽椅子に腰掛けているかのようだ。ルーシーが人目を引かずにいることを学んだ一方で、サムは五年間にわたって生まれつきの輝きにさらに磨きをかけていた。歩き方はさらに奔放で、肩はさらに怒っている。喉元の新しいバンダナが、喉仏がないことを隠している。じっと見つめれば、あの可愛いかった女の子の面影がルーシーには見える——長いまつ毛、すべすべの肌。だがそれは、ジャッカルの時刻に草地を動く動物をしっかり見ようとするようなものだ。自分の目を疑ってしまう。

ほとんどの人には男が見えている。その美形ぶりは、人生に切り傷をつけられる前の爸もそうだったのだろう。嫣の愛嬌と優雅さがすべてである。おそらくはそのおかげで、二枚のステーキがすぐに出され、料理人はまた歯茎を出して笑顔になる。

サムは昔と同じ貪欲さで料理にかぶりつく。ルーシーは水の入ったグラスを回転させ、飢えを思い出す。指が湿り、それと同じ湿り気が目にも浮かぶ。サムが呼び起こす、どんよりしたものは嬉しくはない。

サムはルーシーの視線を勘違いする。「二枚目のステーキ食べたいか？」

「食べられない。ドレスを汚してしまうから」ルーシーは白い布をさっと撫でる。アンナの父親が特別に輸入したドレスだ。その値段についても、アンナについても、アンナの父親についても説明したくはない。話を逸らそうとルーシーは言う。「いままでどこにいたのか話して」

サムはもうひと口頬張ると、後ろにもたれる。十六歳のサムの声は不可解に低く、単調なリズムだ。この暑さのなかだと、焚き火のそばでサムが延々と語っているような気がする。ルーシーの孤児としての物語と同じく、その話には繰り返し披露された抑揚がある。ルーシーの目はちくりと痛む。その物語を、サムは見知らぬ人に聞かせているのだ。

サムは北に向かって牛の大群を率いていたカウボーイたちの仲間になった。南で幻のインディアンの都市を探す冒険家たちと旅をした。ある山を連れと二人だけで登っていき、頂上から広がる世界を見た。サムが噛んで話し、のみ込んで自慢すると、ルーシーのなかを飢えがうろつき回る。野生の地への飢え、曲がりくねって先が見えない道への、スウィートウォーターでは野生ともども見当たらない恐怖への飢え。塩なしの燕麦や冷えた豆をご馳走に変える街道、体を焦がして眠らせない街道への飢え。この活気のない場所、すべての通りが地図に描かれて知られている整然とした場所とは違う。

「これからどこへ行くの?」サムが話を止めると、ルーシーは尋ねる。レストランは静かになっているが、あるこだまが残っている――グラスが別のグラスにぶつかって動かすときのような、ルーシーのなかで響き渡る音。希望のせいで、それがなにかわからなくなりかける。「誰と?」

サムは空になった皿をフォークでこする。「今回は独りで行く。もう集団で旅をするのは飽きた。かなり遠くに行くつもりでいるし、たぶん戻ってはこない。だから――だから、さよならを言おうと思ってさ」

ルーシーのなかの飢えは果てしなく広がり、自分がそのなかにくずおれてしまわないか心配になる。ルーシーは自分もステーキを頼む。少しかじるくらいのつもりで。だが、肉によって口と目をすっかり奪われ、話をする必要も、サムを見る必要もなく、がっかりした気持ちが強すぎて表に出てしまわないかと心配する必要もない。皿を持ち上げて顔を隠し、血だらけの肉汁をぴちゃぴちゃ飲む。

サムはもう二枚ある皿を押しやる。ルーシーはそれもきれいに舐める。そのときようやく、目を下にやって自分のドレスを見る。小さなピンク色の水滴がはねかかり、ドレスは汚れている。

サムは言う。「似合ってるよ」

怒りがはっきりする。またも嘲ってくるサム。町にやってきて、すべてをひっくり返そうとする——どこまでも自分勝手だ。伝票が届くと、それを餞別《せんべつ》にしようとルーシーは手を伸ばす。だが、サムのほうが素早い。なにかの手品のように茶色い手がぴしゃりと下ろされ——上がると、純金の薄片が残されている。

ルーシーは両手と片方の前腕でそれを隠す。「金鉱採掘をしてたってこと?」恐怖が低い音で全身を貫く。あたりを見回すが、ほかの食事客は誰も動いてはいない。店内は休眠して停止しているようだ。「それはできないはず。法で——」

「採掘して手に入れたわけじゃない。仕事をしてやった男が黄金で払ってきた」

「いったいどうしてそんなことを?」

「不思議に思わなかったか?」威張った響きがサムの声から消える。初めて、サムはほかの客たちを意識して柔らかい口調になる。「不当な仕打ちをされたのは俺たちだけじゃない。ほかにも、インディアンや肌が茶色いやつらや黒いやつらがいる。なにかを奪われたことは正しいとはみんな思ってない。正直な連中が掘り出したものを金鉱主たちがどうしたのか、不思議に思わなかったか？」

すぐ近くからだと、サムの魅力の下にあって見逃していたものにルーシーは気づく。下にあるのは、爸を殺したのと同じ、苛烈さと苦々しさと希望が入り混じったものだ。ルーシーが孤児になって自分から遠ざけた、あの古い歴史。

「あの男たちは、この土地は自分たちのものだと本気で思ってる」サムは軽蔑するように言う。「そんな笑える話があるかよ」

そこで笑うべきなのか、ルーシーにはわからない。わかるのは、町でもっとも大きな家にある、壁のあの一角だ。そこにかかっている証書を入れた額は、溶かして売れば百もの家族を食わせることができる。サムは蔑《さげす》むかもしれないが、それはサムが決して想像できないような場所にある。ルーシーは自分のドレスを湿らせるふりをする。サムの問いに対する答えは知っている。それを恥じる。金がどこに行くのか、ルーシーは目にした。金がもたらした家の客であり、その贈り物を身に着け、その友達となって、腕を組んでスウィートウォーターを練り歩いている。

二人がレストランから暗い通りに踏み出すと、なにかが飛びかかってくる。ルーシーはサムを引き戻す。子供がひとり、二人の肘を押すくらい近くをかすめて走っていくだけだ。オレンジ色の街灯を浴びた脚がちらりと光る。多くは茶色い肌をした、みすぼらしい子供たちが、トラごっこをしている。

一番小さな男の子が指をかぎ爪のように曲げ、ほかの子供たちを追う。子供たちはその男の子のか細い泣き声に笑い、いっせいに散っていく。じきに男の子は独りで通りに座り込む。唇を突き出す。

すると、後ろから聞こえる唸り声に、ルーシーの骨は震える。高低のある音が押し寄せ、せり上がっては引き、せり上がっては引き、そのうち周囲の空気そのものがちぎれる。息が詰まるような夜に、恐怖のひんやりした空気が入り込む。笑い声を上げていた子供たちは凍りつく。次の街区では、酔っぱらいの男が立ち上がり、最寄りの扉を激しく叩き始める。一番小さな男の子だけが目に驚きを浮かべて座っている。

ルーシーは振り返る。心には恐怖と、別のなにかがある。その唸り声は、別の響き渡る音をもたらした。

後ろに獣は立っていない。サムが影のなかに下がっているだけだ。サムの長い喉が波打ち、ありえるはずのない低い音を出している。少しずつ、サムは静かになる。

ふたたび口を開くとき、ルーシーは言う。「トラが出るって噂がある」

「知ってる」サムは影のなかに留まっている。目と、にやりと笑う歯がのぞく。「牛肉に味をしめたトラだ」

ルーシーはサムのブーツを見下ろす。その尖った爪先は、あの女の庭にあった二つ目の足跡の尖り方だ。「まさかそれって……」

サムは肩をすくめる。「俺がやった」

子供たちはこっそり姿を消し、酔っぱらいは酒場に入れてもらった。通りはまた静かになる——だが、前とは違う。生気が失われている。もうトラはいない。夏になると、ルーシーはものぐさで愚かになる。自分はなんと愚かだったのか。ここにトラがいるはずがなかった。数千もの顔があり、そのどれひとつとしてルーシーを身震いさせることはできない。それができるたったひとつの顔は、またいなくなろうとしている。

「ここの人たちはトラに太刀打ちできない。そうだよね？」ルーシーは言う。

「俺たちのようにはできない」サムの言葉は抑揚なく出てくる。「誰も俺たちのようにはやれない」

ルーシーはサムの手を握る。客間ではそうしなかった。手は前よりも大きい。馴染みがない。だが上のほうに、袖の下にしまい込まれた、華奢な手首がある。しっかり握った手をルーシーが振ると、あるリズムがひとりでに蘇る。かつてのトラの歌。

老虎《ラオフー》**、老虎**《ラオフー》**。**

サムも加わる。輪唱となり、二頭のトラが互いを追うように二つの声が歌のなかで互いを追う。歌っているサムの声は、話しているときよりも高い。美声といっていいくらいだ。ルーシーは自分の独唱の終わりまでくると待ち、飛びかかるように、二人揃って最後のひと言に着地する。

来《ライ》。

呼び出されたかのように、アンナが出てくる。「ルシンダ？　あなたなの？」

アンナは通りに物音を蘇らせる。ルーシーの首にしがみつき、お喋りがルーシーの耳からこぼれ落ち、奥まった場所や路地を溢れさせる。アンナはルーシーに、無事でよかったと話し、トラのことで叱り、自分の夜の経験を語る。お付きの男たちを置いていき、冗談でチャールズに賭場に連れて行ってもらった。なかは恐ろしく、素晴らしく、信じられなかった。

「どれくらい私が負けたか当ててみて」アンナはくすくす笑う。その金額をルーシーの耳元にささやきかける。

後ろでは、西の熱い太陽のようなサムの視線がルーシーに当たる。サムがなにを考えているのかルーシーにはわかる。ルーシーは自分の名前を長くした――だからどうだというのか。サムは、かつてはサマンサだった。どちらも両親の願いとは違う。では、なぜこの恥があるのか。ルーシーは静寂が戻ってくることを願う。アンナがいなくなることを。考えたい。

「このお友達はどなた？」アンナは思い出して尋ねる。

街灯の下にサムがしっかり歩み出ると、アンナは息をのむ。サムとルーシーを代わる代わる見る。ほかの人々のように、ルーシーの顔をばらばらにする――ルーシーではなく、目と頬骨と髪を見る。

ている。


「あなたはきっと――」アンナは言う。

「サムです」サムはなめらかな動きでアンナの手を取る。「お会いできて光栄です」失礼にならずにアンナが同じ質問を繰り返す余地はない。サムは歯をしっかり見せ、悪党めいた魅力を出している。

アンナは笑い声を上げる。「こちらこそ」

まだ二人が手を取り合っていると、チャールズが言う。「それで、ルシンダとはどういう間柄なのかな？」

「誰？」サムは大げさに混乱してみせる。「ああ、**ルシンダ**ね。いま会ったばかりです」

「こ、ここで会った？」チャールズは言い、ルーシーと何年も前に出会った賭場のほうを見る。「それはつまり――」

「いいえ」ルーシーは言う。「サムは私が育ったのと同じ孤児院の出身なんです。サムにスウィートウォーターを案内してほしいと頼まれたから」

「きれいな町ですね」サムは言う。「とても――安全で」

「じゃあ、あなたたち二人は……？」アンナは二人を代わる代わる見る。「私たち、てっきり――」不確かな笑みを見せる。だらりと下がるサムの手にさっと目を走らせる。

張り詰めた沈黙が訪れる。頭上のランプがプップッ音を立て、四人の顔に縞模様を作る。アンナ、チャールズ、ルーシー、三人とも気まずくしている。サムだけが、まだにやりと笑っている。まるで、すべてはサムの規則によって進む遊びであるかのように。オレンジ色の光がサムの頬骨と黒い目を引き立たせる。数年後のサムの姿はすぐに目に浮かぶ。ステーキをたらふく食べて体が大きくなり、こうなりたいとかつて願っていたとおりになる。十一歳のとき、サムは宣言した。**冒険家。カウボーイ。無法者。おれが大きくなったら。**五年間行方知れずで、五年間迷子で、サムを囲い込む土地も人もないまま五年間が経ち、戻ってきたいま、むしろ馴染みがある――サムはもっとサムらしくなっている。

「いいこと思いついた」アンナの言葉が沈黙を破る。「町のもっと素敵なところに、みんなでサムを案内するのはどうかしら。チャールズと私、うちの料理人にホットココアを作ってもらおうと帰るところだったの。よかったらご一緒しない？　ルシンダは甘いものが好物なんだし」

ルーシーが求めているのは無人の通りだけだ。それから、サムの吠え声の余波――まだ止まることのない反響を生み出し、草が伸び放題の細い街道のように言葉を超えた場所に続いていく。

だが、いいですよ、とサムは言っている。

ココアは氷で冷やされ、アンナの庭園の果物が添えられ、そばにはビスケットとクリーム、さらに砂糖の入った磁器のボウルが置かれる。それを見てルーシーは吐き気を催す。歯が痛くなる。サムはスプーンいっぱいにせっせと入れていく。

チャールズはポケットから携帯用の酒瓶を取り出す。「これは金と同じくらい素晴らしいよ」彼は言うと、ウイスキーをアンナのほうに傾ける。「私の許嫁《いいなずけ》のようにね」

サムの首はタカのように回転する。

ルーシーだけが一杯注いでもらうのを断る。チャールズがしつこく勧めるので、いじめるのはやめてあげて、とそのうちアンナが言う。ルーシーにとって酒とは破滅だ。ろれつが怪しくなったり気が短くなったりはしないかとサムを見守る。サムはさらに眩しくなるだけだ。長く茶色い首筋を覆う金の炎のようなバンダナを引っ張ると、ずる賢いギンギツネを追ったときのことを話す。酒で顔を赤らめたアンナは、サムが秘密の洞窟を偶然見つけた話をすると息をのむ。

「するとそのなかに」サムは言い、ポケットに手を入れる。「これがあった」

小さな頭蓋骨がサムの指に載っている。磨かれて真珠のようになった骨。アンナはかがみ込む。

「ドラゴンだよ」サムは言い、アンナの手のひらにその頭蓋骨を滑らせる。そんなはずはないとアンナは言う。小さすぎるし、丸すぎるし、牙はどこ？「赤ちゃんのドラゴンだから。一度に生まれたなかで一番小さいやつだ」

なんということはないトカゲの頭蓋骨だ。幌馬車の街道で育った子供なら誰でもわかるが、アンナは騙される。畏怖の念に打たれたアンナの声が部屋を満たし、ルーシーは心底いらいらする。サムはアンナの肩越しにルーシーに目配せする。

「彼の話をほんとうに信用するかな？」チャールズは言うと、ルーシーの椅子のそばに陣取る。酒交じりのその息がルーシーの耳を覆い、続いて湿った唇がやってくる。ルーシーはさっと体を離す。チャールズは酒のせいで締まりがない。いつもならかわし方は心得ているが、日中の出来事でルーシーのほうも調子が狂ってしまった。「アンナの父さんが見知らぬ人をどう思うかは知っているよね」

「知っています」ルーシーは言う。

「君たち二人は、会ったばかりにしてはかなり親しげだね」

サムは別のほら話をしている。アンナは笑いすぎて息が詰まり、サムが強く叩いてやる。四人いると、客間は窮屈に思える。三人のときはそう思えなかった。ルーシーは立ち上がる。一緒に散歩しましょうか、とチャールズに言う。

娘のために、アンナの父親は植物をもともと生えていた土地から剝ぎ取った。庭園を満たすために広大な地域が略奪された。植物によっては、やってきたときの本来の名前を捨てられた。アンナは自分の妄想に従って名付け直した。トラのユリ、ヘビの尾、ライオンのたてがみ、ドラゴンの眼——棘を刈り取られ、根は安全に埋められた獣たちの動物園。その庭園を勝利だと褒めちぎる人々の目には、根づかない植物は入っていない。

先週、敷地に花が咲き乱れた。今週は花が消えかけている。ルーシーとチャールズは花びらを踏み潰して歩き、庭園の中央にたどり着く。溢れる緑は音を吸い取ってしまうほど濃い。

「馬鹿な真似はやめて」ルーシーは言う。「とにかく、あなたが思っているのとは違う」ここなら後ずさってチャールズを見て、どう扱うべきかを判断できる余裕がある。

チャールズの顔は酒で膨らみ、頰は輝き、甘やかされた子供が出てきている。新しいおもちゃのようにルーシーを追い求め、次の日になれば捨ててしまう子供だ。結婚してアンナがベッドにいるとなれば、この落ち着きのなさも収まるだろう。そうなるはずだ。それまでは、アンナが見ていれば彼はアンナの婚約者であり、アンナが見ていなければルーシーの重荷だ。

「僕に指図するな」チャールズは虫の居所が悪い。ルーシーが追い出せたり、ここぞとばかりにからかえばしょげてしまうときもある。今日、彼の顔は怒りっぽい。ルーシーからなにかを引き出すまではやめようとしない——好意、お世辞、足首をちらりと見せること。好意を示してやるほうが、チャールズが何日もむっつりとして、破裂する恐れのある雷雲のような顔になるよりも楽だ。そこで、ルーシーが彼の秘密を守っているように、チャールズも彼女の秘密を守るほかないのだから、真実を話す。

「私はサムの姉なの」

「じゃあ、彼のことで嘘をついていたと認めるわけだ」チャールズは勝ち誇って自分の手のひらに拳を当てる。「なにか企んでいるなと思ったよ」

ルーシーは溜め息をつく。「チャールズ、そのとおりよ」

「ということは、僕らはまだ友達でいられるね？」

「そうね」

「じゃあキスをしてくれ」ルーシーは差し出された頬にさっと唇を当てる。チャールズの頭がさっと上がり、口が求めてくるが、それは予想済みだ。ルーシーは届かないところに遠ざかる。

「それはだめ」ルーシーはすねるチャールズをからかい、もっと軽い雰囲気に戻そうとする。

「さあ、いい子にして。もうアンナを賭場に連れていかないで」

チャールズは庭園の中心にある茂みを掴む。背の高い、肉厚の五本指の葉を茂らせた木。**心から親愛なるお母様**。アンナは一番水に飢えたそのお気に入りの木をそう名付ける。庭師は山ほどいるが、その木はアンナが自分で世話をしている。アンナが葉に甘い言葉をかけているのを初めて見たとき、ルーシーは信じられなかった。乾季に一家全体が使うほどの水を一週間で飲んでしまう植物に愛情を惜しみなく注ぐことができるのは、そこまで裕福な女の子だけだ。そして、その木を紙切れのようにずたずたにしてしまえるのは、そこまで裕福な男だけだ。

「僕は昔の借りを返そうとしていたんだ」チャールズは堅苦しく言う。「独りで行くもりだったが、アンナがどんな調子かはわかるだろう。彼女には友達の肩代わりだと言ってある。もし尋ねられたら、君からもそう言ってくれるね」

「もちろん。私は二人の幸せだけを願っているから」次の言葉はこびりつくが、ルーシーは絞り出す。「結婚式を楽しみにしてる」

そのお世辞でなだめられるかとルーシーは思った。だが、まごつくほどの敵意を込めてチャールズは言う。「いまさら僕を気遣っているなんてふりはやめてくれ。君たち二人が手をつないでいるのを僕らは見た。ほんとうのことを言ってくれ。それくらいの借りはあるだろう」

じめじめした庭園で植物にぎっしり囲まれ、チャールズの声は不鮮明になりつつある。ルーシーは笑い声でそれを貫こうとする。「あなたにはなんの借りもないと思うけど」

チャールズは彼女を摑む。いちゃつくような、アンナが目を向けてくれれば消え去るような触り方ではない、チャールズはルーシーの腕の肉に食い込んでくる。彼の指の下に、大きな斑点がいくつも広がる。「ごまかすのはやめろ。素敵な贈り物をいくつもしただろう？　君には優しくしてきただろう？　君は上品ぶっているが、いまはどうなんだ。どうしてあいつなんだ？　僕じゃなくて？」チャールズの声は細くなり、子供が駄々をこねているようだ。彼はルーシーの胸に顔を落とす。呻きながら言う。「君みたいな女の子に会ったのは初めてだ。お願いだ、ルシンダ、僕にどんな仕打ちをしているのか君はわかっていない」

だが、ルーシーはわかっている。似たような言葉を男たちが口にするのを聞いてきたし、その前か後にはいつも、**君はどこの生まれかな？**　がある。出どころが驚異の念であれ怒りであれ、ルーシーからすれば同じことだ。彼女はチャールズの指を剝がしていき、最後に顔を押しのける。その場にいさせておく。それが気に入らないが、心のどこかでは気に入っている。チャールズへの仕打ちはルーシーが持っている唯一のものだし、それを手放すつもりはない。ほかのすべてはアンナが持っている。

「あいつは君を大事には思ってない」立ち去ろうとするルーシーにチャールズは怒鳴る。ルーシーは足を止めない。「彼女に近づくために君を利用しているだけだ。ほかの連中も同じだよ。君の仕立て屋もパン屋も、仲のいいやつらも――アンナがいるから君の相手をしているんだ」

もし泥を掘り進んでいけば、ルーシーの奥底には鋼鉄の歯を持つ妬みがある。

ルーシーは振り向く。絶望を、恥を表に出す。目を細めるところをチャールズには見られまいと視線を落とす。「そのとおりね、チャールズ。どうしていままで気づかなかったのかしら？」

ルーシーは独りで邸宅に戻る。チャールズが押さえた腕を押さえると、痛みは鋭く光を放つ。かつて、同じところを炭坑の扉に嚙みつかれたことがあった。いま、ルーシーは肌をつねってさらに赤くする。アンナの父親が来て追い出されてから初めて、未来がふたたび開くのが見える。数々の可能性が。

傲慢なチャールズは、哀れなルーシー、嫉妬したルーシー、恐れたルーシーが、アンナの耳に話を聞かせてサムを追い出すところしか想像していない。

ルーシーに見えるのは――

襲われた証拠としてルーシーが腕を見せたとたん、アンナはチャールズを遠ざける。よろめき落ちていくチャールズ、足がかりはもう失っている――捨てられるのはチャールズ。心の痛みとともに、ルーシーはアンナの悲嘆ぶりを見守る。しばらくは。じきに、ルーシーが言う冗談にアンナの顔は上がるだろう。あのさざめく笑い声を上げる。アンナとルーシーは列車に乗り、ここから遠くへ、ずっと遠くへ行く。チャールズとサムがいなくなってからかなり経って、アンナとルーシーは二人だけの冒険ができる。そして線路沿いの飼い馴らされた土地がやわになっていて、その美しさが爪を抜かれていたとしても――それで十分だ。

妙なことに、客間の扉は閉まっている。ルーシーは引いて開ける。

二つの体が壁にもたれてもつれている。アンナは痛がっているかのように高い声を上げ、右手にはまだトカゲの頭蓋骨を持っている。サムがアンナのもう片方の腕を摑む様子は、チャールズがルーシーの腕を摑んだときと同じだ。赤みがアンナの腕から、胸に、そして喉にも差している――そして、サムの唇の下にあるアンナの唇にまで。

ルーシーは物音を立てる。

二つの体が離れると、そのあいだに頭蓋骨が落ちる。無傷だが、そこに赤面したアンナが後ずさり、骨を踏み潰したことには気づかない。サムは顔を赤らめない。にやりと笑う。

李《スモモ》

アンナはいつもルーシーを「大事《スウィート》」だと言ってきた。大事な人《スウィートハート》、愛しい人《スウィートピー》、大事な友《スウィート》だち。先週は、ルーシーにその年最初のスモモの木箱を贈った。すっかり熟れて、皮が破れかけたその果物を目にして、ルーシーを吐き気がかすめた。

あざのような、その色合い。

実のところ、子供のころにスモモを集めていたというルーシーの話をアンナは思い出したのだ。だが、それはサムの話だった。甘いものが好きだというのもサムだ。スモモは干して塩漬けにするほうが好きだと説明しようにも、その日はもう手遅れだった。ルーシーは鼻につくその果物を次々に無理やりのみ込んだ。

そのスモモが耐えられずに吐いたことを考えながら、ルーシーはアンナの髪を後ろで押さえる。アンナは切り子ガラスの鉢に腹のなかのものを戻す。サムはチャールズのいる庭園に出されていて、その場にはいない。

「大丈夫だから」ルーシーは言う。

「私のことをひどい女だと思ってるでしょうね」アンナはすすり泣き、撫でてもらおうと頭を上げる。「ごめんなさい」

「アンナのせいじゃない。悪いのはサムなんだから」サムには後で話をするつもりだ。

アンナのすすり泣きは途切れ、さらにひどくなる。「突然どうしちゃったのかしら。あんなにウイスキーを飲むんじゃなかった。ただ……ただ……ルシンダ？　自分がほかの誰かになれたらって思ったりする？」

ルーシーの手が止まる。鋼鉄の歯が心臓をかすめる。またアンナを撫で始める。「いいえ」

「ときどき、あなたになれたらって思うことがある」

ルーシーは舌を噛む。塩の味がする。

「パパの干渉なしであちこち回れるなら、財産の半分を捨ててもいい。あなたはどこに行っても誰も気にかけない。望めば明日、サムと一緒に町から出ていける。あなたは運がいい」

もしサムが独りで行くのでなければ。もし、サムは一緒に行くのを拒むだろうと知っていなければ。それを言おうかと考えるが、庭園でチャールズが掘り出した妬みがまだ噛みついてくる。

ルーシーは言う。「じゃあ交換しましょう。私はあなたの家にいるから、あなたは家出する」

アンナは弱々しく微笑む。鼻をかむ。「あなたの冗談ってほんとうに救われる。馬鹿な真似をしてるのはわかってるの。きっと結婚式のことで神経質になってるだけだと思う。ところで、チャールズはどこ？」

ルーシーは言う。「あなたに話すことがある」

そして話す。三年前の賭場のこと、チャールズの手や、持ちかけられた話のこと。腕についた跡を見せる。穏やかに話し、いくつかの事実は伏せておく――あるときふいにチャールズにキスをされ、一瞬ルーシーもキスを返し、喉のなかの脈動が激しい力で打ちつけてきたこと。友達に傷を負わせたくはない。かすり傷くらいならいいだろう。少しばかり血を出して、アンナの血管には金のほかにも流れているものがあるのだと証明するくらいなら。

トラの噂を耳にするときとは違い、アンナは泣き叫びも息をのみもしない。眉の上に皺が一本入り、そして消える。

「あなたを許してあげる」アンナは言う。

ルーシーは目を見開く。

「人は嫉妬のせいで変なことをするってパパから言われた。チャールズについて嘘をつく必要なんてないのに。大事な人《スウィートハート》、私たちが結婚しても、あなたの場所はちゃんとあるから」

ルーシーの声はすっかり凝固してしまい、ろくに話せない。「私は別に――そんなものは――」

「それにね」アンナはのんきな笑い声をさざめかせる。「あなた相手にチャールズがなにを求めるっていうの？」

ルーシーは金属を味わう。歯は舌を噛んだままだ。

アンナは微笑みかける。

ルーシーが口をきこうが、叫ぼうが、血だらけの舌を敷物に吐き出そうが、アンナは自分の見たいものを見る。トラをペットにするか、眼が美しいガラスのようになった剥製にして、土地の所有権を告げつつ土地を削り取っていく証書のそばに飾るつもりでいるアンナ。従順なルーシーがそばにいることを求めている。列車の三つ目の席、二人と同じ服を着て、二人のココアを飲み、二人のベッドの近くで寝て、夜にはチャールズの指が引っかいてくるのを許しさえする。飼い馴らされた無害なものをアンナは求めている――アンナのトラは、ルーシーのトラとは違う。アンナのチャールズがルーシーのチャールズとは違うように。

アンナがルーシーの物語を相手にしないのは当然だ。チャールズを恐れてなどいない。お付きの男たちと父親の黄金に守られたアンナには手を触れられない。

ルーシーが後ずさっていくと、客間の扉が肩に当たる。ドアノブに手をかける。

「もういいでしょ」アンナは言う。「怒ることなんてないんだから」

ルーシーは自分を見下ろす。白いリネンのドレスは喉のまわりまで囲む流行のつくりになっている。レースが脇腹を固く締めている。背中には三十個のボタン、手助けなしで外すにはゆうに十五分はかかる。なら、いっそのこと。ルーシーは片手を後ろに伸ばし、ありったけの力で引く。引きちぎられ、真珠のボタンは扉に当たって澄んだ音を立てる。

ルーシーは破れたドレスから抜け出る。高いブーツからも抜け出て七センチ半低くなり、スリップ姿で戸口に立っている。すでにひんやりとして、空気もそれほど重くなくなり、見て理解するようアンナを誘っている。もはや同じではなく、もはやアンナの貧しい似姿ではない。スウィートウォーターに来た日のように裸足のルーシー自身だ。

階段を降り、庭園に出る。ルーシーの足が立てるドスドスという音は心臓とぴったり合っている。花が次々に頬に当たり、花粉で息が詰まり、茂みの五本指の葉に引っ張られた髪はだらりとする。もう二度と髪を巻くことはない。**来**《ライ》、サムを探しながら、悪臭を放つ緑のなかに呼びかける。旱魃で植物がすべて根こそぎになればいいのにと思う。乾いた草の誠実さに思い焦がれる。暗闇を抜けてくるその顔は獰猛だ。それからサムはまばたきし、ルーシーの薄汚い格好をじっと見る。

「髪型を変えたのか?」サムは目を細めて尋ねる。「似合ってるよ。昔みたいな感じで」以前のルーシーであれば気色ばんだ。いまはサムの言葉にある気持ちを聞き取る。褒め言葉だ。なにかがカサカサ音を立て、ルーシーは身震いする。「チャールズを見た?」

「ちょっと喋った。逃げてったよ。もうここは飽きたな。出ないか?」

どうにかルーシーは言う。「最後に——アンナにさよならは言いたくない?」

「別にいいかな」サムは立ち去り、声が葉を抜けて広がっていく。「あんなに金持ちなんだから、もっと面白いかと思った。ひどく退屈な女だよ」

ルーシーは激しく笑ったせいでよろめき、サムの片腕に体を当てる。その腕、そのがっしりした背中に体を押しつけ、笑い声は固まってしゃっくりになると、サムの赤いシャツに当たる。かって、二人はそうやって体を寄せ合ってネリーに乗り、世界の半分を見た。用心深くサムは言う。

「なにがそんなにおかしい？」

「知ってたかな」ルーシーはしゃっくりを抑えて言う。「あの子、トラの爪を抜きたいんだって」

「バカだな」サムは鼻を鳴らす。「七代先まで呪われればいいさ。ここはどんな町なんだ？　こいつら知らないのか――」

「――物語を？　ひとつも知らない。私の……下宿屋に帰ろう」

家に帰ろう、とあやうく言うところだった。

戻る途中、サムは誰もいない町の水汲み場で立ち止まる。今夜、いつもいる人混みは散り散りになり、取っ手がキーキー鳴っているだけだ。水のほとばしる音。その水に片手の拳を入れるサムが歯を食いしばって漏らす音。サムの指関節についた濃い色の染みが洗い流されていく。その色――暗いなかでは何色かはわからない。ルーシーはサムの袖の高いところについた小さめの染みに触れる。濡れた指を鼻に持っていくと、つんとした匂いがする。

血だ。

「俺の血じゃない」サムはルーシーを安心させる。「あいつの鼻から血を出しただけだ」

「チャールズとお喋りしたって言ってたのに」

「お前のことをあれこれ言ってた。守ってやったんだ」サムの顎が上がる。「正しいことをやった」

「そんなの――」ルーシーは言いかける。だが、サムは正しいことをした。世界の規則によって曲げられるのではなく、その規則を曲げてみせるサム。町に来て、いるはずのないトラになった。

「鼻を折ってやれたんならいいけど」

サムはその醜さからひるみはしない。ただ言う。「彼女もお前の友達じゃないだろ。どんなに金持ちで可愛くても」

「わかってる」ルーシーは小さな声で言う。

「もっと賢く友達を選べばよかったのに」

「それはもういいから」ルーシーは疲れ切り、濡れた敷石の上にそのまま座り込む。湿り気がスリップを這い上がってくる。両脚を伸ばし、片手で両目を覆って横になる。サムがかがみ、しばらく迷い、それから一緒に横になるのを、見るというよりも感じる。しばらくは静けさがある。

「この土地だと退屈しないか？」サムは言う。ルーシーはこわばる。その棘は、サムが言い足すと質問から抜ける。「寂しくならないのか？」

一日中むっとする暑さだった。いま、かすかに風が動くのがわかる。丘陵の土地に固有の、海岸で生まれた西風。二人は黄色い草地に大の字になって星空を見ているのかもしれない。星空が素晴らしいのは、自分が求める形がなんでもそこに見えることだ。どんな物語でも作れる。そばにいる人が同じふうには見ていないのなら、さらにいい。

ルーシーは上体を起こす。「次の冒険に連れていってほしい」

「きつい旅になるよ」

「五年間休んでたから」

「足がひどくやわに見えるけどな」

「七センチ半底上げしてあるブーツをはいてみれば、そんなこと言えないはず」

「行くんなら……引き返すのは大変だよ」

「どうして？」

するとサムは言う。「海を渡るつもりでいる」


ルーシーの持ち物を取りに下宿屋に着いてみると、黒服の男がひとりポーチを行ったり来たりしている。

あの人たちは無視して。ルーシーが初めてお付きの男たちを見て固まってしまったとき、アンナは言った。**パパとお友達が用心のために雇ってるけれど、あなたを傷つけるつもりはないから。誰も傷つけるつもりはないの――少なくとも善い人たちのことは。この人たちがやったのってせいぜい、酔っぱらいを押しのけるとか、借金をした人に返してもらえるように頼んだくらい。使い走りに箔がついただけ。ほら、見てて。お茶を持ってきてって頼むから。**そしてアンナが笑ったので、ルーシーも笑った。

ルーシーにとって、その無言の男たちは噂される銃と同じように目に見えない存在になった。確かに、威嚇する以上のことは目にしなかった。だが、いま目の前にいる男はどこか違う――そして思い当たる。命令を下すアンナなしでお付きの男を見るのは初めてだ。物がないのに影だけがあるような薄気味悪さ。

男は振り向く。サムは角のところでルーシーを引き戻し、しっかり口に手を当てる。

「なにかの誤解のはず」ルーシーはささやき、ごまかそうとする。「アンナがこんなこと――なにかの間違いだから。伝言を持ってよこしたんじゃないかな」**使い走り**。「話してみる」

サムは静かな、馴染みのない言葉を次々に吐き出す。最後の悪態しかルーシーにはわからない。

「笨蛋《ベンダン》。あいつはアンナがよこしたんじゃない」

それは違う、とルーシーは口を開きかける。すると、耳に入ってくる。その男の足音。寸分の狂いもない、容赦のない速さ。ずっと葬られてきた心の一部がむくりと目覚めて言う。**狩りだ**。

サムの袖の、洗っても落ちなかった血を見る。「チャールズがよこしたってこと？」

サムがさっと向ける目つきを、ルーシーは知っている。別の人生で、その同じ目つきをサムに向けたことがある。苛立たしい子供に向ける目つき。

「これは痴話喧嘩じゃない」サムは言う。「あいつは俺を狙ってる」

いま、恐怖が全力でルーシーをかき鳴らす。風に乗って吹き込んできた、かつての世界のかけら。あの危険なかけら。

「でもどうして――」

「俺に金の貸しがあると思ってる」

お付きの男は借金の取り立てに行くこともあるとアンナは言っていた。ルーシーは安心する。

「それだけ？　じゃあ返せばいい。私にもいくらか貯金は――」

「**違う**」サムは唸り、ルーシーはたじろぐ。振りかぶった拳のように、その声のなかでとぐろを巻く苛烈さ。初めて、サムが夕食のときに語ったことをルーシーは心から信じる。カウボーイの、登山者の、金鉱夫のサムが見える。彼女が知らなかった、強くなった男が。「借りなんてなにもない。それは気にするな。俺が独りで町を出ていけば、お前は安全だ」

「でも、どうして？」ルーシーはひたすら尋ねてもいいが、それは虚しい。あのなつかしい強情さがサムの顎を固くする。歳月が経っても変わらない。幼く、ふっくらしていたときでも、サムは沈黙を守り通した。

ルーシーの目はサムの腫れた指関節に向けられる。それがサムの勇気の印だ。今夜、なにかが変わり、もう元に戻すことはできない。サムの手の傷、チャールズの鼻の血、アンナ。風が尋ねてくるように思える——ルーシーの勇気はどこにある？

心臓が重い音で打つが、サムには聞こえない。ルーシーは練習してきた微笑みを見せる。弾む巻き髪があるかのように、頭をさっと後ろに動かす。「安全なんて気にすると思う？　この町は安全なのに、このありさまだし。私も行く」

「わかってないな。楽しい旅じゃないぞ。これは——」

「冒険なんでしょ。それに、借金をした人を入れる牢獄にあんたが放り込まれたら、誰かが脱獄させてあげなきゃ」

それは冗談のつもりだったが、サムの目つきは遠いまま、お付きの男を追っている。男が繰り返す動きはしだいに角に近づいてくる。サムはいまにも飛び出しそうだ。

「お願い」ルーシーは言う。「ばかみたいな借金なんてどうでもいい。どうしてもって言うんなら、そのことはなにも訊かない。行こうよ」

「持ち物はどうするんだ？」

「ただの物だし」口にして、実際そうなのだとルーシーは悟る。アンナの敷物の上に飛び散った三十個の真珠のボタンのことを考える。扉にボタンが当たる音が、かぎ爪が優しく当たる音のようだったこと。「なにがあれば、家族は家族になる？」

少なくとも、それでサムは笑顔になるだろうとルーシーは思ったのだ。

もう安全なくらいスウィートウォーターから離れると、いったん止まろうとサムは言う。夜通し、朝になってもずっと、二人は旅をしてきた。サムが予測したとおり、ルーシーの足はまめだらけになる。目は砂埃だらけだ。うとうとしかけ、羽毛のベッドのことを考える。休息と、ちょっとした食べ物がほしい。だが、サムはたどってきた小川のほとりにしゃがみ、泥に両手を沈み込ませる。

「戦化粧をしている場合じゃないよ」泥がサムの頬にたっぷり塗り込まれると、ルーシーは言う。

「俺たちの匂いを消すためだ。犬がいた場合に備えて」

ルーシーが暗闇のなか下した決断に、いまは朝日がかかっている。素早い雲がいくつも頭上を駆けていく。空を縮こませる建物がないと、ルーシーは恐ろしいほど剥き出しだ。ここは額縁から自由になり、証書から放たれた土地であり、笛を吹くような音を立て、巨大で、抑えようがない。ルーシーは風と天候のなすがままだ。もはや、昨晩感じたように勇敢でも野生でもなく、ちっぽけで、日光でぼうっとなり、疲れ、腹を空かせている。サムの後ろをこそこそ歩く。サムの大股の歩みはスウィートウォーターを後にすると緩んでいる。

五年間、ルーシーは自分が葬られていくに任せた。スウィートウォーターのゆったりした暮しのなかに沈んでいった。ラバが流砂につかまり、愚かさゆえに溺れかけるまで気づかないように。一方のサムは、放浪し、よりサムらしくなっていった。逃げるための方法、生き延びる方法、犬から逃れる方法、二人に悪意を持つ者を見抜く方法を学んでいた。

「引き返してもいいぞ」サムは言う。

ルーシーは睨みつける。両手を泥のなかに叩きつける。炭坑の土地の水のような馴染みの匂いに覆われる。かつて、ルーシーは文句を言いつつそれを飲んだ。いまは息を深く吸うようにする。進んでこの泥を選んでいるのだ。この生活を選んでいるように。もはや、もっと厳しい真実を避けることはできない。

ルーシーは尋ねる。「ほんとうに、あの銀行員はわざと外したの？」

「わざとじゃなかった」

「どうして嘘を？」

「話せば置いていかれると思った」

今度は、ルーシーが「ごめん」と言う番だ。言葉だけでは不十分に思える。下宿屋でサムがしたことを思い出し、手を差し出す。「相棒だよな？」

冗談半分の言葉だが、大人になったサムの顔はおごそかだ。サムはルーシーの手を越えて手首を掴み、指で脈を探り当てる。ルーシーもサムの脈を探り当てる。互いの血が平穏になり、互いの鼓動が合うまで、ルーシーは待つ。二人はやり直そうとしている。

「もう置いていかないと約束する」ルーシーは言う。

「いまならわかる。ただ――」サムはごくりと唾を飲む。「お前も逃げていくんだと思ってた。そっくりだから」

「誰に？」風はぴくりとも動かないが、ルーシーの頭のなかで息をのむような奇妙な音が鳴る。両手足が冷たくなる。サムの手を離す。

「ずっと前に話そうとした。川のほとりで。爸が教えてくれたし、そろそろ知っていいと思う。媽は俺たちを置いていった」

ルーシーは笑い声を上げる。のんきな笑い声にはできない。こみ上げてくるのは子供のころのハハハ、ひびの入った暑さの音だ。サムは話し出すが、ルーシーは手で両耳を覆って下流に歩いていく。


独り、川に石を放り込む。疲れて手を止めると、静まった水に映る自分の顔を見てはっとする。媽に似ている。

嵐の後の爸が歩く屍だということは、何年もわかっていた。いまなら、ウイスキーと同じくらい確実に、肺に入った炭塵と同じくらい確実に、なにが爸を殺したのかがわかる。媽につけられた傷が、三年をかけて膿《う》んでいったのだ。

「ごめん」ルーシーは言う。それが聞こえるのだとしても、爸の幽霊は黙ったままだ。**美しさは武器だから、**と媽は言っていた。**恩を着せられないこと、**と媽は言っていた。**私の賢い子、**と媽は言っていた。**選ぶ道がたくさんあるほうがいい、**と媽は言っていた。家族を分割するように、金を分割した媽。その乳房のあいだに隠されていた小袋を、ルーシーは思い出す。ジャッカルたちが手をつけたときには空だった。だが、いつも空だったわけではない。

鈍く、愚かで、八年遅れて、ジャッカルたちが来た夜に媽が小袋からハンカチを取り出した手つきのことをルーシーは考える。媽がそのハンカチを口に当てていたこと。媽の頬が片方だけ腫れていたこと、その夜はそれきり口を開かなかったこと。そして、腫れがすぐに引いたこと――小さな卵ほどの腫れ、そこに物を隠す知恵のある女の頬にしまい込まれた金塊ほどの大きさの腫れ。ジャッカルたちが見つけられずじまいだったルーシーの金塊は、切符一枚分を超えるものだった。

何年もずっと、ルーシーは媽の愛を辛いことに対する呪文のように抱えていた。いま、それは重荷に変わった。サムが真実をいくつか言わずにいるのも無理はない。ルーシーは両膝のあいだに頭を沈める。どうして、いまになってサムは話したのか。

耳と耳のあいだで轟々《ごうごう》と血が流れる音を聞き、頭を重く垂れていると、媽のトランクのことを思い出す。サムが自力でネリーに載せたときの、あの重さ。サムもまた、爸の愛という重荷を背負ったのだ――そしてその日、ルーシーはそれを背負う手伝いをしなかった。手伝ってやるべきだった。しっかり踏ん張り、留まるべきだった――その日も、五年前の川の土手でのあの日も、そして今日も。いつも、サムと一緒にいるべきだった。ルーシーは立ち上がる。最後の石を川に投げ入れ、あの姿を切れ切れにする。ただの水だ。来た道を走って戻る。

あやうく手遅れになる。サムは野営地の荷物をまとめている。

「てっきり――」サムは言う。昔の非難、昔の罪悪感と昔の秘密、立ち上がる昔の幽霊たち。どうやってそれを葬ればいいのか。

ルーシーはサムの荷物からナイフを抜く。髪を切ってほしいとサムに頼む。

サムに後ろに立ってもらい、膝をつくと、ルーシーは怖くなる。ナイフが怖いのではない――自分が怖い。ここ数年で、針金のようだった髪はついに、媽が言っていたようにすべすべになった。もし、自分も媽のように自惚れ屋だとわかったら？　媽のように自分勝手だったら？

ルーシーは見ずにすむように目を閉じる。髪の塊がいくつも落ちていくと、首のところがぽっかりと空く。軽やかさ。

すると見えてくる。爸が追い求めた世界と、媽が望んだ世界のあいだに、ひとつの場所がある。爸の世界はもう失われていて、それと比べれば現在も未来も霞《かす》むほかなかった。媽の世界はあまりに狭く、ひとりしか入れなかった。ルーシーとサムが一緒に着けるかもしれない場所。新しいと言っていい土地。

サムは途中で手を止める。「やめようか？　もう見えない」

完全な暗闇。ジャッカルの時刻、不確かさの時刻はもう過ぎた。いまの時刻はどの動物のものか、ルーシーは思い出せない。

「そのまま続けて」

サムがやり終えると、ルーシーは立ち上がる。頭から大きな重みが消えた。かつての髪の最後が、膝からずるずる落ちる。ルーシーは思い出す。いまはヘビの時刻だ。髪は地面でぐったりねじれ、思っていたような大事なものではない。ルーシーは髪を蹴ろうとする。サムが押し止める。

サムは掘り始める。

どういうことか悟ると、ルーシーも加わる。媽は間違ってはいなかったし、正しくもなかった。美しさは武器だ。それを使う者の首を絞めることもできる。サムには裏目に出た。ルーシーにも裏目に出た。媽が娘たち両方に受け渡そうとした輝く髪を、二人は掘った墓のなかに横たえる。二人で土を固める前に、サムは銀のかけらをひとつ落とす。

ルーシーは早くに目を覚ます。片手をさっと頭に当てる。そろそろと小川に近づく。髪は耳の下三センチまで切られ、同じ長さで一周している。男の髪型でも、女の髪型でもない。

女の子の髪型ですらない。上下逆さまにひっくり返した鉢のようだ。五歳になるまでのルーシーとサムは、女の子の編んだ髪になる前はその髪型だった。

微笑む。映ったルーシーが微笑み返す。顔の形が変わり、顎はより強く見える。まだ両性具有で、この先なににでもなれる子供の髪型だ。サムが言っていたことがわかる。

新しい髪を揺らし、ルーシーは朝食の支度を始める。サムの荷物には肉と、ジャガイモと、干したベリーがある。飴が何本か。そして驚きが二つ。

一つ目は拳銃だ。爸の拳銃とそっくりで、ルーシーはどうにか落とさずに持つ。それが自分の手のひらにすっぽり収まり、ひんやりして静かなことが驚きだ。ルーシーはそっと戻す。

二つ目のものを、ルーシーは調理する。

サムは馬用の燕麦で作ったお粥に片眉を吊り上げるが、文句は言わない。二人は味のないどろどろの塊を渡し合う。

「海の向こうにある土地のことを、また考えてた」食べ終わるとルーシーは言う。「なにがあれば、家は家になる？　私が夢を見れる話をして」

もしルーシーが博打打ちなら、二人の血はいま同じ脈拍になっていると賭けるだろう。

「山がある」サムは躊躇いがちに言う。「このへんの山とは違う。これから行く土地の山はどこも穏やかな緑で、古くて霧に包まれてる。まわりの街にはどこも、赤く低い壁がある」

サムの声は上がり、浮き浮きする。まるで、それまでは壁しかなかった部屋に窓がいくつも開けられたかのように。かつて、アンナは父親が送ってきた楽器をルーシーに見せたことがあった。

手元は細く、先端は開いて花になる管。それに沿って栓や穴がある。ルーシーが吹くと最初に出てきたのは、列車のように軋る耳障りな音だった。だが、アンナが栓をいくつかいじり、詰まっていた埃を抜き取ると、二回目の音は高く澄んで歌っていた。サムの声もそうだ。その声は開く。

「そこではガラスじゃなくて紙でランタンを作るんだ。だから、通りの明かりはいつも赤みがかっている。男も髪を長く編んでいる。バッファローもいるけど、こっちのよりも小さくて馴らされていて、水を運ぶのに使われてる。それから、トラもいる。俺たちのトラとまったく同じだ」

語るサムは高く優しい声だ。五年間のざらざらした砂埃から、子供が姿を見せている。

「どうして隠すの？」ルーシーは言う。

サムは咳をする。バンダナを強く引く。また低くしわがれた声に戻って言う。「これが俺の声なんだ。じゃないと男たちから相手にされない」

「でも、もったいない。別に自分を隠さなくても——男がみんなそうなわけじゃないし、なかには人がいい男だって——」

「人のいい男なんていない」

「一緒に旅をした男の人たちは？　カウボーイとか、冒険家とか、二人で会ったあの山の男は？」

「あいつもだめだ。事情を知ったとたんだめになった」

「サム？」

「チャールズがお前にしたがったことを、あいつはやった」サムは肩をすくめる。「男たちが女の子にすることを。もう勘違いはさせない」

ルーシーは山の男の飢えを思い出す。体を刺してくるようなあの目つき。サムの肩に触れる。だが、サムが新しい土地について語るときにどんな窓が開いていたのだとしても、もうそれは固く閉じられてしまった。ほんのかすかな身震いがサムの体を走るが、それは跳び上がって朝食の用意を片付けるサムの動きで隠される。

「まあ、どうでもいい」サムは言い、派手にガランと音を立ててフライパンを置く。「俺たちは遠くに行くんだ。何年もあちこちの地域を巡って落ち着こうとしてきたけど、ぴったりの場所はどこにもなかった。どうしてなのか、ようやくわかった。俺たちのものだっていう土地が向いてるんだ。しじゅう肩越しに振り返らなきゃいけない土地とか、盗んだ土地とか、本来はバッファローやインディアンのものだった土地とか、使い尽くされた土地なんかじゃない。今回は、俺たちが買っても誰にも文句を言われない土地に行く」

サムは赤いシャツのボタンを二、三個外す。幅の狭い胸に巻いた包帯がちらりとのぞく――それから、財布を取り出す。振って中身を空ける。

サムの秘密は、一家みんなの秘密と同じように、黄金だ。

スウィートウォーターでサムが支払いに使ったのに似た薄片がある。ルーシーが何年も前に見つけたのと同じくらいの大きさの塊が二個。そして、その中間のあらゆる大きさ。サムは切符二枚分より多くを持っている。ほとんどの人には、この金は幸運そのものに見えるだろう。ルーシーは尻込みする。幸運などではないと知っている。

「サム、どこで手に入れたの？」

「言っただろ。働いた」

だが、二人は人生の半分を働いてきた。二人の体にはその印がまだついている。たこ、石炭の紺色の斑点。痛み。それが人生の半分を働いて得たものだ。

「サム、もう質問はなしって言ったけど、これは――私はちゃんと――」

サムは目を逸らす。違う――サムはひるむ。まるで、ルーシーの言葉に殴られたかのように。山の男の話が出たときに始まった震えはまだ終わっていなかった。服は違っても、そのときのサムはかつてなく媽に似ている。目には見えない川が地下でさらさらと流れているような、力強さの下に流れる悲しみ。これまでの質問で、もう十分傷つけてきたのではないか。ルーシーは舌を嚙む。いま、サムの体を見ると、どんなに背丈があっても目に入るのは傷つきやすさだけだ。やわな喉を隠すバンダナ。秘密のポケットの上にはいたズボン、暑くてもボタンをすべて留めたシャツ。布でしか隠されていないサムは、いかにも危うい。

そこでルーシーは黙っていることにする。二人で出発するころにはまた、サムの両手はしっかりしている。二人はその質問を葬って置いていく。ほかの二つの墓も置いていくように。どのみち大した違いはないはずだ。二人が離れていき、この土地も、どうやって出てきたのかという物語も、ただの過去にしてしまえば。

金

西へ行くのはこれが最後だ。同じ山々、同じ峠道。

それからは、丘陵、丘陵。

二人は自分たちの旅路を逆にたどる。金の採鉱場所、炭坑。同じだが別のものになっている。

二人もまた、同じだが別のものになっている。

古い場所には壊れたビーズのように草が散らかっている。前回より速く旅をする。二人が置いてきたもののせいかもしれない。二人の脚が長くなったせいかもしれない。自分たちがいたいと思う土地に向かって駆けているせいかもしれない。なにがあれば、家は家になるのか。骨、草、暑さで縁が白く色褪せた空。馴染みがあるが、馴染みがない。まるで、昔むかし読んだ古い本をめくってみると、ページの順番が乱されていて、日光と歳月で色が溶けてしまい、物語が記憶とは違っているかのように。だから、迎える朝はどれも知っていると同時に驚きでもある。煙を上げる炭坑、十字路とぶらぶらする男の子二人だけの街、白い骨、すべて灰になってトラの足跡が固まった土に残った町、また別の十字路と背丈の違う女の子二人、詰まった小川、また別の十字路、溜め息をつく草地にある盛り土、黒くなっても流れている小川、歌う草地にあってなにかが埋まっていそうな盛り土、裂かれた土地を野草が覆う炭坑、また別の十字路、また別の酒場、別の朝、別の夜、二人の細めた目に汗が刺さる別の真昼、また別の十字路、別の夕暮れにむせび泣く草地でなにかが埋まっていそうだが印がない盛り土を吹き抜けていく風のささやき、別の十字路、また別の十字路、金、草、草、草、金、草、金――

より速く旅ができるのは、サムが馬を二頭盗むからかもしれない。一頭は姉、もう一頭は弟と名付けられる。サムは交易所に威勢よく入り、出てくる。馬に半日乗ったところで、ルーシーはサムの財布の膨らみが変わっていないことに気づく。

「もう俺たちの馬だ」サムは走って生じる風越しに前から声をかけてくる。「代金はもう払った」

ルーシーは次々に悪態を口にする。草はそれをのみ込み、頷いて同意する。サムが言いたいことはわかる。恩を着せられるわけにはいかない。これ以上、法からは外れようがない。なにがなんでも二人に牙を突き立てようと身をよじる、不実な法。サムがずっとしてきたように、自分たちで掟を作るほうがいい。なんといっても、二人は出ていくのだ。

金　草　金　草　金　草　金　草　金

より速く旅ができるのは、追っ手から逃げているせいかもしれない。地平線のあたりで乾いた熱が震え、まるで飛び立とうとしているかのようだ。日光で目が眩み、短くなった髪が頬を叩く。

ルーシーはさまざまな形を目にするが、そのすべてが現実なわけではない。目の片隅には——幌馬車？　手を振っている人？　暗い人影？　正面から見てみると、なにもない。サムはずっと拳銃に片手を当て、黒服の借金取りはいないかと目を凝らす。二人は旅をするインディアンたちと二度出くわし、サムは馬から下りて話しかけ、追われた彼らも目を光らせているのだと知る。ルーシーは嫣なら絶対にしなかっただろうことをする。恥ずかしげに挨拶し、サムにならって貧相な食べ物を分ける。ひとつだけのシチュー鍋に突っ込まれる彼らの手は確かに埃だらけで、確かに荒れているが、最初はひるむルーシーもじきに、自分の手もさしてきれいではないと気づく。彼らのぐったりした顔には、馴染みの疲労と希望が浮かんでいる。ルーシーは食べる。

自分とサムの二人しかいないのに、遊んでいる子供たちの高い声が風に乗って聞こえてくることもある。なにがあれば、亡霊は亡霊になるのか。人は自分自身に取り憑かれたりするのだろうか。

金　草　金　草　金　草　金　草

より速く旅ができるのは、サムが焚き火のそばで語る物語のせいかもしれない、もう、すらすらとは出てこない——冒険の物語は夜ごとに皮が剝けていく。サムが語る南の砂漠では、オオトカゲにひと咬みされた傷が膿んだ男が、数週間経った亡骸のように黒ずんで死んだ。男たちは見つけたインディアンの古代都市を略奪し、壺を叩き割って墓に小便をかけたが、崖の割れ目でサムが見つけた白い花は夜に咲き、その匂いで野営地は目を覚ました。北では寒波が襲ってきて、牛の半分は立ったまま凍ってしまい、視界が利かない雪のなかで何人かの男は正気を失って真っ裸で外に走り出し、何人かは吹き溜まりに美しい形を描き、何人かはサムを〝**チンク**〟と呼んだ。サムが金鉱主たちのために働くことはもっと稀だったが、その話ではサムは丘陵を吹き飛ばして埃にする武器で採掘する方法を学び、黒や茶や赤の男女と友達になり、彼らの部族や土地の名前を学んだ。だが、そうした金の話をするサムは顔が暗くなり、ダイナマイトの轟音を恐れているかのように視線はあちこちに飛び、そのうち声が消えていってウイスキーをぐいとあおる。

金　草　金　草　金　草　金

より速く旅ができるのは、ルーシーが覚えているよりも二人が似ているせいかもしれない。同じだが、別のものになっている。ルーシーがスカートを破いてしまう日、サムは銃よりも素早く針を抜く。バンダナをサムの喉に留め、シャツのボタンが飛んでしまわないようにしている針仕事に、ルーシーは惚れ惚れする。サムはスカートを軽蔑してはいても、丁寧に縫いつける。針を引っ張るたびに、**人からの扱いは見た目で決まるから、**と言っているかのように。一方のルーシーは狩りのやり方を学ぶ。恥も周囲の目もなくなってスリップを高くたくし上げ、ウサギやリスや明るい斑模様のあるヤマウズラを追う。何度か、サムの予備のズボンをはく。それなりに速く走れば、かつて川に浮かんでいたときのように、自分の重みを捨て去ることができる。二人はたっぷり獲物を捕まえ、赤身の肉だけを食べ、痩せた肉はジャッカルのために置いていく。感謝の遠吠えが後ろで巻く。

二人とも、ゆっくりと、海の向こうで送るつもりの人生について話す。自分たちの夢をテーブルに広げる当初は用心深く、ポーカーのプレイヤーたちが長いゲームの終わりに自分のカードを見せるときのようにおどおどしている。ルーシーは風と草しか話し相手のいない自分たちの土地に留まるつもりでいる。サムは混み合った通りに出ていき、魚を味わい、商人たち相手に値切ってみたいと思う。**もう人の目はうんざりじゃないの？　でも、向こうじゃ人は目を向けてくるだけじゃなくて、ちゃんと見てくれるんだ。**

金　草　金　草　金　草

より速く旅ができるのは、サムが時間潰しに賭けの遊びを教えるせいかもしれない。ルーシーは心配になるべきだ――サムは富を運任せにしたがるのだから。だが、昔からの恐れは脇に置いておく。ポーカーやチェッカーを学び、カードを体の近くに持って前のめりになることで、テーブルの向かいにいる男が彼女のはったりではなく胸を見るように仕向けるやり方も学ぶ。

金　草　金　草　金

より速く旅ができるのは、あのバッファローのせいかもしれない。二人が馬に乗っていると、次の瞬間には光が半分消えている。二人は影から顔を上げる。すると、そこにいる。まるで、丘陵のかけらがひとつ動き出し、近づいてきたかのように。二人のどちらも息をしていないのだろうか。風すらもじっと動かない。毛皮の頂上が金色になり、茶色の体が金で縁取られた、太古の存在。そのひづめはルーシーの手よりも広い。ルーシーは自分の手を上げて比べてみる。上げたまま挨拶にする。するとそのバッファローは動いている。草の甘い息を吐き、毛皮がルーシーの手のひらをかすめる。そばではサムも片手を上げている。バッファローは過ぎていき、同じ色と形をした丘陵にまた溶け込んでいく。**もう死に絶えたんだと思ってた。私も。**

金　草　金　草

より速く旅ができるのは、より馴染みのある土地になっていき、毎朝の丘陵の形がルーシーの夢に出てくる形と近くなるせいかもしれない。ある日、二人が街道に出ると、腹を拳で殴られるような力で、ルーシーには曲がり角の先にあるものがわかる。露出した岩、日陰に生える野生のニンニク、かつて死んだヘビを見つけた小川の屈曲部。

ルーシーは馬から下り、サムには悪態をついて汗をかきつつ徒歩でついてこさせ、丘の頂上に行く。上を見るようサムに言う。雲が二人を中心として回り始める。かつてルーシーは、迷子になることへの恐れを抱いたときに上を見ることを教わった。だがいまは、サムに美を探すよう教える。サムのせっかちな気持ちが畏怖に変わると、土地も変わる。同じだが、別のものになっている。

金　草　金

より速く旅ができるのは、ルーシーが愛に似た悲しみを感じるせいかもしれない。あたりの乾いた黄色い草の丘陵が生んだものといえば、痛みと汗と行き場のない希望だけだ——だが、その丘陵の土地をルーシーは知っている。自分の一部はそこに埋められ、自分の一部はそこに失われ、自分の一部はそこで見つかり、生まれた。自分の多くはこの土地のものだ。占い杖が強く引くような胸の疼き。海の向こうの人々は二人に似ているだろうが、ここの丘陵の形も、草のざわめきも、泥っぽい水の味も知ることはない——目や鼻が外側で彼女を形作るように、内側でルーシーを形作るすべてを。より速く旅ができるのは、この土地を失うことをルーシーがすでに悼《いた》んでいるせいかもしれない。
だが、彼女にはサムがいる。

金　草

より速く旅ができるのは、サムの不安が二人を急き立てるせいかもしれない。二つの顔を持つサム。大胆で、満面の笑みを浮かべている。かと思えばそわそわして、唇を固く結び、あたりをうかがう。このもうひとりのサムはルーシーを見つめ、口を開いては閉じる。まるで、入るのが怖い部屋の扉を男が躊躇いがちに押すかのように。**トラに舌を取られたとか？　なんでもない。**もうひとりのサムは、ほんのわずかな草の音、夜に馬が体を落ち着けるどさりという音にびくっとする。そのサムはほとんど眠らず、上体を起こして寝る。酒場に入っても目を見開いて飛び出し、奥にいる太って禿げた無害そうな男がどこかおかしいと言う。ルーシーは尋ねてみようと心に誓う。ただし後で、言葉がそれほど危険ではなくサムをぐらつかせてしまわないときに。どうしてそこまで用心して生きているのか。だが、それは二人で船に乗り、まわりに海原が広がるときまで待ってもいい。そうなれば、新しい言語、二人を傷つけたことのない言葉を学ぶ時間はいくらでもある。

金

塩

西の果て。ここが。海に拳をめり込ませる土地の上に男たちが作った町は大きく、**都**と呼ぶ人もいる。

ルーシーが見てきたどんな土地とも違う。霧が二人を迎え、渦巻いてぼやけさせ、海岸を湿った灰色の夢に変える。柔らかくもあり、固くもある。野草、風で曲がったイトスギ、足の下の小石や頭上のカモメ。そして轟く音を、ルーシーは最初は獣の吠え声と聞き間違える——そのうちサムが、それは崖に当たる波の音だと言う。

この地がどんな地とも違うのなら、水もどんな水とも違っている。サムは濡れた縁までルーシーを連れていく。歩いて砂地を横切る。灰色の海。霧に蓋をされていると醜い。目を凝らしてみれば、青色、ちょっとした緑色、遠くの日光のきらめきが見える。たいていは、水は美に関心を示さない。たいていは荒れ狂い、崖が崩れるまで打ちつけ、軽率な動物たちを沈めて死に至らせる。その水は埠頭の支柱を蝕み、その木を曲げてひざまずかせる。その水は映し出さない。水はそれ自体であり、水平線まで広がっている。

霧がルーシーの口を満たす。ルーシーは舐め、もう一度舐める。塩の味。

「いままでずっと」サムに言う。「いままでずっと、自分の居場所は**スウィート**ウォーターにあるんだと思ってた」

後になって、西の果てで暮らすのがどれほどきついのかをルーシーは知ることになる。海が命を奪うこともあれば、灯台の光を隠す霧が命を奪うこともある。たいていの場合、命取りなのはこの街に七つある丘であり、数年おきに、犬がノミを振り落とすように震えて家を弾き飛ばす。後になって、海の泡のなかにはバッファローの骨よりも多くの骨があることをルーシーは知る。後になって、霧が晴れると鋭くくっきりした光が射すことを知る。


街に近づくにつれて、サムはそわそわするばかりだった。焦る気持ちで二人は早く着いていた。船は明日の正午まで出港しない。

その日の残りが二人の前に広がっている。霧のなかからランプが輝き、ルーシーはこの街についてサムが語ってくれたことを考える。大邸宅のような賭場、男が女装して女が男装して音楽が変身となる見世物。そして食べ物。

「時間の余裕はある」ルーシーは言う。「なにか食べに行こう」

サムは眉をひそめる。次には、気をつけて目立たないようにしようと言い出すだろう。

「行こうよ」ルーシーは説き伏せる。「今日ずっと暗い片隅で隠れてるなんてもったいない。それに、この霧のなかなら見つかりっこない」片腕を伸ばして実演する。手の先がかすむ。「ね？あの海産物のシチューをちょっと食べてみない？　温かい食べ物がいい。それか温かいお風呂か」

「ほんとうに風呂に入りたいか？」

よりによって、風呂でサムの心が揺れるとは思っていなかった。街道沿いでは泥っぽい小川で水浴びをしていたし、サムはいつも数秒水に入るだけで終わりにしていた。サムは濡れるのを恐れているかのように水浴びをした。服を脱いだ姿すら、ルーシーは一度も見なかった。

ルーシーは頷く。その短い質問の下には別の質問があるのだと察する。塩のように鋭い、宙にある秘密。

「やめたほうがいい」サムは言う。切望のようなものがサムの顔を突き破ってくる。街道でもっと速く、もっと激しく二人を急き立てていくにつれて見せなくなった優しさ。「でも――」

「休んでもいいと思う」ルーシーは言い、サムの腕に触れる。

サムは頭をがくんと動かす。頷くのとは違う。それから、サムは馬の向きをぐるりと変え、谷を下っていく。そこは霧が濃く、湯気を立てる牛乳の鉢のように見える。ルーシーは慌ててついていく。

霧が二人を包む。髪を抜けていく風の湿った指。低い世界はざわめき、古い夢のように途切れとぎれにみずからを思い出す。５７１と印のついた家、ビー玉がひとつ光る木の幹、青い壁を背にして並ぶ黄色い花。ひび割れた扉。腹を空かせた猫の鳴き声。御者が体を折って眠ったまま客を待つ馬車。明かりのついた窓の上の水滴。逃げていく子供の片方の足首。

サムが止まる。前にある赤い建物は長く、端は霧のなかに消えている。窓はなく、特徴といえば高い扉が一枚あるだけの、不思議な建物。サムはルーシーのほうを向く。目を細めてはいない。せがんでいる。

「お前が頼んだんだからな」サムが言うと、扉が開く。

後になって、ルーシーはその最初の光景を思い出そうとするだろう。その赤い家がどれほど豪華で、どれほど果てしなく見えたのかを。黒い色合いの木材、カーテンや絨毯《じゅうたん》、光が天井に届かないほど低く置かれた蠟燭。建物の外側が霧のなかに消えているように、建物の内側は影のなかに消えている。部屋のなかはさらさらと音がするが、窓はどこにもない。

その代わり、女の子たちがいる。

反対側の壁に女の子が七人並んでいる。それぞれがペンキを塗った四角を背に立っている。絵本に出てくる、金めっきの額に入ったお姫様の絵のようだ。それにドレス——

ルーシーは近寄る。そんなドレスを見るのは初めてだ。アンナが東から取り寄せた雑誌にも載っていなかった。そのドレスは、歩いたり走ったり馬に乗ったり、さらには座ったり暖かくしたりすることを目指してはいない。美だけを目指している。一番近くにいる女の子は、ルーシーの歴史の本から出てきたのだとしてもおかしくない。まじめくさった絵に解説がついている。**最後のインディアンの姫**。この女の子も同じようにまじめくさって、同じように牝鹿のような目で、同じように獰猛な頰と黒い髪をしている。羽毛と一緒に身に纏っている鹿の毛皮はバターのようで、ルーシーの指は触れたくて疼く。

部屋に立ち込める匂いは苦く甘い。黒服で固めた女がひとり、さっと二人に近づいてくるとその匂いは深まる。その女は体を低くしてサムの片頰にキスをする。長身で、長いスカートは横に伸びているからだ。ここでは、その女の輪郭を見つけることはできない。この建物のなか、この女のまわりでは、永遠のジャッカルの時刻。

「サマンサ」女は言う。ルーシーには意外なことに、サムは嫌な顔をしない。二人は頭をこっそり寄せ合う。そのまま立ち去り、独り残されたルーシーは女の子たちをじっくり眺める。

インディアンの姫の隣にいる女の子は、南にかけての砂漠出身で肌が浅黒い牛飼い《バケーロ》のような見た目だ。刺繡の入った白いドレスは小さな腰から膨らんでいる。布地の上に茶色い肌が見える。その隣の子は白い金髪で、目はウサギのようなピンク色だ。その子のドレスはルーシーのスリップよりも薄く、あまりの薄さにルーシーは赤面する。隣の子は壁よりも黒く、青みがかった肌の輝きを見せている。喉元に金の輪が重ねられ、誇り高い柱になっている。隣の子は小麦色の豊かな髪を二つに編み、頰はピンク色のリンゴ、目はコマドリの卵で、足元には牛乳を入れる手桶がひとつ置いてある。誰ひとり動かない。小さく胸が膨らむ動きがなければ彫像かもしれない。そしてその隣は――

「可愛いでしょう?」長身の女がルーシーのそばに歩み出て言う。「みんな、お客さんのために回転してあげて」

七つのスカートが広がるが、顔はどれも動かない。

「この子たちを見て思い浮かぶものは？」女は尋ねる。

どこか横柄なその口調に、ルーシーは答える。女の匂いのせいかもしれない。ルーシーは女に、媽の本にあったお話、お姫様たちの絵のことを言う。

「サマンサが約束していたとおり賢いね。私はエルスケ。あなたもお相伴《しょうばん》していく？」

「お風呂に入りたくて」ルーシーは言う。

エルスケの微笑みは薄切りするほど細い。誰でも好きな女の子を選んでいいとルーシーに言う。女の子たちはもう一度くるりと回転する。払えるかぎりは時間を使っていい。

それでルーシーも合点がいく。この店は豪華に見えるかもしれないが、スウィートウォーターの酒場の上にあり、ベッドの軋む音が列車の汽笛と混じり合っていた部屋となにも変わらない。暗さでルーシーの赤面は隠れる。ルーシーが下がっていると、サムはまたエルスケと話し合い、女の子をひとり上の階に連れていく。サムは今度は振り返らず、それをルーシーはありがたく思う。

ルーシーはうとうとしながら待つ。カタンという音で目を覚ます。食べ物を載せたトレーを女の子が置いたのだ。パン、干し肉。それから鉢に入った葉の上にある見慣れないオレンジ色の花は、ルーシーの歯のあいだでぼりぼり音を立てる。

甘く、木のよう。彫った人参だ。

何年も前、ルーシーは水を煮沸し、サムの体から具合の悪さをすすぎ落とそうとした。それでも、ズボンのなかにある人参を見つけたとき、サムからは憎しみの目を向けられた。あの人参は石に代わった。その石は、今度はなにに代わっているのだろう。それはわからない。だが、上にある部屋では、見知らぬ誰かがサムのバンダナをほどいて喉をあらわにする。見知らぬ誰かが特別な縫い目の入ったシャツとズボンを脱がせる。見知らぬ誰かがサムの秘密を脇に置く。ルーシーよりもその見知らぬ誰かのほうがサムを完全に知っている。

サムが上がっていく前、ルーシーは交渉の一部を小耳に挟んだ。部屋、時間、女の子、値段――サムの持っている金の四分の一近くだった。サムは嘘をついた。そこまで高い風呂があるだろうか。

ルーシーは可愛らしい額に入った女の子たちに歩み寄る。彼女たちが立ったまま動かずにいると、一番近くにあるスカートを摑む。裂ける音が静けさのなかで響き、叫び声ほども大きい。美しい顔の数々が、鍛え抜かれた静止を初めて失って彼女のほうを向く。怒りがルーシーを迎える。侮辱が、恐れが、興味が、軽蔑が。その女の子たちは、ルーシーが入ってきたときに彼女に目を向け、見透かした。いま、サムが街道で言ったことを考える。目を向けられることと見てもらうことの違いを。

ルーシーは引き裂いた布を掲げる。エルスケを呼んでほしいと言う。

エルスケの私室は簡素だ。椅子が二脚、デスクがひとつ、蠟燭の代わりにランプ。そして、ルーシーが見たこともない数の本が、天井まで積まれている。

「サマンサから、あなたは手ごわいと聞いた」勧められた椅子をルーシーが断ると、エルスケは言う。「私たちみたいなのは往々にしてそう」

「私は別に――」

「金鉱主たちのことよ。この街は彼らで溢れている。この手の店は、お金と欲望のある男たちのためにできた。彼らは最高のレストランを評価する。最高の賭場を。最高の煙草店でパイプをくゆらせて、最高の夢を見たがる。私にとって最初の気前のいい投資家たちは、金鉱主たちだった。みんな、そういう点では驚くほど偏見がない。気にかけるのは価値だけだから」

「ここでサムがなにをしているのか教えて」

「あなたはかなりの読書家だとサムは言っていた。これは読める?」

エルスケは本棚から一冊を取り出し、ルーシーはなにも考えずに受け取る。表紙は一面が青色の布で、白い花がいくつも染みになっている。皺の入ったページ。そこに染み込んだ海の記憶。塩水。

ルーシーは本を開く。

最初のページには言葉はない。風変わりな線描がひとつあるだけだ。それをめくる。もっと小さな線描がさらに、言葉のように縦に並んでいる。ルーシーは悟る。これも言葉なのだ。それぞれの線描は、直線や曲線、長短の点で作られた言葉なのだ。見覚えのある線描で手を止める。嫣のトラだ。

すると、エルスケは青い本を取り上げる。

「これをどこで?」ルーシーは怒りを忘れてしまった。

「顧客から、代金の一部として。情報は金と同じくらい価値を持つこともある。そこで、あなたの質問に対して——事実をただで教えるのは私の流儀ではないけれど、交換なら受け入れるかもしれない」

ルーシーは躊躇う。頷く。

「なにか言って」エルスケは身を乗り出す。「あなたとサマンサがどこの生まれなのか。なんでもいい」

私たちはここで生まれた、とはルーシーは言わない。エルスケの顔に出ている貪欲さは、真実では満足しない。この女がどんな価値を見出しているのかは知っている。チャールズが見ていたのと同じ価値だ。ルーシーが違っているところだけだ。最初に思いついた言葉を口にする。「女《ニュ》児《アル》」

エルスケは溜め息をつく。「なんて美しいのかしら。なんて尊くて貴重なのかしら」頭を後ろに反らせ、喉があらわになる。淫らさに近いなにかがある。それから背筋をまっすぐにすると言う。「サマンサは金鉱主たちのためにしばらく働いていた。かなりうまくやっていたという話よ。仲違いのことを耳にしたけれど、私からは尋ねなかった。私の顧客にはまだたくさんの金鉱主たちがいるし、その人たちの事情に立ち入りたくはない。私の女の子たちとの時間を買うために、何百人と訪れてくる。どの子も高い給料をもらって、絵画や詩や会話の教育を受けている。竪琴がどんなものかは知っている？　この地域に一本だけある竪琴は、私が持っている。うちの子たちは可愛くて洗練されている。高く評価されているし、ありふれてはいなくて、それに——」

この閉ざされた部屋では、匂いはさらに強い。寄せては止まり、眠気を誘うエルスケの声。すべてが魔法。それを解くには怒りを思い出すしかない。

「売春婦たちよ」ルーシーは話を遮る。「あの子たちはありふれた売春婦ではないと言いたいんでしょう。私は客じゃない。要点を言って」

「いいでしょう。サマンサがここでなにをしているのか知りたいわけね。サマンサが求めるのは風呂だけ」

エルスケの顔はつややかで嬉しそうにしている。交換が不平等になるとわかっていたのだ。ルーシーに与える真実とは、空になった箱のようなものだ——その中身はすでにルーシーの手にあった。サムは隠しはしない。サムはずっとサムだった。

ルーシーは背を向け、馬鹿だったと思いつつ立ち去ろうとする。

「私はかつて教師だった」エルスケは穏やかに言い、ルーシーは好奇心から部屋に留まる。「サマンサから、あなたは優秀な生徒だったと聞いている。教師めいた質問をさせてもらえるかしら——さっき、あなたはうちの子たちをお話にたとえた。それはなぜ？」

「あの子たちは空白だから」ルーシーは青い本を見ながら言う。もしエルスケが気に入るような答えを言えば、それと交換でもう一度その本を見られるかもしれない。顔を静止させた女の子たちのことを思う。それぞれ違ってはいるが、まったく同じだ。「あの子たちを見ると、ページを思い出す」あるいは、きれいな水を。ルーシーが自分の映る姿にときどき見た目つきを。ルーシーが期待しつつ待つと、エルスケはもうひとつ質問をする。

サムはさっぱりして、ただし用心深く戻ってくる。顎は固い。今度は、ルーシーは目を逸らさずにまっすぐ見つめる。微笑んでいると、そのうちサムは恥ずかしげに微笑み返す。

「また今度ね」エルスケはサムの頬にキスをして言う。

エルスケがルーシーにもキスをするとき、あの匂いはかつてなく強くなる。まるでエルスケがその匂いを嚙んでのみ込むかのように。苦くて甘い。エルスケの体の熱と混ざると、麝香《じゃこう》のようにもなる。ようやく、それがなんの匂いかルーシーにはわかる。媽のトランクの匂いにかなり似ている。遠くの地、はるか昔。エルスケの顧客の誰かがあの本と一緒に持ってきた香りなのだろうか。

「サマンサと一緒でも、一緒でなくても、また来てね」サムが不思議そうな目で見るなか、エルスケはささやく。「忘れないで」

だが、風と塩が二人をこすって磨く。港に着くころには、ルーシーの鼻には海の匂いしかない。

船が何隻か、下に広がっている。

小さなころからずっと、船とは幻想的な存在なのだとルーシーは想像していた。その帆は翼であり、魔法をかけられたかのように岸が現れるのだと聞かされていた。だから、船の実際のつくりについては疑問を持たなかった。ドラゴンやトラやバッファローについて疑問を持たなかったように、船がこんな見た目だとは思っていなかった。壮大だが、平凡。

「なにがあれば、船は船になる？」ルーシーは尋ねる。その答えを何度も何度も叫び、子供のように踵を上下させる。「木と水。木と水。**木と水だよ**」

金

足元は滑り、埠頭は揺れる。ルーシーは自分が灰色の水のなかに投げ込まれ、港の底から見上げていると想像する。揺らめく海草。光を遮るほど分厚い魚の群れ。

船長はしっかり立っているが、ルーシーとサムはよろめき、すでに不利な立場で二枚の切符を求める。船長は二人の硬貨を数え、それを終えると二人を見る。エルスケの言ったとおりだ。この街は人間の価値しか見ない。

「残りの金を手に入れたら戻ってこい」

サムの顔が曇る。「先月に値段を確かめたじゃないか」

「海は変わる。修理には金がかかるんだ」

サムは財布を空にする。最後の黄金は、その夜の宿と、海の向こうで泊まる場所のためのものだ。それでも、船長は首を横に振る。小袋を投げ返すと、金塊がひとつ埠頭を転がっていく。サムは慌ててそれを取ろうとかがみ、船長はもう先を見つめている。ルーシーがその視線を追うと、岸辺に背の高い人影がある。おそらく、その人も渡航を求めているのだろう。硬貨のほかになにを差し出せるだろう。

そしてルーシーは思う。物語だ。

彼女は足を滑らせる。船長の腕を摑んで体を支える。ぎこちなく足を戻して自分のスカートの裾を踏み、胸の上で布がぴんと張るようにする。

「ごめんなさい」ルーシーは言い、急に船長によろめきかかる。「本物の船を見ると頭がくらくらしてしまって。小さなころから乗ってみたかったんです。堂々とした船ですよね」

ルーシーは焦がれるような目を船に向ける。船長に目を戻すとき、その焦がれる気持ちも少し残っている。ルーシーは海が怖いという話をする。熟練の強い男に導いてもらいたいという思いを話す。自分は使える。料理の腕。サムの強さ。「二人で役に立てます」ルーシーは言って微笑み、そのまま止まると、目で沈黙を長引かせる。

エルスケの女の子たちは衝撃ではなかった。ほんとうの意味では。目新しくはなく、昔からの古い教訓だった。それをスウィートウォーターで学んだのだし、ずっと昔、初めての教師の客間の扉で学んだ。**美しさは武器だ。**

埠頭の先にいた人影は消えている。

最後に、ルーシーが乗ってきた二頭の馬の話をすると、船長は切符を二枚渡す。その紙は湿っていて、美しい筆跡で書かれている。誰かが手間をかけ、文字を金で縁取っていた。

港のずっと先で、サムはエルスケからもらった食べ物の包みを殴りつける。

「今日は追加料金を請求された」サムは言う。「あの女、いつもつけ込んできやがる。でなきゃ、あんなふうに取引しなくてすんだのに」

ルーシーは肩をすくめる。あの青い本のことを考えている。海の向こうに着けば、あれに似た本がもっと手に入るだろう。干し肉をひと切れサムに放り投げ、自分でも嚙み始める。サムが干し肉をねじっていると、そのうちちぎれる。

「さっきのはあいつに教わったのか？」サムは言う。

ルーシーはゆっくり嚙む。「教わったのは、たいていの女の子がもう知っていることばかりだった。そんなに悪い人じゃない。その……仕事に勧誘された」

サムの顔に、打ちのめされた表情。

「あの手の仕事じゃない」ルーシーは素早く言う。「あの子たちみたいな仕事じゃなくて。物語を聞かせる仕事をしてほしいって。男たちに話をする。それだけ」ルーシーは言わないが、エルスケは付け加えていた。**あなたがしたいなら話は別だけれど。それには追加で支払いがある。**

サムは怒り狂うだろうとルーシーは思う。だが、サムは肩を落とす。

「初めて行ったときに、俺も同じように勧誘された」サムの声は小さく、またあの山の男のことを考えているのだとルーシーにはわかる。

「寶貝《バオベイ》」ルーシーは言い始め、そして言い淀む。いまは傷つきやすさを見せるときではない。古傷をつくときではない。ルーシーは固いパンに指を食い込ませる。大きな塊を引きちぎると、皮のかけらが爪の下に潜り込む。「昔のことなんてどうでもいい。そうでしょ？ 海を後にしてしまえば、きっと──きっと──」ずっと昔の約束がルーシーの口を満たす。甘く、苦い。「夢みたいになる。あっちで目を覚ませば、このすべてはただの夢になってる」

「ほんとか？」サムの声はまだしぼんでいる。「俺たちがやったことぜんぶ？」

ルーシーはパンを見つめる。ぱさぱさになりかけている。無理やり喉に入れてのみ込むべきだ。自分たちの手にあるなけなしのものでよしとするべきだ。でも。でも。

パンを海に放り投げる。投げられると思っていたより遠くで水しぶきを上げる。すると、カモメが何羽も急降下して水に飛び込むが、それを手に入れるのは上がってきた一匹の魚だ。ルーシーの背丈よりも長い魚。もし下から見れば、日光を遮ることもできただろう。

二人の船は正午に出港することになる。それまでは、長い夜が目の前に伸びている。サムのポケットに入った数セントを除けば、二人にはベッドや食事に使える硬貨はない。あとひと晩だけ野外で、まわりには街の丘陵。

その最後の夜、二人は幽霊だ。心の半分はすでに船に乗り、自分たちがふるさと《ホーム》と呼ぶつもりの霧深い土地に向かう道半ばにいる。半分消え、霧が埠頭をのみ込み、二人を人間の重みから解き放つ。なくなった金の重み、失われた五年間の重み、二枚の一ドル銀貨の、爸の両手の、媽の言葉の重み。その夜の二人は同じ思いだ。それまでのことはもう消えたのだ。霧は覆い隠す。そのなかからは、二人が座って賭けに使う一セント硬貨のチャリンという音しかない。

その後何年も、ルーシーはその夜のことをしっかり胸に抱くことになる。彼女のためだけに書かれた、個人的な歴史。

博打打ちたちが集まってくる。霧で顔がかすむので、**あんたは何者？　どこの生まれ？**　とは誰も尋ねられない。無愛想な男女、馴染みのぐったりした肩で、汗とウイスキーとタバコの染みがついている。仕事と絶望の臭い。そして希望の臭い。濡れた埠頭で光る、かくも多くの希望。

その夜はひと言も交わされない。この街にはチャリン、ジャランという音の言葉がある。二人の数セントから勝負は始まる。幸運が二人を勝負に留める。ルーシーは輪のなかに座り、後ろにサムがつく。伏せてあるカードに手を伸ばすルーシーは、手に呼びかけて心臓をぐいと引いてくる重みを感じる。それは占い杖のように、彼女を正しいカードに繰り返し導く。ルーシーは目を閉じて勝負する。両足で地面を軽く叩きながら。埠頭にいるのではなく、丘陵が広がる土地の金色のなかを歩いている。早朝、幼いころ、最良のころ、爸の手には希望と占い杖だけがあったころ。二人は歩いていったが、媽の料理の火から上がる煙が錨となって二人を家につなぎ止めていた。爸はルーシーに、ぐいと引いてくる力を待つように教えた。金は重いから、自分のなかの重いものがそれに呼びかける必要がある。**思いつくなかで一番悲しいことを考えろ。俺には言うな。ルーシーよ、それを心に抱えておけ。大きくするんだ。**博打打ちたちに囲まれ、ルーシーはそのとおりにする。ルーシーの両肩に置かれたサムの手に、サムの抱えた重みも加わる。二人とも、金鉱夫の娘。**ルーシーよ、金があるところはわかるものなんだ。なんとなくわかるんだよ。**二人とも悲しみをのみ込み、二人とも金をのみ込んだ。どちらも二人から出ていかずに内側で大きくなり、長くなっていく二人の手足を育んだ。そしてその夜、それがカードに呼びかける。ルーシーが引くカードはすべて正しい。ほかの博打打ちたちが黙ったまま、ひとりまたひとりと手を見せる。まるで、墓の前で敬意を示しているかのように。霧のなかで見知らぬ二人に目を向けても、決めつける顔がないとなると——彼らは見る。幸運だとか、取り憑かれているみたいだとか言う。

夜が終わるころには、ちょっとした財産が高く積み上がっている。

それを、ルーシーはその後の最悪の日々に思い出すことになる。少なくともひと晩、二人のおかげで丘陵には金があったのだ。

銀色の光がルーシーの眠りをこじ開ける。ほんの一瞬、十二歳に戻り、月明かりがトラの頭蓋骨から輪になって跳ね返っている。**なにがあれば、家は家になる？**

頭を持ち上げる。頰から一枚のカードが剝がれ落ちる。その光は積んだ一ドル銀貨から発せられている。埠頭にいて、そばではサムがいびきをかいている。港には人の姿はなく、錨を下ろした船があるだけで、正午まではあと数時間残っている。ルーシーはにやりと笑い、サムの口元で泡になった唾を見つめる。その泡を割ろうとかがみ込む。

その破裂音が世界を揺らす。

埠頭にひとつ穴が開いた。ぎざぎざの口をした木材、下で渦巻く飢えた海。サムは手足をばたつかせる。片足、片脚が、その裂け目に滑り込む。ルーシーは叫び、引っ張る。間一髪のところでサムを穴から引き上げる。

霧はすっかり晴れた。空は違う姿になっている。きつく、はっきりした光。その光で、埠頭の端にいる二人の男が見える。ひとりは長身で黒い服に身を固めている。撃った銃を構えている――日中にしっかり磨かれた金属に当たってきらめく日の光はルーシーの目に痛いほどだ。ついに、その手の男たちが持っているという銃を目にした。そんなはずはないとアンナは言っていたが、アンナのような人間にはいろいろなことが見えていない。

サムはそのお付きの男にも銃にも目を向けない。その後ろをよろよろ歩いてくる人影を見つめている。もっと年上で、動きは鈍く、とてつもなく太った禿げ頭の男。白い服を着ている。色といえば頬と、指輪をした指とチョッキから垂れた金だけだ。

「解決できるはず」ルーシーはお付きの男に言う。

誰もルーシーには構わない。太った男はベストから重い金の懐中時計を取り出す。その盤面を指で軽く叩く。ルーシーの先を見る。まっすぐ、サムを。「昨夜、お前が舞い戻ってきたと部下から聞いてどれほど嬉しかったかわかるか。さて、話をつけようか」

昨晩二人が勝ち取った硬貨は銃の火薬で汚れ、日中に見ると目減りしている。その金鉱主が口にする借金の額に比べるとちっぽけなものだ。

ルーシーは笑い出す。

ようやく、金鉱主はルーシーに目を向ける。時間ならいくらでもある男の、ゆっくりした目つき。ルーシーの刈り込んだ髪、汚いスリップ、そして、最後に喉に向けられる。その目つきはルーシーをばらばらにする。微笑むことも眉をひそめることもなく、説明も脅しもしない。サムが禿げ頭の光る酒場から逃げ出したわけを、ルーシーは悟る。この男は岩だ。懇願しても貫けはしない。

そこで、ふたたび口を開くとき、ルーシーは硬貨という言語を使う。昨夜勝った分を差し出して、サムと二人きりの時間を買う。

二人の男が港のずっと先まで下がると、ルーシーはサムの顔を両手で挟む。

「サム、なにをやったの?」

「金を取り返しただけだ。正直な金鉱夫たちからあいつらが奪ったものを取り返した。仲間で団結した。そうしようって決めたんだ」

金鉱主が口にした額は、船を何隻も買える。炭坑を五、六カ所。ルーシーが想像していた額をはるかに超えている。

「なにに使ったわけ?」それで取引できるはずだ。サムが買ったものがなんであれ、埠頭に飛び散るサムの脳よりも価値があるはずだ。

「使ってない」

「隠したってこと?」かすかな希望。サムが金鉱主を隠し場所に案内すればいい。それと、ルーシーからのとっておきの謝罪があれば、どうにかなるかもしれない。今日の船には二人とも乗れないが、いつでも次の月には船がある。次の年には。街で仕事を見つけよう。ルーシーは物語を聞かせるというエルスケの勧誘を受ける。それでやっていける。

「純金だった。持っていくには重すぎた」サムの顎が上がる。声に活力が持ってくる。「ほかの男たちと分けたものもある。自分のものにしたのは、お前も見たやつだ。それから思いついた。残りは海のなかに捨てようってことでまとまった。大地に返して持っていてもらって、俺たちみんなでなにかを残した」サムの顔をよぎるのは、あのにやりとした笑みだ。「俺たちそれぞれが、金のかけらに刻んだ。自分の母親の名前とか、川の古い名前とか、部族の印なんかを書いたやつもいた。俺はうちのトラを刻んだ。あの金はこの先もずっと打ち上げられることはない。次にそれを見つけるのは正直な誰かかもしれない。俺たちみたいな。そのころには違う世の中になっているかもしれない。どっちにしろ、金鉱主たちはもう死んでるさ。そして金には印がついてる。俺たちのものになるんだ」

ルーシーよ、お前だってここの人間なんだ。そうじゃないなんて言わせるな。

サムは体を揺すって埠頭の上を後ずさり、くすくす笑う発作に襲われている。サムが決してならなかった女の子の愚かさ。「バッファローみたいに死んでるさ！」

どれだけ取引をして計画を立て、どれだけ知恵を絞ったところで、その金を取り戻すことはできない。それでも、やってみなければ。ルーシーは言う。「時間がほしいって言ってみよう。それから――」

くすくす笑いは止まる。「あいつらは仲間のうち二人を殺した。俺の友達を。それからネリーを殺した。俺が逃げたときに乗ってたのを撃ち殺した」馬の名前を口にするサムの声は上ずる。

「こいつは遊びなんかじゃない。子供のふりはやめろ。あいつらは俺を殺すだろうけど、お前は騒がなければ見逃してもらえると思う」

「もしそんなに――」ルーシーの喉は質問でつかえる。「もしそんなに危険な連中だと知っていたなら、どうしてわざわざスウィートウォーターまで来たわけ？　何週間も前に船に乗ってもよかったのに。独りで」

強情な、サム。答えようとしない。ルーシーに向けた目だけが語っている。サムがスウィートウォーターで尋ねたことが二人のあいだの沈黙を埋めている。**寂しくならないのか？**　ずっと、ルーシーはサムを自分勝手だと言ってきた。実は、自分しか見えていなかったのはルーシーのほうだった。ルーシーはその質問をしなかった。

賭けをしていてルーシーが学んだのは、いつ勝負から下りるべきかということだ。ほかの質問はしないままにしておく。どうしてサムは独りでその重荷を背負うことにしたのか、どうして機会があったときに言ってくれなかったのか、どうしてそこまで誇り高いのか。そこまで強情なのか。それを尋ねることはできた。でも。それもまた、バンダナやブーツと同じくサムの一部だ。人とは違う、曲げることのない掟で生きているサム。大金を奪って海に捨ててしまえるサム。ルーシーは怒りも恐れもしまい込む。残されたのは、長い街道の果てに汚い家にたどり着いたという、疲れ切ったあの感覚だ。

それから、浮かび上がってくる。大事な最後の質問が。「どうして風呂に？」

サムは肩をすくめる。ルーシーはバンダナを思い切り引っ張る。布は滑り、ふた回り色の薄い肌を見せる。ほんとうに柔らかい。ほかのなによりも、それを見て涙が出そうになる。「昔は風呂なんて嫌いだったのに。なぜなの、サム」

「彼女は俺に目を向けてくれる。レナータっていうんだ。あの子たちはベッドでの時間を買う男には目を向けない。知ってるか？　男にキスをしたり、ほんとうに目を向けたりはしないんだ。でも、俺を風呂に入れるときには目を向けてくれる。俺を見てくれる。きちんとしたやり方で」

ルーシーは目を閉じ、見ようとする。

サムが見える。輝いている。

ワンピースと編んだ髪で輝いている、七歳のサム。

喪失と汚れのなかでも輝いている、十一歳のサム。

この確信と、この大人の骨を持つ、十六歳のサム。

金が見える。サムが捨てたものではなく、別の金が。あの丘陵の土地。あの小川の数々。あれだけの歴史があっても、金属を超える価値でやはり輝いている。この土地からはあまりに多くが失われた。あまりに多くが盗まれた。それでも、この土地は二人にとっては美しい。そこは二人のふるさと《ホーム》でもあるのだから。サムはサムなりに、その土地をきちんと葬ろうとしたのだ。

そうしたすべてを、ルーシーは受け入れられる。死んだ丘陵、死んだ河川。最後のバッファローの心臓を撃ち抜くこともできる。それでサムを救えるのなら。

サムを撃つことはできない。

ルーシーの人生でずっと、サムは曇りがなかった。サムのいない世界――それは見ることができない。

ルーシーは目を開ける。バンダナを結わえ直す。もう一度、サムの一番傷つきやすい部分を隠す。

「彼と二人だけで話をさせて」ルーシーは言う。「頭が切れるのは私のほうだから。そうでしょ? なにか思いつくはず」

金

独りで、金鉱主と交渉する。
まずは互いに、相手が受け入れるはずのない話を持ちかける。
彼女は日没に金で返済すると持ちかける。もし、二人で取りに行かせてくれるのなら。
彼はサムの皮膚で外套を作ってやると持ちかける。
彼女は明日の朝に借金の倍の額を支払うと持ちかける。
彼はサムの手足を可愛い形に折ってやると持ちかける。
彼女は借金の三倍の額を賭けたトランプの勝負をその場でやろうと持ちかける。
彼はサムの嘘つきの舌を切り取って食事に出してやると持ちかける。
彼女は自分の忠実さを捧げると持ちかける。自分の知力を。きれいな両手を。
彼はサムの両手を切り落として首飾りにしようと持ちかける。
彼女は金鉱夫の娘としての奉仕を、自分が生まれた丘陵の土地の知識を持ちかける。

彼はその丘陵に誰も見つけられないほど深い墓を二つ掘ってやると持ちかける。

それから、二人は黙って座る。どちらも耳にしたことのある物語を聞かせ合う旧友同士のような、勝手を知った沈黙。ルーシーは自分の手と、自分の足と、自分の肌を、まるで生まれて初めてのようにじっくり眺める。**どうしてなのかいつも尋ねろ**。誰かにそう言われたことを思い出す。**自分のどこを求められているのかはいつも確かめておくんだ**。

金鉱主はルーシーの持ちかけた話を即座に受ける。まるで、彼女が言い出す前からその申し出を知っていたかのように。ルーシーの価値を見たのだ、とエルスケなら言うかもしれない。


そして、わずかな額、すでにある借金に上乗せした雀の涙ほどの額で、ルーシーは嘘をつく権利を買う。

船の影のなかで、サムと二人きりで会う。あと数分で正午になる。あと数分で、船は出港する。

話はついた、とルーシーは言う。金鉱主のために働くことになる。秘書のようなもので、足し算をしたり履歴を書いたりする。一年か二年、せいぜい三年すれば、借金は払い終わる。その後、海を渡る船に乗る。

サムの顎が上がる。サムのなかの強情さ――

これしか方法はない。

ルーシーは体を何年分も後ろに反らし、サムの顔を平手打ちする。カモメが何羽もキーキーと鳴き、きつく澄んだ宙に舞い上がる。その翼の影でサムの頬は暗くなる。サムの目も。カモメがいなくなっても、印は残っている。ルーシーは最良の教師から学んでいた。上体をひねる方法、腕を振る方法。全体重と、いいほうの脚と悪い人生の重みをこめる方法、そう、その人生には腹のなかに沈殿している金と同じくらい重い悲しみがのしかかっている――そのすべてを、一発の殴打で水に流す方法。それから怒鳴り、相手を言葉でへし折り、ちっぽけで愚かだと思わせる方法。**自分のほうが賢いとでも？　あいつに必要なのは私なんだ。あんたには価値はない。行きな。乗りなよ。**その後で、顔を撫でる方法。**寶貝《バオベイ》。**

そして、手のひらを刺す痛みよりも、自分が触れようとすると相手が縮こまる様子に傷つくことを知る。サムが船に乗り込むのを見守りつつ自問する。サムはその一撃の影なしで自分のことを思い出してくれるだろうか。

お付きの男がルーシーを連れて赤い扉を入ってくると、エルスケは彼女の顔をじっと見る。エルスケが耳を傾けるのはその男であり、支払いについての男の説明だ。今回はルーシーには尋ねない。エルスケは触れるだけだ。

きつい触り方。エルスケの両手は肌を強く押し、ルーシーの骨の形を確かめる。ルーシーの髪をまとめて引っ張り、出品された馬を調べるかのようにルーシーの唇を歯からめくる。ぶつぶつ呟き、首を傾げ、ルーシーの曲がった鼻をぐいと引く。もはや優しい教師ではない。それは、エルスケがうまく語ってルーシーに信じさせた物語だった。

この子でいい、ついにエルスケはお付きの男に言う。**もちろん取り分はもらう。それから、この子の髪が伸びるまで待たなければ。**

髪が肩に届くようになるまでの三カ月間で、エルスケはルーシーを書き直す。緑色の布を選び、ルーシーの肌が黄色というより象牙色だと語れるようにし、高いスリットで脚を長く語れるようにする。エルスケは本を調べる。読むことのできないあの青い本ではなく、彼女の言葉で旅行者たちが書いた本を。そうした本と、ルーシーから聞き出した媽の物語の残り物から、エルスケは新しいお話を書く。注がれるお茶と歌うような口調の物語、伏せた目と心の優しさの物語は、ルーシー自身の物語とは似ていない。愚か者の金が本物の金とは似ていないように。だが、それは問題にはならない。

ルーシーは一度だけ、もともとの勧誘の話を出してみる。エルスケは微笑みすら見せない。**あのときはあのとき、私たち二人だけの話だった。今回の取引は条件が違う。**

三カ月が終わり、髪がさっと束ねられると、ルーシーは用意された額のなかに歩いていく。壁のそばに立ち、サムと戦わせた愚かな議論の数々を考える。物語か、歴史の本か。そのころのルーシーは若く、真実はひとつだと信じていた。ルーシーは無言で謝る。

借金を驚くべき速さで返していく。簡単なことだ。何年も前に、墓をひとつ掘った。いまはそのなかに、かつてのサムとかつてのルーシーをすべて投げ入れる。やわで腐っていく自分の部分すべてを。

残すのは、武器になる部分だ。

楽な仕事だ。すべての男の渇き、同じ渇き。男から指されると、ルーシーは空白になる。話を聞いてくれる妻を求める男もいる。教え導く娘を求める男もいる。頭を抱いてあやしてくれる母親を求める男もいる。ペットを、奴隷を、彫像を、征服を、狩りを求める男もいる。彼らは目を向け、自分たちが求めるものだけを見る。

男たちのほうを振り返るやり方を覚えてからは、さらに楽になる。男たちの顔はぼやけていくつかの同じ顔になり、トランプの組札のように繰り返される。チャールズたちもいて、ルーシーはからかい、甘やかす。リー先生たちもいて、その男たち相手には生徒を演じる。船長たちはおだてる。山の男たちの求めには応じる。男たち、男たち、男たち。彼らの欲求には焚き火のそばのお話のように予測できる型があり、そのうちルーシーは次の言葉、次の要求、次の口や手の動きを前もって察するようになる。

鼻を折られてからは、さらに楽になる。ある男を読み違えてしまい、すると熱い血が唇の上を流れた。エルスケは泣き叫ぶが、ルーシーは黙っている。もうすでに、その男を肘で突くべきだったこと、後ずさるのではなく前に踏み出すべきだったこと、言うべきだった言葉のことを考えている。次はもっと賢くする。学ぶ気がないとは誰にも言わせない。

ルーシーの鼻は、何年も前と同じ箇所で折れる。治るとまっすぐになり、かつての彼女の最後の印は消える。エルスケは驚嘆し、その後はルーシーについて語る物語に**運がいい**と付け加える。ルーシーの髪に金箔が紡がれる。男たちから選ばれることが更に増える。

借金は減る。

ある男が来て、彼女がそれを別の男に取り違えてしまってからは、さらに楽になる。細い目。高い頬。少しのあいだ、ルーシーは目に自分が満ちるままにする。それから見る。男の躊躇いがちな歩き方、引っ込んだ顎。違った。それでも、男の服をゆっくり脱がし、観察する。それでも頭を傾けて近づけ、男の話し声を聞こうとする。新しい音。チャールズではなく、教師でもなく、船長でもなく、金鉱主でもなく、山の男でもなく、炭坑夫でもなく、カウボーイでもない。別のなにかだ。ひとつの可能性。男が寝言を呟くと、彼女はその唇に片耳を寄せて体を震わせる。理解できないその言葉が慰めになる。

その男が乗ってきた船には、同じような男が何百人もいる。ルーシーのような顔の男たちが、よく彼女を選ぶ。エルスケはまた言う。**運がいい**。なぜなら、金鉱主はとっくに放棄された計画を復活させ、巨大な鉄道の最後の区間で西と他の地域をつなごうとしているからだ。何隻分もの安い労働者、男だけを、海の向こうから連れてくる。

しばらくは、ルーシーはその男たちにより優しくする。彼らの話すことはルーシーにとっては空白であり、ルーシーの人生は彼らにとっては同じく空白だ。そこに、彼女は自分が望む物語をいくつも書いていく。**今日はいい日ですよ**。男たちの理解できない言葉に応える。**私も赤が一番好きな色だってどうしてわかったの？**　ある日、風呂に金を払う男がいる。風呂だけだ。**あら、**

ルーシーは浴槽に湯を張りながら言う。**あなたがお国の王子様だって気がつけばよかった。**男の腰、広い肩に石鹸をつけ、そして――なにかに押されて彼の髪の一部にキスをする。男は顔を上げる。男が口を開くと、彼女の心臓は脈打つ。間違いなく、二人の言語が違っていても、次に出てくるのは理解できる言葉だろう。

だが、男はルーシーの口のなかに舌を入れるだけだ。湯を揺らし、腰掛け椅子を倒し、敷物に石鹸水を、ルーシーの体にあざを残し、そのうちエルスケがお付きの男と上がってくると、追加の奉仕にかかる硬貨を断固とした口調で思い出させる。男が唾を吐いて悪態をつき、水浸しで別人になって引きずり出されていくと、ルーシーは悟る。男の髪と目には馴染みがあっても、変わりはない。また別のチャールズ、また別の山の男だ。

ずっと座ったまま、流れ出ていく湯を見つめる。自分も空になっていく。自分と似た顔に囲まれていても、それでも独りぼっちになることがあるのだと理解しつつある。

それからは、さらに楽になる。

船は次々に到着し、線路は伸び、それを支えるために丘陵は削られる。西の地域では乾いた草が根からちぎれて吹きつける。砂嵐の話が出るが、赤い建物にいるルーシーはその砂埃を見ることも嗅ぐことも、味わうこともの込むこともない。すべて、巨大な鉄道が大陸に広がるために。

鉄道の最後の枕木にハンマーが打ち込まれる日、街中で上がる歓声が聞こえる。黄金の犬釘が線路を大地に留める。歴史の本のために絵が描かれるが、そこには鉄道を建設した、彼女と似た人々はひとりもいない。

この国には鉄道を完成させられる男はいない、と山の男は言っていた。結局のところ、彼は正しかった。

その日、ルーシーは具合が悪いと言う。ベッドで寝ている。目を閉じて。昔の光景を蘇らせようとする。金色の丘陵。緑色の草。バッファロー。トラ。河川。自分が日中に売っている物語とは違うものを、どんな物語でもいいから思い出そうとする。光景は蜃気楼のように揺らめき、近づいたと思ったら消えてしまう。それをできるかぎり長く見つめ、消えてしまう前に悼めるだけ悼む。

列車は、ひとつの時代を殺した。

エルスケから贈り物をもらってからは、さらに楽になる。もらうというよりも、ルーシーが勝ち取る。三カ月の仕事ぶりによって、本が詰まった部屋に入る鍵を。二日間、ルーシーは座って読み、探し、両足を軽く打ちつけながらページに目を走らせ、赤い建物から出ないまま、放浪に対するかつての思いを募らせる。ほかの海を越えたほかの地域の、歴史また歴史。ジャングルが塗りつけられた丘陵、氷のように冷たい台地、砂漠、都市、港、谷、沼地、草原、人々。広大で遠く離れた土地の数々——すべて、ルーシーが知るような男たちによって記録された。この地域のひとつの歴史さえも。埃で分厚くなり、ぎこちなく書かれ、ある学校教師の名前が表紙を大きく横切っている。ルーシーは約束された章を探すが、そうしたページには数行しか見つからず、彼女自身は誰なのかわからない野卑な姿に変えられている。

二日目の終わりには目がぼやけ、言葉がぼやける。本を棚に戻すと、手足の感覚がない。深く夢のない眠りに落ち、もうその部屋には戻らない。いまは、薄々勘づいていたことが真実だと確信している。新しい土地はあるかもしれないし、新しい言語もあるかもしれない――だが、新しい物語はない。男たちが手をつけていない、手つかずの野生の土地は残されていない。

ルーシーは青い本は開かない。もうそれを読む意味はない。

何ヵ月も経ち、借金を払い終えると、金鉱主は彼女のベッドに横になって時計のねじを巻き、贈り物をやろうと言う。どんな贈り物でもいいと言う彼は、まるで気前がいいかのようであり、まるで、すでにあらゆる価値を彼女から抜き取ってはいないかのようだ。

なにが欲しいのか彼女に尋ねる。

まず、彼女は鏡が一枚欲しいと言う。ついに、自分に目を向ける――いや、自分を**見る**。鼻は馴染みがなく、顔も馴染みがなく、細く、静止している。女の子の輝きによって可愛らしくなることはない。ある種の男たちが見て、まるで占い杖を持っているかのように胸を疼かせるような美しさを手に入れるだろう。髪を切ったが、髪は戻ってきて取り憑いた。肩の後ろを確かめるが、そこには誰も立っていない。首の白さは自分のものだ。傷のない顔も自分のものだ。もう誰にも傷つけられはしない。体は不死になった。あるいは、多くの男たちの物語のなかで多くの死を迎えたことで、もはや怖くはなくなった。彼女は亡霊であり、この体に棲みついている。果たして死ぬことはできるのだろうか。

二度目に、なにが欲しいのか金鉱主は尋ねる。

古い言葉が舌から出かかる。それを一年間口にしていなかった。思い出そうとする。海、船、星の果実、ランタン、赤く低い壁。彼女のためのそのかけら。だが、絵本にあった絵はそれまで知った男たちの顔に代わっている。あまりに近く、あまりに鮮明な、皺やあばたや残酷さ。自分がそうした赤い通りにいて、その男たちに出くわし、男たちの妻や男たちの子供に出くわす場面が見える。彼らの恐怖が見える。自分の恐怖が。どれほど大きく広がっていようと、その土地にはもう自分のための場所はない。サムがその土地でさらに背が高く、歩幅が大きくなり、さらに輝いているところを考える。サムは望んでいたあらゆる空間を我がものにして、ルーシーとは違う言葉を話している。少しのあいだ、その眩しい姿を頭のなかに留める。そして、手放す。彼女はそれを手放す。サムが求めていた人々に、サムを引き渡す。その人々は真の意味でルーシーの仲間だったことはない。この先も、そうなることはない。

舌の上にあったその言葉を、彼女は手放す。口にはしない。

三度目、最後に、なにが欲しいのか金鉱主は尋ねる。

彼女は反対の方角に思いを向ける。自分が生まれた丘陵の土地、空を白くして草を輝かせる太陽。死んだ湖に自分が立ち、男たちが求めて命を投げ出すものを握ったときのことを思う。真昼の太陽が草を燃え上がらせる光景に比べれば、それは無に等しい。地平線から地平線まで、揺らめく光。それを真に把握できる者がいるだろうか。巨大で気を狂わせるようなきらめき、絶えず移ろう蜃気楼、所有されることも押さえつけられることも拒むが光の角度によってそのつど変わる草。その土地がなんだったのか、そして誰にとってか、死か生か、善か悪か、運がいいのか悪いのか、その恐怖と気前のよさによって生まれ殺された無数の命。そして、それこそが旅をする理由であり、貧しさや死物狂いの気持ちや強欲や激しい怒りよりも大きかったのではないか。彼らは骨の奥深くで、自分たちが動き土地が広がっているかぎり、探し続けるかぎり、自分たちは永遠に探索者であって完全に迷子になることはないのだとわかっていたのではないか。

土地を所有することがある。爸はそれを望み、サムはそれを拒んだ。そして、土地に所有されることがある。静かに。その丘が黄金ならば、どれほどなのかが決してわからないことにある、一種の贈り物。なぜなら、しっかり遠くへ行き、しっかり長く待ち、血のなかにしっかり悲しみを溜めておきさえすれば、じきに、知っていた小道に出くわし、石の形は馴染みのある顔のように見え、木々が挨拶をしてきて、つぼみや鳥の歌が軽やかに上がるかもしれないからだ。なぜなら、この土地によって心に彫り込まれたのは、言葉や法にとっては意味のない動物じみた所有の証だからだ――血を抜いてくる乾いた草、痛めた片脚についたトラの印、ダニや破れた水ぶくれ、風でごわごわにされた髪、焼ける模様で縞や斑の入った肌を残していく太陽――そして走れば、風に乗って聞こえてくるか、あるいはからからになった口にこみ上げてくるなにか、こだまのようであり違うようでもある、昔から知っていた声の響きが、前からか後ろからか名前を呼んでくるかもしれない――

彼女は口を開く。欲しいのは

謝辞

私を光輝で包んでくれた、北カリフォルニアの丘陵の土地に。孤独を教えてくれたバンコクに。シーロムの〈ルカ〉にある、酔っぱらった席に。フラットブッシュ大通りにある〈ハングリー・ゴースト〉のカウンターに。〈ハイ・グラウンド〉の暖炉に。ハンビッジ・センターのグリーン・フォックスファイアーに。ヴァーモント・スタジオ・センターのジェーン・オースティン・スタジオに。

『ディヴィサデロ通り』のこだまとコラージュに。『ビラヴド』への豊かな愛に。『シッピング・ニュース』のスナップに。『ガウェイン卿と緑の騎士』と『大草原の小さな家』と『ロンサム・ダブ』という長く旅する歌に。

不揃いな心の友、マリヤとミカに。不動のウィルとキャップ通りに。つむじ曲がりで忠実なマイ・ナードンに。ジェシカ・ウォーカーとティスウィットに。異国の双子同士であるブランドン・テイラーに。女性たちの闘士、ローレン・グロフに。最後まで粘り強く信じてくれたビル・クレッグとサラ・マクグラスとアイラ・アーメドに。『ロングリーズ』のアーロン・ギルブレスと『ミズーリ・レビュー』のチームに。リヴァーヘッド社とリトル・ブラウン社のすべてに。

ママとルエリアに、はっきりとはわからないものへの感謝を。改めて、パパに。海の向こうにいる奶奶と家族に。私のよりどころ《ホーム》、アヴィナーシュに。

そして、この船が進水するまでずっとそばにいてくれた、猫のなかの貴公子、スパイクに。

訳者あとがき

C・パム・ジャンは一九九〇年に北京に生まれた。四歳のとき、先に渡米していた両親の待つアメリカ合衆国に渡り、以降はよりよい仕事や教育環境を求める両親とともに転居を繰り返すことになった。十八歳になるまでに住んだことのある家の数は十にのぼるという。その子供時代のなかでも、八歳のとき、ケンタッキー州レキシントンからカリフォルニア州サリナスへの車での移動で目にした風景は、際立った思い出になっているとジャンは語っている（〈ニューヨーク・タイムズ〉の取材記事より）。美しくもあり恐ろしくもあるアメリカ大陸の風景と、まだ安住の地を見つけられない一家の苦しい状況とのギャップが子供心に刻み込まれ、やがてジャンが執筆する小説のなかにも流れ込むことになる。

アメリカ東部の名門ブラウン大学と、イギリスのケンブリッジ大学で学ぶなかで、ジャンは創作の授業も受講していたが、その当時に書いていた作品は本人いわく「いかにもレイモンド・カーヴァーやジョン・チーヴァーの物真似」でしかなかったという（***The Rumpus*** のインタビューより）。その後、サンフランシスコのスタートアップ企業で数年間勤務することになる。二〇一五年、経営難によりその企業から一時解雇されたことをきっかけに、ジャンはタイのバンコクに移り住んで七カ月滞在し、執筆を中心に据えた日々を送る。十篇を超える短篇小説を書くうちに、長篇小説でも追求すべき主題として、「死、移住、孤独」が浮かび上がってきたという。その後、小説家への登龍門として名高いアイオワ大学創作科などで経験を積み、二〇二〇年、長篇小説である本作『その丘が黄金ならば』（*How Much of These Hills Is Gold*）でデビューを飾った。

作家本人によると、ある朝、本作の冒頭の一文が頭に浮かび、短篇になるものと思って書き進めたところ、長篇小説の第一章になるとわかったのだという。長篇を完成させるのは大変だとわかっていたため、その原稿はいったん脇に置いておいたものの、「登場人物たちがまだ生きている」という感覚に取り憑かれることになった。そうして数カ月が過ぎるうちに、物語全体の構想が自然に固まっていき、執筆を再開してからは中断することなく書き進めた、とジャンは語っている（*BOMB Magazine* のインタビューより）。ちなみに、執筆中は雷雨を録音した三時間のサウンドクリップを繰り返し聴いていたほか、編集作業の最終段階では小説全体を朗読して録音し、それを聴き返して文章を推敲したという。

『その丘が黄金ならば』は刊行直後から、〈ニューヨーク・タイムズ〉や〈ガーディアン〉や〈ワシントン・ポスト〉といった有力媒体の書評において非常に高く評価されるなど大きな反響を呼んだ。また、本書の謝辞にも登場する、アイオワ大学の創作科時代から励まし合ってきた親友であるブランドン・テイラーの同年のデビュー作 *Real Life*（早川書房より刊行予定）と『その丘が黄金ならば』がともに、二〇二〇年のブッカー賞の候補作に選ばれるという偶然もあった。その他、本書はセンター・フォー・フィクションのデビュー長篇小説部門、ＰＥＮ／ヘミングウェイ賞、ラムダ文学賞バイセクシュアル文学部門、ニューヨーク公共図書館若獅子賞の最終候補に選ばれている。

『その丘が黄金ならば』のモデルとなるのは、一九世紀後半、いわゆる「ゴールドラッシュ」が終わった後で炭坑が中心産業となるアメリカ西部の丘陵地帯である。ただし、作者ジャン自身は、特定の時代や土地を念頭に置いて書いたわけではなく、アメリカ西部とそれにまつわる神話のなかに埋め込まれながらも、時代を超えた神話的な風景を創り出したかったと述べている。結果として、小説では「スウィートウォーター」という架空の町のほかは地名が登場せず、また時代設定も「××六二年」など、一九世紀でもほかの世紀でもありうる表記が採用されている。

その設定のなかで展開するストーリーの中心となるのが、炭坑の町で暮らす中国系の移民一家の子供、十二歳のルーシーと十一歳のサムである。数年前に母親を失い、父親と三人で谷の端にある小屋で暮らしているルーシーとサムは、ある朝、父親が死んでいることに気がつく。孤児となった二人は町を離れ、乾ききった金色の草に覆われた丘陵が広がる土地をさまよう旅に出ることになる。幻想と現実が混じり合うような風景を移動していく二人の旅に、その土地に深く残る人種差別、ジェンダーの問題や家族の過去などが交錯して物語は進行する。

優等生として周囲に受け入れてもらうことを願うルーシーと、自分の信念をあくまで貫くことをやめないサムの二人は、さまざまな点で正反対のキャラクターである。当然ながら二人はすれ違いや誤解を経験することになるが、その先に安住の地を見つけられるのか。あるいは、両親の抱えた過去や、ルーシーとサムに両親が言い聞かせていた物語や言葉は、二人の現在の旅をどう導くのか。タイトルにもなっている「丘」と「黄金」は、ルーシーとサムにとってどのような意味を持つのか。そうした問いを潜ませつつ、物語は二人の人生を追っていく。

そうした人間模様を追うジャンの詩的な文章が、この小説の大きな魅力であることは間違いない。研ぎ澄まされた言葉は、幻想の広がりと現実の厳しさの両方を描き出しながら、登場人物たちに対する優しさを全篇にわたってにじませている。同時に、その文体を編み出すきっかけとして、サムのジェンダーをどう表現するかという問いがあったことも、作者は明かしている。サムに関しては人称代名詞（この場合は〝he〟や〝she〟）の使用を避けて書くという模索のなかで、ジャンは独自の文体を見出し、そのリズムに乗って一気に小説を書いていったのだという。

家族の互いへの思いを中核とする小説の語りは、時系列どおりではなく、現在と過去を行き来する構成になっている。そのなかで、登場人物たちが経験する出来事や、ふとした言葉が、ミステリーの伏線のようにつながることになる。作者ジャンはプロットの構築を非常に重視していると語っており、感覚任せにせず緻密に練られた構成によって物語の緩急を自在に操り、終盤にかけては忘れがたい疾走感を生み出すことに成功している。

幾度となく改稿を繰り返した後、ついに作品を完成させて世に問うことになったジャンは、

『その丘が黄金ならば』が時代を超えた名作の仲間入りを果たし、その過程でアメリカ文化における西部のイメージを変えるものになってほしい、という期待を語っている（Asian American Writers' Workshop のインタビューより）。そう期待するにふさわしい風格を備えた作品であるということを、読者のみなさんにも感じてもらえるとすれば、訳者としてそれに勝る喜びはない。

本書にはルーシーとサムの両親の会話を中心として、中国語のフレーズが随所に登場する。原書ではそうしたフレーズの意味はいっさい説明されず、ただ中国語の発音がアルファベット表記されているのみであり、中国語の知識がない読者がほとんどであろう英語の読者は、その異物感をそのまま受け取り、前後の文脈から意味を推測して読み進めることになる。そのポリシーにならい、日本語訳でも特に訳注などは入れず、英語読者と似た体験を再現することにした。なお、本書の設定が特定の時代にとどまらないものであるため、二〇世紀中盤に制定された簡体字表記ではなく繁体字表記を採用した。

本書の翻訳にあたっては、早川書房編集部の茅野ららさんが企画を立ててお声がけくださり、全体の進行から訳文の細やかなチェック、タイトルの決定までサポートしてくださったことに、この場を借りてお礼申し上げたい。どうもありがとうございました。また、中国語のピンイン表記に助言をくださった茅野さんのお母様にも感謝したい。

また、本書の冒頭に関しては、同志社大学大学院の授業で取り上げ、翻訳について話し合う機会があった。そこで多くのヒントを発見する機会を得られたことにも感謝したい。

訳者の僕には中国語の知識がないため、小説のなかを飛び交う中国語のフレーズについては、わかるようなわからないような……という状態で文章のなかをさまよう日々だった。そんなときに的確な助言をくれて、翻訳完成までの日々を共有してくれた妻の河上麻由子と、この小説のエピソードのいくつかを面白がって聞いてくれた娘に、愛と感謝をこめて、本書の翻訳を捧げたい。

二〇二二年六月

本書では、一部差別的ともとれる表現が使われていますが、作品の性質、時代背景を考慮し、原文に忠実な翻訳を心がけた結果であることをご了承ください。

訳者略歴　東京大学大学院准教授　著書『ターミナルから荒れ地へ』『21世紀×アメリカ小説×翻訳演習』　訳書『ニッケル・ボーイズ』コルソン・ホワイトヘッド，『サブリナ』ニック・ドルナソ（早川書房刊）他多数

その丘《おか》が黄金《おうごん》ならば

2022年7月20日　初版印刷
2022年7月25日　初版発行

著者　C・パム・ジャン

訳者　藤井《ふじい》　光《ひかる》

発行者　早川　浩

発行所　株式会社早川書房
東京都千代田区神田多町2－2
電話　03－3252－3111
振替　00160－3－47799
https://www.hayakawa-online.co.jp

印刷所　信毎書籍印刷株式会社
製本所　大口製本印刷株式会社

Printed and bound in Japan

ISBN978-4-15-210151-8 C0097

乱丁・落丁本は小社制作部宛お送り下さい。
送料小社負担にてお取りかえいたします。

本書のコピー、スキャン、デジタル化等の無断複製は
著作権法上の例外を除き禁じられています。